LA MALÉDICTION DE LA VAMPIRE

Créatures de l'Autre Monde

Brogan Thomas

Traduction par
Sophie Troff pour Literary Queens

Traduction par
Maiwen Habchi pour Literary Queens

Ebook ASIN : B0F63RCH8D
Livre de poche ISBN : 978-1-915946-65-2
Couverture rigide ISBN : 978-1-915946-66-9

Traduit par Sophie Troff
Traduit par Maiwen Habchi
Conception de la couverture par Melony Paradise of Paradise Cover Design

WWW.BROGANTHOMAS.COM

Pour mon mari

Chapitre Un

L'épuisement pèse lourdement sur mes épaules. Cette semaine a été infernale. Mon grand-père est mort.

Sa douloureuse perte se niche à l'intérieur de moi pour élire domicile. Quelque part, le pire a été l'attente. Le regarder agoniser.

Il me manque, terriblement. Et je suis convaincue que ce sentiment ne me quittera jamais. Un sourire passe sur mes lèvres. *Il était l'être que je préférais au monde.* J'agrippe le volant des deux mains, mon sourire se fane. Le monde s'est terni sans lui. D'accord, il n'était pas parfait, mais qui peut prétendre l'être ? *Parfait*, ironisé-je intérieurement. *Personne n'est parfait.*

Je frotte mes yeux cernés. Mon visage est rugueux sous ma paume. Au moins, j'ai trouvé une place de parking devant la maison aujourd'hui. Je sors de l'habitacle, claque la portière avec ma hanche. Je râle en sentant la douleur lancinante dans mes pieds à chaque mouvement. Je traîne ma carcasse hors de la voiture et marche sur le trottoir.

Le boulot ne s'arrête jamais. Pas même pour le deuil. Les factures à régler m'empêchent de prendre des congés. Je suppose que rester dans la course est un exploit quand les circonstances... le destin veut nous enterrer. J'inspire, puis expire lentement. Je suis fière de moi ; je nous ai sortis du gouffre financier. Lui serait fier de moi.

— Je gère en tant qu'adulte, Grand-père, lancé-je dans le vent.

La dernière facture d'eau a été payée. Neuf cents livres sterling envolés en un claquement de doigts, et les vingt qu'ils me restaient sont partis dans l'essence. Alors ce soir, c'est Noodles Party. Miam.

Ça craint d'être adulte.

Complètement à l'ouest et sur les rotules, j'ouvre le portail en bois du jardin. Les choses que je dois faire avant de me détendre me trottent dans la tête. Mes bottes raclent bruyamment le chemin tandis que je marche vers ma porte d'entrée ; je n'ai pas la force de lever les pieds. Il me faut quelques secondes avant de me rendre compte que la clé n'ouvre pas la porte.

Bizarre. Je l'extrais de la serrure et la fixe. Elle n'a pourtant pas l'air abîmée. Je l'insère de nouveau, et mes mains rencontrent une résistance quand j'essaie de la tourner dans la serrure.

— C'est quoi ce bordel ? bougonné-je.

Derrière moi, les gonds du portail grincent, et je me tourne en apercevant mon oncle qui se fraye un chemin. Le pauvre portail claque contre le mur, et un fragment de béton s'écrase par terre dans le choc. Je plisse les yeux.

— Trudy, grogne-t-il.

Bon sang, je m'appelle Tru. T-R-U. Pas Trudy. Pourquoi doit-il être aussi con ? Ses lèvres affichent un semblant de sourire. Oh-oh. Chaque fois que cet homme fait ce sourire flippant, je sais que cela n'augure rien de bon. Mon ventre se noue, mais je m'efforce de garder ce que j'espère être un masque impassible.

Rien ne lui fait plus plaisir que de me provoquer.

J'ai la chair de poule rien qu'en le regardant. Maintenant que Grand-père n'est plus là pour me protéger, il est impossible de savoir ce que ce crétin a en tête. Ses cheveux courts argentés retombent sur ses yeux, et d'un geste de la main, il les repousse alors qu'il avance vers moi.

Je viens de comprendre ce qui s'est passé.

Je lève le menton et lui lance un regard hautain, en me délectant de mon mètre quatre-vingts. Avec une crainte croissante et une rage que je peine à contrôler, j'indique la porte du menton en arquant un sourcil interrogateur.

— Oncle Phillip, dis-je entre mes dents et affichant un sourire forcé. Ma clé ne fonctionne pas... Tu as changé les serrures ?

Ce type n'a même pas pris la peine de rendre visite à son père qui était malade et *mourant*. Il n'a pas non plus daigné couvrir — ou même participer — aux frais de funérailles. Mes poings se contractent sur mes hanches, je m'efforce de faire appel au sang-froid dont je ne dispose pas.

Un... deux... trois. Je compte lentement dans ma tête en luttant contre moi-même. Mes narines frémissent lorsque je prends une profonde inspiration purificatrice.

Maintenant il va mettre la main sur ma maison.

C'est *génial*. Absolument génial.

Mes clés tintent dans ma main droite alors que je m'oblige à desserrer les poings et à ravaler mon accès de rage. Avec un soupir agacé, je croise les bras sous ma poitrine et cherche à paraître calme et indifférente, bien que ce ne soit pas le cas.

Mes mains me démangent. Bon sang, j'ai envie de lui coller mon poing dans sa figure arrogante.

— Ma maison, mes serrures.

Avec cette clarification très *utile*, sa magie du vent entre en action et s'empare des clés dans ma main, qui atterrissent avec fracas dans sa paume tendue.

— Hé ! m'exclamé-je.

Qu'est-ce qu'il fabrique ? Je tends la main et agite les doigts.

— Rends-les-moi, ordonné-je.

Mais merde, il a déjà changé les serrures. Pourquoi a-t-il besoin de mes clés ? Mon oncle tourne les talons et se dirige vers la rue, puis vers *ma* voiture.

Oh non, certainement pas.

— C'est ma voiture, *connard*. T'as pas le droit, merde !

Je m'élance derrière lui.

Non, il n'en est pas question.

L'adrénaline se répand dans mon organisme, éliminant la fatigue qui m'accablait jusqu'à présent. Mon cœur me martèle les oreilles et tout mon corps se met à trembler.

Oncle Phillip ouvre la portière passager et se penche dans ma voiture.

— C'est le nom de mon père sur les papiers du véhicule. Donc d'un point de vue légal, c'est ma caisse. À moins que tu veuilles aller te plaindre à la guilde ? Je suis sûr qu'ils seront très intéressés par ton cas.

Il se retourne, appuie son bras sur la portière et me lance un sourire narquois.

— Si tu sais ce qui est bon pour toi, prends toutes tes affaires et tire-toi. T'as quoi maintenant, vingt ans ?

Dix-sept ans.

— Tu dois grandir et arrêter de te servir des personnes âgées et faibles...

— Je t'en prie, oncle Phillip, supplié-je en ravalant ma fierté.

Il rit sous cape, puis ses yeux vagabondent sur la rue résidentielle calme. Le silence s'étire entre nous, comme si celui-ci était vivant. Il me regarde de haut en bas avec un dégoût à peine voilé.

— Je ne suis pas ton oncle, réplique-t-il finalement.

En s'éloignant de ma voiture, il s'avance d'un air menaçant. Sa voix baisse d'un ton pour devenir un murmure dur. Il est si près que je tressaille lorsque ses lèvres me rasent l'oreille.

— Ni ta famille, ni rien du tout. Tu n'es que la gamine qu'il a ramassée sur le bord de la route. Un déchet.

Ma salive se coince dans ma gorge.

Il s'éloigne, puis sort de sa poche arrière un rouleau de sacs poubelle glauque. Il en détache un d'un coup sec.

Alors qu'il retourne à ma voiture, je tente de le bloquer, mais il m'éjecte d'un coup d'épaule. Alors que je l'observe, en proie à la stupeur, remplir le sac poubelle avec le peu d'effets personnels qui m'appartiennent, un sentiment de torpeur grandit en moi.

Quand il finit, il s'essuie les mains sur son pantalon.

Avec un sourire satisfait, il lâche le sac à mes pieds sur lequel mes yeux tombent. Le plastique est tellement fin par endroits qu'on peut voir à travers sa couleur grise.

— Cadeau.

Il me jette un petit objet qui rebondit sur ma poitrine. Je chancèle et parviens à l'attraper à temps. Je retourne l'objet métallique froid dans le creux de ma main.

Une paire de clés rouillées.

Je lève les yeux vers lui sans comprendre.

— Une clé du garage de monsieur Gregson, m'explique-t-il. Tu trouveras ton bordel, et les trucs de mon père impossibles à vendre, là-bas. Le vieux Gregson n'acceptera pas moins de deux mois de loyer, donc à moins que tu ne vides le garage, tu vas devoir le payer au premier octobre.

Il me pointe un doigt rageur en plein visage.

— C'est tout ce que t'auras de moi. Et je l'ai uniquement fait parce que ça m'a coûté moins cher que la déchetterie. Alors tu peux arrêter de me jouer la carte de la pitié... ça ne prend pas avec moi.

À nouveau, je serre les poings et lui lance un regard assassin. Les vieilles clés me lacèrent la main.

Putain, j'ai l'envie irrépressible de lui renvoyer la monnaie de sa pièce.

Les ténèbres en moi s'éveillent ; je plisse les yeux et penche la tête avec des spasmes. Les clés pourraient me servir à lui crever l'œil et récupérer mon trousseau pendant qu'il souffre le martyre.

Le frapper. Lui faire mal. Le punir.

Ou même la voiture... Mes yeux glissent vers ce qui fait ma joie et ma fierté. Il ne va pas pouvoir vendre ma voiture si elle est cabossée et que les vitres sont cassées. J'esquisse un pas et...

Pendant un instant, je ferme les paupières et prends une longue inspiration.

Cela ne me mènera à rien de craquer maintenant. Nous, les femmes... nous ne sommes pas censées éprouver autant de rage. *Du sucre, des épices et un tas de bonnes choses : tels étaient les ingrédients pour créer la petite fille parfaite.* Ces mots ahurissants résonnent dans ma tête.

Je n'en ai rien à foutre de ce que les autres pensent de moi. *Mais* j'ai cette peur cauchemardesque : quelqu'un me prenant en vidéo qui ferait le buzz avec un gros titre style « L'hybride pète les plombs » ou « La Sauvageonne : hors de contrôle ». Cette idée me terrifie. Se faire remarquer est dangereux et cela ne vaut pas le coup. Alors je veille à me contrôler.

Quelle tristesse.

Je serre les dents. Je le lui ferai payer, mais mon heure n'est pas arrivée. Il faut que je me montre patiente.

Mon oncle m'a entubée.

C'est déjà fait.

Putain, je n'ai nulle part où aller.

— Il aurait honte de toi, riposté-je, l'œil mauvais.

Je veux qu'il voie l'étendue de ma haine. Mais je me retrouve à cligner des yeux frénétiquement pour me débarrasser en vitesse des larmes qui me piquent les yeux.

Il éclate de rire, et toute sa jubilation brille dans son regard.

— Non, pas du tout. Tu sais pourquoi ?

Il se penche en avant, avec un sourire malveillant épinglé sur son visage.

— Parce qu'il est mort.

Je tressaille.

— Les morts ne ressentent aucune honte.

Puis il continue de ricaner en marchant vers l'avant de ma voiture. Il tapote le capot en m'adressant un sourire radieux.

Je le regarde ouvrir la portière côté conducteur et démarrer, sans un regard en arrière.

Cela fait un moment que la voiture a disparu de mon champ de vision, pourtant je reste plantée là à fixer la rue, scotchée. J'ai les pieds cloués au sol.

Bouge. Je crois que j'en suis incapable. La peur me paralyse. *Si je reste ici, je vais mourir*. Je dois trouver le courage de réagir.

— Courage, m'intimé-je.

Je secoue la tête, et le vent tire des mèches de ma tresse pour me fouetter le visage. Je force ma main gauche engourdie à replacer une mèche multicolore rebelle derrière mon oreille. Mes mains tremblent.

Dans ce monde peuplé d'espèces surnaturelles en tout genre, la magie n'a rien d'extraordinaire. Seulement, c'est la loi du plus fort qui prévaut. Tout est une question de pouvoir. C'est ainsi depuis la nuit des temps.

J'enroule mes bras autour de moi. Il n'existe aucun sans-abri.

Ou on a un endroit sûr où aller, ou on meurt. Les plus faibles sont vite balayés, ils disparaissent sans laisser de trace. Je tourne la tête et jette un regard en arrière à mon ancienne maison, le cœur lourd.

Et voilà. Pas de fric. Pas de maison. Pas de voiture.

Je lève les yeux vers les nuages et contemple ma situation

critique. Un gloussement hystérique s'échappe de mes lèvres. Agrippant mes flancs, je reste au milieu de la rue à me marrer comme une folle. Je ris de désespoir, car si je pleure, je ne crois pas pouvoir m'arrêter.

Oh, quelle ironie.

S'il était venu hier, j'aurais encore *neuf cents livres sterling* en poche. Je lève les bras au ciel. Le besoin de hurler ma douleur à l'univers me submerge, et mon rire s'éteint.

Niveau ironie, on a fait fort. Destin de merde.

Bon sang, je crois que je vais vomir. Je me plie en deux et me tiens plus fermement les côtes. Je ne vais pas y arriver. Je ne suis pas assez forte, putain. Je suis seule. Il n'y a personne pour m'aider.

Il aurait mieux fait de m'étrangler avec sa pathétique magie du vent.

Cela aurait été plus clément.

Chapitre Deux

La vieille clé que je serre dans ma main m'encourage à m'activer. Je dois faire preuve de politesse et m'adresser à monsieur Gregson avant d'aller trifouiller dans son garage. À ce stade, je ne serais pas étonnée si la clé était un piège pour me causer des ennuis. Mes épaules s'affaissent, et je traîne le sac poubelle sur le bitume en direction de la maison du propriétaire, qui se trouve une rue plus loin.

Fais semblant jusqu'à ce que tu y arrives, Tru.

Je toque à la porte et j'attends qu'une demi-douzaine de serrures et de loquets se déverrouillent. La chaînette n'a pas été décrochée lorsque la porte s'entrouvre en grinçant et que monsieur Gregson zyeute par l'embrasure.

Ses yeux marron s'écarquillent quand il me voit.

— Oh, Tru.

Il lève un doigt en l'air alors qu'il recule et me referme la porte au visage. Je l'entends retirer la chaînette, puis la porte s'ouvre à nouveau. Son odeur me heurte de plein fouet ; il ne s'est pas lavé. Mes paupières papillotent frénétiquement et je m'efforce de ne pas plisser le nez.

— Tu as la clé ? demande-t-il.

J'acquiesce.

— Oh, mon petit, je suis vraiment désolé.

L'inquiétude adoucit son regard lorsqu'il m'observe en remarquant mon sac poubelle.

— Si je n'étais pas un pauvre vieillard, je l'en aurais empêché. J'étais parti faire quelques courses, tu sais, et devant la maison de ton grand-père, Phillip était au téléphone. Bien sûr, il a tout de suite raccroché quand il m'a vu, puis il m'a demandé s'il pouvait utiliser mon garage. J'espère que j'ai fait ce qu'il fallait, mon petit ? Ce garçon…

Ses bajoues ondulent lorsqu'il secoue la tête d'un air désapprobateur.

— Ce garçon a toujours été de la mauvaise graine, contrairement à ton grand-père qui, lui, était un homme bien. J'ignore ce qui est allé de travers avec ce gamin, c'est un voyou.

— C'est pas grave, monsieur Gregson.

Je tente de lui sourire de toutes mes dents, mais j'arrête en le voyant sursauter instinctivement.

— Tu as un endroit où aller ?

En réponse, je lève la main et agite la clé du garage que je tiens précieusement.

Avec un soupir, il passe sur son visage une main tachetée de brun.

— Non, ce n'est pas du tout un endroit pour une jeune femme.

Pour l'attendrir, je lui fais des yeux de cocker.

— S'il vous plaît, monsieur Gregson... Pourriez-vous m'héberger ? Ce ne serait que pour quelques semaines jusqu'à ce que je trouve mieux. Personne ne saura que je suis là, et je vous promets de ne vous causer aucun problème.

— Tru, ton grand-père... Je ne peux pas t'héberger. Ce ne serait pas correct...

Il se met à marmonner en regardant derrière lui.

Oh merde. Je sais ce qu'il va dire, et je secoue vigoureusement la tête. Je ne peux pas rester chez lui. Pas après les horribles paroles de Phillip m'accusant de profiter des personnes âgées qui bourdonnent encore dans ma tête.

— Non, merci, monsieur Gregson. Je ne veux pas rester *chez* vous si c'est ce que vous alliez dire. Le garage ira très bien si vous me permettez de l'occuper quelque temps. Et pour le loyer ? C'est bien le premier octobre, n'est-ce pas ?

Je fais de mon mieux pour changer de sujet.

— Le premier octobre ? répète-t-il.

Ses grosses joues s'empourprent. L'inquiétude s'évanouit de ses traits, et ses yeux s'illuminent de joie tandis qu'un sourire béat étire ses lèvres.

— Non, je lui ai fait payer le prix fort. Je lui ai dit que c'était jusqu'à octobre, mais en réalité, il a réglé jusqu'au premier décembre.

Il s'esclaffe en se frappant les cuisses. Dans son euphorie, sa mèche grise retombe sur son front et se loge sur l'arête de son nez.

— Le loyer est de quatre-vingts livres sterling par mois, poursuit-il, hilare.

Il fronce les sourcils en remarquant que sa raie de côté

est défaite, puis il remet la mèche en place d'un geste de la main, gêné.

Ses yeux malicieux deviennent tout à coup sérieux. Oh non, il va refuser. Il va me dire non, ce qui signifie la mort assurée pour moi.

Il laisse échapper un soupir penaud et secoue la tête.

— Non, je suis navré, Tru. Tu ne peux pas habiter dans le garage. Ce n'est pas un endroit décent pour une jeune femme. La police ou le conseil des humains peuvent t'aider ? suggère-t-il en haussant ses sourcils broussailleux. Je sais que ton grand-père était un faë ; la guilde des faës aura peut-être un endroit pour toi.

Il s'éloigne de la porte et indique le téléphone fixe sur la table.

— Je peux les appeler pour toi. Je n'aime pas savoir que...

Une panique écrasante me submerge, et je fais quelque chose que je regrette aussitôt.

— Oubliez ça, monsieur Gregson. Ça va aller, je vous le promets. Je vais m'en sortir. Je voulais vous le dire par courtoisie... mais vous n'avez pas à vous inquiéter pour moi. Oubliez tout.

Je me penche en avant et chuchote :

— Je ne suis pas une fille normale. Alors, n'y pensez plus.

Je lui lance un grand sourire. Ses yeux se voilent, puis il opine à la manière d'un robot.

— Aucun problème. Je n'y penserai plus.

Il se retranche dans sa maison, hagard, puis referme la porte d'un geste malhabile.

Je reste un instant sans réagir. Ça va aller, ma grande.

Je ravale le nœud de culpabilité qui se coince dans ma gorge. Je me sens mal.

J'essaie seulement de survivre… Comme tout le monde, je m'efforce de vivre dans ce monde merdique. Monsieur Gregson ne m'aurait pas permis de vivre dans le garage et aurait appelé la guilde.

— Je suis profondément désolée. Pardon, monsieur Gregson, m'excusé-je à voix basse.

Bon sang, j'ai mal au ventre. Je plaque mon poing sur ma bouche pour retenir un relent.

Super, Tru. On te la met à l'envers, et toi tu vas droit vers le gentil petit vieux du quartier pour lui détraquer le cerveau.

Je pose mon oreille contre la porte, honteuse. Je l'entends s'éloigner d'un pas perturbé.

Merde. Bien joué, Tru. Il n'a même pas verrouillé la porte.

— Monsieur Gregson, l'interpellé-je en toquant à nouveau, n'oubliez pas de fermer la porte à clé.

Monsieur Gregson revient vers la porte, comme un zombie dont on contrôle l'esprit. Puis il répète d'une voix monocorde :

— N'oubliez pas de fermer la porte à clé.

Un à un, les verrous s'enclenchent et se mettent en place. Je gonfle les joues avant d'expirer de soulagement.

Les yeux clos, je pousse mon front contre la porte blanche en PVC. La culpabilité me prend aux tripes.

Je n'aurais pas dû faire ça.

Il ira parfaitement bien dans dix minutes. Je l'ai fait pour son bien.

Je m'éloigne de la porte avec une grimace, puis traîne à nouveau mon sac poubelle de la honte sur le trottoir.

Voûtée, je tourne la tête et jette un regard en arrière vers la maison tranquille de monsieur Gregson.

Menteuse, c'est pour toi que tu l'as fait.

D'accord, je maîtrise un peu la compulsion mentale. Il n'y a pas de quoi en faire tout un plat. Je hausse les épaules et le sac se froisse. C'est un mécanisme de défense, une réaction défensive. Tous ceux qui sont nés vampires peuvent le faire. C'est monnaie courante et cela n'a rien d'exceptionnel. En plus, cela a ses limites. Si seulement j'étais assez forte pour contraindre mon oncle.

Je me gratte la tête avec la clé du garage. Je ne manipule pas souvent les personnes âgées, et généralement pas un vieillard comme monsieur Gregson — sauf en cas de vie ou de mort.

Est-ce que cela fait de moi une mauvaise personne ? À nouveau je grimace. Évidemment que oui. Je m'arrête, serre le sac poubelle entre mes genoux pour qu'il ne se déverse pas sur le trottoir, et réajuste la mèche qui s'échappe de ma tresse française. Je ne lui ai pas fait de mal, je lui ai apporté la tranquillité d'esprit, sinon je sais qu'il se serait fait du mouron pour moi, et maintenant... Eh bien, il n'a plus à s'en faire.

Mais écoutez-moi, franchement... *Qui est-ce que tu crois tromper, Tru ?* Je ne vaux pas mieux que mon oncle. Non, en fait, je suis pire que lui, car j'ai retiré à un vieil homme la possibilité de choisir. Je suis minable. Je force mes pieds à poursuivre leur route.

Derrière la terrasse de monsieur Gregson se trouve une allée lugubre qui n'est pas goudronnée, jonchée de cailloux de différentes tailles, d'éclats de verre et de briques rouges. Mon regard erre entre les bouts de verre, les touffes d'herbe, et les crottes de chien desséchées éparses. J'essaie de retenir ma respiration lorsque l'odeur d'ammoniaque investit mes narines. Super, du pipi frais ! Ha bravo, j'ai les yeux qui picotent maintenant.

Je suis déjà venue dans ce garage, il y a quelques années. Si je me souviens bien, c'est juste au bout de l'allée. Je grogne en arrivant à destination. Mains sur les hanches, j'étudie l'étendue du labeur qui m'attend.

Punaise, le garage est pire que dans mes souvenirs. Pas étonnant que le loyer ne coûte que quatre-vingts livres sterling.

La porte défraîchie a connu de meilleurs jours. Il y a plus de rouille que de peinture. Des taches de différentes couleurs parsèment sa surface à mesure que la peinture s'écaille. En plissant les yeux, j'inspecte le métal qui retient la porte. Il s'effrite, et on dirait que le mécanisme et le cadre de la porte basculante ont rouillé. Un coup de pied et je suis convaincue qu'elle tombe par terre. Mais comment mon oncle est-il parvenu à l'ouvrir ?

— Tu parles d'un endroit sûr, grommelé-je.

Espérons que personne n'a remarqué que mon oncle entassait mes affaires là-dedans. Il ne faudrait pas attirer l'attention.

Ma main serre la clé avec soulagement, puis mes pieds raclent le sol irrégulier alors que je fais le tour du garage. Dieu merci, il y a une autre porte.

Ou pas.

Je regarde la porte en bois avec mécontentement et pousse un juron. Le bois a gonflé. Je m'arc-boute contre la porte et joue avec la serrure. Après quelques tentatives infructueuses, elle finit par s'ouvrir. Mais lorsque j'abaisse la poignée, elle me reste presque en main. Je pousse sans la lâcher, puis parviens à passer mes doigts dans l'embrasure. Des échardes du vieux bois s'enfoncent dans ma peau, mais j'ignore la douleur et repousse la porte qui, centimètre par centimètre, racle le sol en coinçant quelques graviers.

Puis elle se bloque.

— Bordel de merde, m'agacé-je.

Une porte, c'est censé s'ouvrir ! Mon humeur massacrante refait surface. La rage, la culpabilité et le désespoir bouillonnent en moi. J'enfonce la pointe de ma botte dans la mauvaise herbe qui a poussé autour de la porte, et donne de vigoureux coups de pied. Le chiendent et les gravillons volent.

J'étouffe un autre cri qui menace de déchirer ma gorge. Je suis essoufflée, j'ai la gorge en feu et mal à la poitrine. Je considère, excédée, le bazar que j'ai fichu. Je m'accorde une minute, puis expire et reprends le contrôle de mes nerfs. Je m'appuie contre le mur du garage pour retrouver mon souffle. Les briques rouges creusent dans mes épaules. Je vais ajouter la réparation de cette porte pourrie à la liste interminable des trucs que je dois faire cet après-midi. Je serre les dents si fort que ma mâchoire me fait mal. Je repousse la colère, qui ne me quitte jamais, et dont j'ai hérité de mon côté vampire.

Un rire cynique traverse mes lèvres. Je ne suis même pas une sang-pur. Non, je suis une hybride, une pestiférée. Une vampire de naissance avec une anomalie.

Oh oui, le meilleur dans tout ça... le plus tordu, c'est que j'ai un peu d'ADN de métamorphe dans les veines. Tada.

Métamorphe.

Cela devrait être impossible. Je ne suis pas censée exister.

Grand-père m'a dit que personne ne devait apprendre ma nature hybride, surtout les guildes ; c'était notre règle d'or. Si les vampires apprennent mon existence, je suis morte. Si les métamorphes apprennent mon existence, idem...

Épuisée, je passe la porte de mon nouveau *chez-moi* en grimaçant.

CHAPITRE TROIS

MES YEUX s'habituent lentement à la pénombre du garage. L'air est moisi, humide.

Point positif, il est un peu plus grand qu'un garage standard.

Point négatif, le toit est sûrement en amiante et une flaque d'eau s'étend au milieu du sol, vestige de la pluie d'hier soir.

Les murs en brique tiennent encore debout, mais vu l'état du mortier, on dirait que seules les toiles d'araignée les maintiennent en place. La poussière recouvre tout, elle me gratte la gorge à chaque inspiration, et le sol en béton n'arrange rien. Sa surface désagrégée se transforme en cratères de poussière et en gravats.

Ce n'est pas un palais, c'est sûr. Pas d'électricité. Pas d'eau. Mais bon... il faudra bien faire avec.

Mon corps, déjà épuisé, proteste alors que je scrute le monticule de bordel accumulé au centre de la pièce, une montagne de meubles et de fringues. Je secoue la tête.

Putain... Toute ma vie, empaquetée dans des sacs-poubelle et des cartons. Je balance mon dernier sac sur la pile et tourne sur moi-même pour évaluer l'ampleur du désastre.

— Mais c'est quoi ce...

Je m'interromps net. Contre le mur du fond, je reconnais des bouts du cabanon de mon grand-père qui, autrefois, trônait fièrement dans son jardin. Il a été démonté à la va-vite et balancé là comme un vulgaire tas de planches sans valeur.

Je me frotte le front, accablé. Ce n'est pas mon bazar qui me bouleverse, non. Ce qui me fout en l'air, c'est de voir, parmi tout ce fatras, des affaires de mon grand-père jetées là sans ménagement.

Pourquoi t'as fait ça, oncle Phillip ? C'était les affaires de ton père.

C'est comme si ce que Grand-père avait laissé de sa vie, les choses importantes pour lui, n'avait aucune importance. Mon cœur se serre. Je ravale la boule de chagrin qui se forme dans ma gorge.

Continue. Ne t'arrête pas.

Je roule des épaules, jette un œil à ma montre. Trois heures. J'ai bossé en matinée aujourd'hui. À travers la porte entrouverte, le soleil s'infiltre et éclaire le taudis où je vais crécher. L'été britannique m'offre six heures de lumière pour remettre un semblant d'ordre ici.

Je commence à fouiller les tas, aussi méthodiquement que possible.

— Allez... Allez... S'il te plaît, sois là...

Bingo. *Oui*. Oh, merci. Enfin, quelque chose qui se passe bien aujourd'hui dans ce gros merdier. Je ramasse la vieille boîte à outils rouge.

De l'extérieur, elle a l'air bonne pour la casse. Mais à l'intérieur... à l'intérieur, c'est la caverne d'Ali Baba. Merci Grand-père. Il collectionnait les petites choses utiles : charnières, boulons, clous, vis. Il ne jetait jamais rien. Il savait que tout pouvait servir un jour.

Je traîne la boîte jusqu'à la porte en bois sur le côté et me mets au travail.

Je fredonne. J'aimerais bien mettre un peu de musique, mais je ne veux pas gaspiller la batterie de mon téléphone. J'ai juste assez d'autonomie pour tenir jusqu'à demain. Mon grand-père détestait que je chantonne. *Utilise ta voix intérieure, Tru*, qu'il me disait. Je souris à ce souvenir. Son agacement me poussait à le faire encore plus. Il ne supportait pas non plus le bruit des gens qui mâchent, alors dès que je tombais sur une vidéo de quelqu'un qui mastiquait bien bruyamment, je lui envoyais le lien. Je glousse. Mon Dieu, ce qu'il pouvait râler...

J'attrape un tournevis et m'attaque aux gonds de la porte. *À gauche pour dévisser*. À son époque, mon grand-père était un redoutable guerrier faë. Pas un faë de sang-pur, mais il avait une magie de dingue. Grand-père était un tueur à gages. L'un des meilleurs. Une vis tombe dans ma paume tendue, et je la fais tinter contre le bois. Disons que mon enfance n'a rien eu de normal. Grand-père m'a appris tout ce qu'il pouvait. Et il était fabuleux. Peu importe ce que l'inquiétant *pseudo-tonton Phillip* en pense. Pour moi, c'était mon grand-père. Je réprime le picotement qui me brûle les yeux. Ce n'est pas grave que ma mère ne soit jamais revenue. Ce n'est pas grave que Grand-père m'ait trouvée sur le bord de la route.

Donc j'imagine qu'elle est morte… que toute ma famille biologique est morte.

Ou… qu'ils ne voulaient pas de moi.

Je serre les dents si fort que ma mâchoire craque. Ça fait longtemps. Onze ans. Ça ne devrait plus faire mal. Putain, je serais incapable de me souvenir d'eux, même en fermant les yeux. Non, ce n'est pas tout à fait vrai. Parfois, j'ai des flashs. Un visage. Peut-être celui de ma mère. Ou une image volée à un vieux film, va savoir.

Je grogne en arrachant la porte de son cadre, en essayant de ne pas trop penser aux plaies à vif que la mort de Grand-père a rouvertes. Au moins, lui voulait de moi. Je ne suis pas une gamine. D'accord, j'ai dix-sept ans, mais ça fait des années que je m'occupe de Grand-père et de moi-même. Maniant ses outils avec soin, je rabote la porte, enlève les parties trop abîmées, et pose de nouvelles charnières. Cette fois, elle s'emboîte parfaitement dans son cadre. Un sourire me monte aux lèvres quand elle pivote en douceur, sans le moindre accroc. Je m'inspire aussi des conseils de monsieur Gregson et installe trois solides verrous pour pouvoir fermer la porte de l'intérieur.

Note pour moi-même : acheter du bois pour sécuriser la grande porte rouillée du garage, dès que j'aurai un peu d'argent.

Je roule des épaules et soupire en levant les yeux vers le toit qui fuit.

Des heures plus tard, alors que le soleil décline, j'achève enfin mon boulot.

Le cabanon, remonté pièce par pièce, occupe une bonne partie de l'espace. Mais au moins, il offre une protection supplémentaire autour de mon lit. Mes fringues sont planquées sous ce dernier, rangées dans des bacs en plastique. J'ai enroulé une guirlande lumineuse à piles autour des poutres basses. Parfait pour l'éclairage. Un gros tapis adoucit le plancher de bois, et je l'ai cloué à mi-hauteur des murs pour limiter le froid. On est en août, mais l'hiver ne va pas tarder, et ce garage va se transformer en putain de congélateur. J'ai fait ce que j'ai pu pour isoler.

Mon regard se pose sur mon « installation sanitaire d'urgence » dans un coin… Un seau, un rouleau de PQ écrasé, une vieille bouteille de gel antibactérien. Bravo, Tru.

J'ai monté des étagères, remis d'aplomb les vieux meubles du salon et rangé comme j'ai pu les affaires de Grand-père, qui sont maintenant pour la plupart à l'abri, loin du sol crado. J'ai déblayé un coin, sculpté une bulle de survie dans ce foutoir. Le garage a pris une allure bizarre, un mélange de débarras et d'abri de fortune. Mais ça marche.

Mes mains brûlent. Mon dos hurle. Je ne sens plus mes pieds. J'ai oublié de manger, et je n'ai pas une goutte d'eau pour boire ou me laver les dents. Bah, tant pis. Ça attendra demain matin, quand j'irai à la salle de sport. Heureusement, personne n'est là pour sentir mon haleine.

Au moins, il me reste quatre mois d'abonnement. Un endroit propre pour me laver. Je suis un peu obsédée par le sport. Ça m'aide à canaliser la rage qui gronde en moi. Vu la merde dans laquelle je suis, ça va me servir.

En plus, il y a une laverie au bout de la rue pour mes fringues.

— Ouais, ça va bien se passer, marmonné-je.

Miss Positivité, c'est moi.

J'ai quatre murs solides — enfin, trois si on oublie cette foutue porte de garage pourrie. Un toit au-dessus de ma tête. Une porte qui ferme à clé. Si on rajoute le loyer dérisoire, zéro facture, et mon magnifique seau, c'est carrément la belle vie.

Allez, au plumard. Je vire mes godasses du bout des orteils et les laisse dehors, devant le cabanon. Quand j'ai installé l'abri, en vraie paranoïaque, j'ai délibérément placé la porte contre le mur du garage. Parce que, si j'ai du mal à l'ouvrir, les autres aussi. Et vu de l'extérieur, ça ressemble à un abri abandonné. Personne ne devinerait qu'il y a un lit là-dedans.

Avec une série de contorsions dignes d'un numéro de cirque, je bloque ma respiration, rentre mon ventre déjà plat et me contorsionne pour me glisser à l'intérieur. Je dois raser les murs pour passer.

Mais si une créature veut entrer ici, elle ne passera pas par la porte. Oh non. Elle réduira ce cabanon en miettes. *Petit cochon, petit cochon, laisse-moi entrer ! Non, non, par les poils de mon menton !*

Je me baisse, me tortille. Être grande, franchement... quelle plaie.

Une fois sous les couvertures — putain, je me sens crade — je contemple la lumière tamisée des guirlandes.

Finalement, ce n'est pas si mal.

Si je plisse les yeux, je peux presque imaginer être dans un chalet en bois.

Je roule sur le côté et grimace. Ma langue est collée à mon palais, et je n'ai même pas assez de salive pour la décoller. Une vraie momie desséchée. C'est pathétique. Même pas foutue de m'acheter une bouteille d'eau. Mon crâne pulse sous l'effet de la déshydratation et la faim me tord l'estomac.

Je tape du poing sur mon oreiller et serre les dents. Quelle connerie d'avoir claqué tout mon fric dans les factures sans garder un rond de côté pour les cas d'urgence. Quelle erreur de débutante. Une erreur que je ne referai plus.

J'étais tellement focalisée sur l'idée de régler mes dettes en temps et en heure, tellement fière de moi, persuadée d'être intelligente, responsable... que j'ai même pas envisagé ce qui arriverait si un truc tournait mal. Plus jamais. Désormais, je vais économiser mon oseille comme un écureuil planque ses noisettes avant l'hiver.

L'épuisement me submerge comme un raz-de-marée. Ma vision se brouille, mes paupières s'alourdissent. Dans un dernier effort, j'étends la main et éteins les guirlandes.

Ça ira mieux demain.

CHAPITRE QUATRE

D'ÉPAISSES cordes rêches me lient les jambes. J'ai beau me débattre, elles ne se desserrent pas. Mon corps tremble, et une sueur blanche comme de l'écume perle sur ma fourrure. Mes sabots cherchent à prendre appui sur le bitume dur. En vain.

D'un pas silencieux, il traverse la pièce jusqu'à moi.

Je m'immobilise, et mes yeux se révulsent dans la panique.

Il tient quelque chose dans sa main. Quelque chose d'effrayant.

Je n'arrive pas à respirer, mon cœur bat si fort qu'il semble sur le point de crever ma poitrine. Je n'ai pas le temps de lui lancer un autre regard paniqué qu'il se laisse tomber de tout son poids sur mon cou. Ma joue heurte le sol avec un craquement alors qu'il me cloue la tête par terre.

— Non ! Maman ! Je veux ma maman ! pleuré-je, mais les mots sonnent comme un hennissement terrifié.

Il pèse volontairement sur moi. Les cordes qui m'immobilisent m'empêchent de me défendre. Il empoigne ma corne et la main qui tient la… la scie se rapproche de mon visage.

Je me réveille en sursaut, puis bougonne en dégageant les cheveux de mon visage. Je cligne des yeux pour chasser le sommeil. La vache… C'est sûrement le stress dû à la veille. Mais merde quoi, pourquoi mon cerveau s'acharne-t-il à me torturer dans mes rêves ? C'est complètement barré.

Je roule sur le côté et m'enfonce dans le duvet. Je me frotte le front ; la douleur du cauchemar m'est restée… C'est n'importe quoi.

Quelqu'un a coupé ma corne. Un tremblement me parcourt.

Ça fiche la trouille, bordel.

Je sais, je sais… C'est ridicule. Cependant les rêves semblent toujours vrais. Non, mais regardez-moi… Ça avait l'air réel, mais ça n'avait ni queue ni tête. Les métamorphes ne se transforment pas avant d'atteindre un âge plus avancé — environ vingt ans. Ça, je le sais, comme tout le monde.

Alors que dans mon rêve, j'étais petite.

Et en tant qu'hybride, il est impossible que je puisse me transformer. C'est du jamais vu, et j'ai fait la paix avec cette réalité. Au bout du compte, seuls les métamorphes purs peuvent se changer en animal.

Je fixe ma main qui s'est remise à gratter mon front. Je la ramène de force sous la couette. Non, ce n'était qu'un rêve. J'ai une imagination très fertile, c'est tout.

Ouais, parce que je suis non seulement une froussarde, mais une métamorphe licorne.

Une licorne, pensé-je mi-sarcastique, mi-perplexe. J'aurais largement préféré être à demi-métamorphe louve. Cela ferait un mélange d'enfer avec l'ADN de vampire. Et puis, c'est bizarre cet ADN de licorne. Une hybride... Naturellement, il fallait aussi que je sois une métamorphe appartenant à une espèce rarissime...

Docteur Jekyll et M. Hyde, bonjour. Je soupire en grinçant des dents. On frôle les pâquerettes avec cette blague de mauvais goût. Chaque partie de moi se situe de part et d'autre de l'échiquier surnaturel.

À demi-vampire, à demi-licorne. Quel combo de choc. Bien que je ne connaisse pas d'autres hybrides, hormis ceux qui sont à moitié humains, ma combinaison est certainement la pire qu'on puisse imaginer. Le plus grand prédateur mêlé à la proie la plus faible. Ouais, une mauvaise blague de l'univers qui frôle l'indécence.

Parfois je me dis que les parties qui se battent en moi me poussent à la névrose. Une végétarienne névrosée au sang de vampire et de licorne. Ha-ha.

J'attrape mon téléphone coincé sous mon oreiller ; tant qu'à faire, autant se faire griller la cervelle dans son sommeil. Je louche en lisant l'heure. J'ai dormi cinq heures. Ma foi, je vais devoir m'en contenter. J'allume mes guirlandes électriques pour y voir plus clair et me sortir du lit.

Une fois que j'ai enfilé ma tenue de sport — plus ou moins propre — je fourre tout ce qu'il me faut pour la journée dans un petit sac à dos noir.

En sortant du garage, j'aperçois mon seau d'urgence qui ne m'a pas encore servi. Mes lèvres se retroussent de dégoût.

Je décide de l'embarquer à la salle.

En courant, ma lourde tresse, que j'ai coincée dans le col

de mon tee-shirt, me fouette la nuque au rythme de mes pas sur le trottoir. Sans succès, je m'efforce d'éviter l'eau sale qui éclabousse partout. Je grimace lorsqu'elle m'asperge les mollets.

Bien joué, Tru ! Intérieurement, je lève un poing triomphant. *Pas de flaques dans le garage ce matin alors qu'il a plu à verse toute la matinée.* Un sourire fier éclaire mon visage malgré moi. Les réparations de la toiture de la veille ont tenu le choc.

Je suis nerveuse pendant les dix-huit minutes passées à courir à travers la ville. Ravie que la salle se trouve à moins de deux kilomètres, ce n'est pas loin. Pendant que je cours, le duvet sur ma nuque se hérisse ; beaucoup de créatures adorent chasser. Ce serait pire de marcher à cette heure-ci. Un filet de sueur coule le long de mon dos, et la chair de poule me saisit lorsque plusieurs paires d'yeux se posent sur moi. L'angoisse décuple lorsque je dois courir le dernier kilomètre autour de la périphérie de Stanley Park.

Le bruit de mes foulées sonne comme l'annonce du dîner pour le monde surnaturel.

Je ne suis pas une proie. Les ténèbres au fond de moi s'éveillent, avec l'envie de jouer. Elles me chuchotent de ralentir le pas, de m'arrêter pour m'étirer. Cette idée me met mal à l'aise. Qui raisonne comme ça ? Quel genre de personne voudrait se faire attaquer juste pour avoir le plaisir de cogner son agresseur en pleine bille ?

Ou de boire son sang.

Oh non, sans moi.

Je peux me débrouiller, en règle générale. Mais cela ne sert à rien d'être capable de briser des nuques si on est submergé par le nombre en face.

Je suis soulagée d'arriver à destination sans le moindre incident. J'ignore soigneusement le tremblement dans mes jambes alors que je traverse la barrière dorée de l'hôtel en marchant et ouvre la porte du hall d'entrée.

Mes baskets mouillées couinent sur le sol en marbre tandis que je me dirige vers les escaliers qui conduisent à la salle de gym à l'étage du dessous. Je salue Mike, le réceptionniste de nuit encore en poste. Il me retourne mollement un signe de tête accompagné d'un sourire las.

L'eau a le goût de l'ambroisie, elle n'a jamais été aussi bonne. Dans les moments difficiles, les petites choses de la vie sont précieuses. Le simple fait d'être propre et hydratée me procure une joie qui place cet instant en haut de ma liste.

Même si j'ai toujours l'air d'une clocharde, je suis coiffée et maquillée, et mon ventre rempli d'eau glouglloute. Je suis parée pour le boulot.

Heureusement, il faut seulement marcher un peu pour rejoindre le café où je travaille depuis que j'ai quitté l'école à quatorze ans. J'arrive avant six heures afin de tout mettre en place pour la frénésie du petit-déjeuner aux aubettes.

Je branche mon téléphone au chargeur dans l'arrière-boutique, range mon sac, et ressors dans le café, en nouant un tablier autour de ma taille. Ma patronne, Tilly, regarde d'un air abattu l'une des tables.

— Comment ça va ?

— Bonjour, Tru. Regarde, quelqu'un a vandalisé la table. C'est un massacre...

Sa lèvre inférieure tremble alors que ses doigts survolent l'encoche laissée sur la surface de la table. Je me penche en avant et déchiffre les lettres « L I Z », qui entaillent le bois.

— Oh, Tilly, je suis désolée.

Je tente de consoler la dryade en lui frottant l'épaule. Après mon franc succès de bricolage au garage, je me sens pousser des ailes.

— Je pourrais y remédier, proposé-je.

— Vraiment ?

— Ouais, je crois.

Je me penche sur la table et passe les doigts sur les lettres gravées.

— Avec un peu de mastic et de ponçage. Ça peut prendre un moment, mais je pense pouvoir la réparer.

Les lettres ont creusé profondément le bois, mais je pense être à la hauteur de la tâche.

Elle secoue la tête, et les fleurs dans ses cheveux bruissent. Elle me serre affectueusement la main.

— Non, tu sais quoi ? Ce n'est pas si grave. J'espère juste que ce n'est pas un nouveau phénomène de mode et que les clients ne vont pas se mettre en tête de saccager les tables.

Elle trace les lettres une dernière fois du doigt, puis avec un tremblement, elle se tourne et croise mon regard. Son sourire est chaleureux.

— Chaque cicatrice raconte une histoire... Je suis bête.

Son humeur déprimée s'évanouit pour laisser place à son caractère naturellement doux. Comme je l'envie... J'aimerais être capable, moi aussi, de passer de la colère au bonheur en une poignée de secondes.

— Je voulais te parler de tes horaires, m'annonce-t-elle.

D'un coup, mon estomac se contracte. Oh-oh. Pitié, non.

Mes doigts se tordent dans tous les sens, et je me balance nerveusement d'un pied sur l'autre.

— Je sais que tu as demandé plus d'heures, et j'ai revu le planning de manière à ce que tu puisses travailler davantage la semaine prochaine.

Le soulagement me ramène à la normale. Oh mon Dieu, pendant une seconde, mon cœur a cessé de battre. Je roule des épaules pour relâcher la tension qui s'y était accumulée et j'accepte son offre avec enthousiasme.

— Plus d'heures ? Ce serait parfait. Merci beaucoup, Tilly.

— Je voulais te parler de quelque chose. Mon ami...

Tilly se met à rougir. Ouais, son *ami*... La voyant au comble de l'embarras, j'en rajoute en faisant la vague avec mes sourcils, suite à quoi elle me donne une tape sur le bras. Elle se retranche derrière le comptoir, se lave les mains, puis met en place les pâtisseries une à une derrière la vitrine.

— Mon ami m'a demandé si je connaissais quelqu'un qui cherchait du travail. C'est le manager de la boîte de nuit Night-*Shift* sur King Street, un métamorphe...

Elle lève la main pour m'empêcher de la couper.

— Je sais que tu as peur des métamorphes, mais le salaire... C'est une offre très intéressante. Le seul bémol, ce sont les horaires ; la boîte ferme tard. Si tu dois assurer le service du matin ici... Mais je suis sûre qu'on peut s'arranger. Tu ramasserais les verres et nettoierais les tables.

Elle me sourit et opine pour m'encourager.

Je cesse de la regarder et lève les yeux pour réfléchir. Mes yeux suivent la branche d'arbre rose fleurie suspendue au plafond. Étant une dryade, l'essence de Tilly parvient à maintenir l'arbre en vie et toujours en fleurs. Une sacrée touche de déco qui donne au café beaucoup de cachet. Les petites lumières suspendues à la branche scintillent. Je prends une grande inspiration, et l'odeur réconfortante de gâteaux, de café et de pomme envahit mon odorat.

Une boîte de nuit pour métamorphes ? Ça m'a l'air d'une trèèèès mauvaise idée.

— De combien on parle ?

— Vingt livres sterling de l'heure.

— Vingt ? La vache !

Ma tête retombe si vite que ma nuque craque douloureusement. Bordel, ça fait un billet quand même. C'est presque trois fois ce que je gagne avec Tilly.

— Juste ramasser des verres ? Je ne suis pas assez âgée pour travailler derrière un bar, remarqué-je en plissant les yeux, dubitative. Ils ne s'attendent pas à ce que je travaille en petite tenue, au moins ?

Elle lève les yeux en soufflant.

Bon, j'ai peut-être une imagination débordante, mais on ne sait jamais dans cette ville.

— Ramasser des verres, et c'est tout, répond-elle en secouant la tête, l'air ronchonne. Comme si j'allais te laisser te foutre en soutif devant tout le monde. Franchement, Tru.

Je ne sais pas où me mettre.

— C'est vrai que je n'ai pas pensé à ça...

— Ton uniforme : ton pantalon noir et un tee-shirt de la boîte qu'on t'aura fourni. Ce n'est que douze heures par semaine, le vendredi et le samedi. Et comme dimanche est ton jour de congé, ça peut le faire ? Qu'est-ce que t'en penses ?

Elle entortille une mèche de cheveux verte. J'accepte.

— Avoue-le, tu m'adores, chantonne-t-elle d'une voix adorable.

Vingt livres sterling de l'heure... Mes lèvres s'étirent dans un sourire sincère et rare.

— Évidemment que je t'adore. Tu es ma patronne préférée.

— Je suis la seule en même temps.

— Plus maintenant. Ouais, je suis partante, dis-je en me dirigeant vers la porte d'entrée en sautillant.

— Hourra !

Elle applaudit, puis sort son téléphone de sa poche.

— Je vais le prévenir.

Amusée, j'observe ses pouces tapoter l'écran. Son teint est à nouveau rose.

— Au fait, tu peux faire une journée complète aujourd'hui ?

— Tu me nourris ? demandé-je.

Comme si mes mots étaient un détonateur, mon ventre se met à gargouiller, et Tilly glousse.

— On est prêtes à ouvrir ?

— Oui et... oui, dit-elle pour répondre à mes deux questions.

— Merci de ta sollicitude, Tilly.

Et puis merde, cela vaut le coup de risquer de frayer avec les métamorphes. Travailler douze heures par semaine là-bas, quel mal cela peut me faire ? Je déverrouille la porte et retourne la pancarte.

Chapitre Cinq

Au moment où j'ouvre la porte de ma nouvelle *maison*, une petite silhouette me frôle la jambe et file dans le garage.

J'en reste bouche bée.

— C'était quoi ce truc ?

Je baisse les yeux et j'aperçois une touffe de fourrure rousse accrochée à mon pantalon. Un courant d'air l'emporte et la fait tournoyer dans les airs. J'entre et balaie la pièce du regard.

Soudain, une queue rousse et tigrée disparaît derrière le vieux canapé miteux.

Oh. Un chat. Ce petit malin a filé comme une flèche.

Le hasard fait bien les choses. Toute la journée, j'ai été tracassée par les souris qui pourraient s'infiltrer dans les affaires de Grand-père. Elles grignotent tout, ces saloperies. Mais comme je n'ai pas de solution pour l'instant, j'ai repoussé cette pensée dans un coin de mon esprit. Quand j'aurai ma première paie, j'achèterai des boîtes de rangement.

En attendant, la seule chose sensée à faire, c'est trier ses vêtements et donner les plus beaux à une association. Mon estomac se noue. Ça va être dur.

En réalité, je n'ai pas envie de me débarrasser de ses affaires. J'aimerais les garder, *le* garder un peu plus longtemps. Mais je ne peux pas être égoïste. Si elles finissent rongées par l'humidité de ce garage et les vermines qui traînent sûrement dans le coin, alors que j'aurais pu les donner à quelqu'un qui en a besoin... Ouais, je me sentirais comme la dernière des connes.

Je laisse la porte ouverte, au cas où le petit squatteur décidait de ressortir, et m'approche à pas feutrés du canapé. *Avoir un chat dans les parages pourrait aider à éloigner les souris.* Je ricane. Je ne suis déjà pas fichue de m'occuper de moi-même, alors un chat...

Même si j'ai balayé le sol, ce foutu béton fissuré refuse de se montrer coopératif. Toujours aussi poussiéreux, froid et crade. Mais tant pis, je me laisse tomber à genoux. Des petits cailloux s'enfoncent dans mes paumes tandis que je me penche sous le canapé.

— Viens là, minou, minou, minou...

Un sourire en coin étire mes lèvres, cette réplique me rappelle mon livre préféré. Deux grands yeux jaunes me fixent en retour.

— Salut, petit chat, t'es pas mignon toi ? Qu'est-ce que tu fiches ici, à te faufiler comme un voleur ?

À ma voix, il émet un léger ronronnement.

— Tu sais que c'est super dangereux d'entrer sans invitation dans la maison d'un vampire ?

Je souris à mes propres mots et me couche à plat ventre sur le sol du garage.

Beurk, le sol est immonde.

Je tends la main sous le canapé.

— Qu'est-ce que je fous à lui parler comme s'il comprenait ? je marmonne.

Le chat avance doucement et renifle le bout de mes doigts.

— Merde. Ne me mords pas, s'il te plaît.

Il frotte le côté de sa tête contre ma main, me marquant de son odeur.

Oh, il est adorable. J'ai une idée.

— T'as faim ?

Je retire ma main, glisse mon sac à dos de mes épaules et le fouille. Je peux bien partager mon dîner avec lui.

Le bruit du papier d'aluminium froissé et l'odeur de mon sandwich au tofu suffisent à le faire apparaître juste devant moi. Il pose une patte sur ma jambe et me fixe intensément pendant que je déballe mon repas et coupe un bout de tofu.

— Miaou, minaude-t-il.

Je le traduis en *pour moi ?* en langage félin. Ou peut-être en *si tu te magnes pas, je vais te bouffer la main*. Mouais, il a l'air plutôt sympa.

Je lui tends le tofu, et avec une petite patte délicate, il guide ma main jusqu'à son museau avant de prendre la bouchée entre ses dents blanches et acérées.

Il mâche en ronronnant.

Je souris et passe mes doigts dans sa fourrure rousse. Une fois qu'il a englouti quelques morceaux, je le soulève doucement et me précipite vers la porte. Il est plus léger que je ne l'imaginais. Juste de la peau et des os. Sous mes doigts, je sens de petites bosses sur sa peau — le pauvre est littéralement dévoré par les puces.

Avec douceur, je le pose dehors et referme rapidement la porte. De l'autre côté, un miaulement plaintif s'élève.

— Je sais, je sais. Je suis désolée, vraiment désolée, dis-je en m'appuyant contre le battant en bois.

L'obscurité du garage humide se referme sur moi. De l'autre côté, le chat miaule de plus belle.

— Je ne peux pas m'occuper de toi. Je suis désolée.

ÉMERGEANT groggy d'un sommeil agité, hanté par l'image du chat, je manque de marcher sur les restes ensanglantés d'une souris devant la porte.

Un cadeau.

Je lève les yeux au ciel, murmurant une pensée pour l'âme de la pauvre créature. Mais je ne peux ignorer la signification de ce geste. Le chat, ce sac d'os affamé, m'a laissé une offrande. Une souris qu'il aurait pu manger. Aussi dégoûtant que ce soit, je sais ce que ça signifie dans le langage félin : il m'apprend à chasser. Il *me* considère comme sa famille.

Une boule se coince dans ma gorge, mon estomac se tord. Je me frotte la nuque. Oh, la culpabilité — la culpabilité de l'avoir mis dehors cette nuit... ouais, elle vient de s'amplifier.

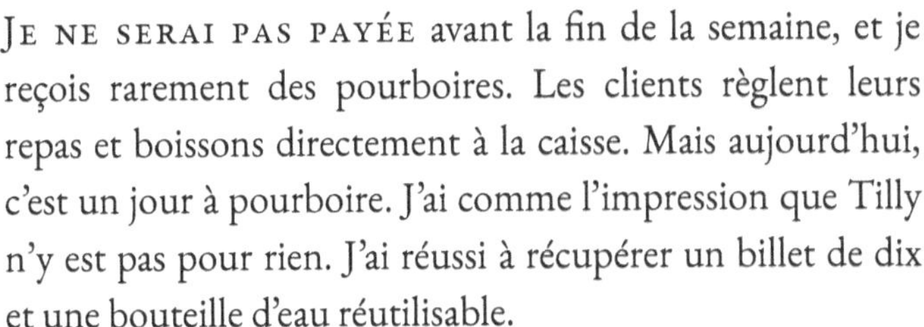

Je ne serai pas payée avant la fin de la semaine, et je reçois rarement des pourboires. Les clients règlent leurs repas et boissons directement à la caisse. Mais aujourd'hui, c'est un jour à pourboire. J'ai comme l'impression que Tilly n'y est pas pour rien. J'ai réussi à récupérer un billet de dix et une bouteille d'eau réutilisable.

Dans le supermarché discount, déterminée, je passe devant le beurre de cacahuète que je devrais acheter et me dirige vers une autre allée.

Je bigle sur l'assortiment de boîtes de conserve.

Les chats sur les étiquettes semblent se moquer de moi.

Après une éternité à hésiter sur les différentes saveurs, je passe en caisse avec un pack de nourriture pour chat. Il me reste pile assez d'argent pour acheter une pipette de traitement anti-puces chez le vétérinaire.

Je suis trop sentimentale. Ça me rend stupide.

Sur le chemin du retour, un sac rempli d'articles pour chat dans les bras, mon regard se pose malgré moi sur mon ancienne maison. Je balaie des yeux le bâtiment familier, et mon cœur se serre en découvrant l'écriteau À VENDRE.

Je ne devrais pas être surprise. Je savais que mon oncle ne resterait pas dans la maison, pas après avoir tout vidé. Mais savoir et voir sont deux choses bien différentes. Ça rend tout ça réel. Et ça me retourne les tripes.

Je sors mon téléphone et fais une recherche rapide en ligne... et voilà, l'annonce figure sur le site de l'agence immobilière. Je ne devrais pas aller plus loin. *Tu te tortures inutile-*

ment, me dis-je. Mais je ne peux pas m'en empêcher. Je clique sur le lien et parcours l'annonce. Voir les photos me fait mal.

Si je fouillais plus profondément, je suis sûre que je retrouverais tout l'héritage de mon oncle en vente sur le web. Y compris ma voiture. Je me passe une main sur le front, l'estomac en vrac. Merde, j'aimerais avoir assez d'argent pour la racheter. Même si l'idée de lui filer un centime me révulse.

De toute façon, acheter la maison, c'est un rêve impossible.

Je hais cet homme.

Le plastique de ma coque de téléphone craque sous la pression de ma main. Putain, ce que je le déteste.

Je ne m'attendais pas à ce qu'il me fasse de cadeaux. Je ne pensais pas qu'il pousserait la cruauté jusqu'à... Non. Stop. J'éteins mon téléphone et le fourre dans ma poche.

Je me vengerai. Quand le moment sera venu, je lui ferai payer tout ça. Je pousse un long soupir. Mon crâne m'élance, mon cerveau est embrumé de rage.

De retour au garage, pendant que Dexter, le tueur de souris — oui, je l'ai baptisé en faisant mes courses — dévore sa gamelle avec un plaisir évident, j'applique soigneusement la pipette de traitement anti-puces sur la peau de son cou.

Tout en l'écoutant ronronner entre deux bouchées, je réfléchis à mon emploi du temps et à la nécessité pour lui d'entrer et sortir comme il le veut.

Je ne vais pas l'enfermer ici ni le laisser dehors.

En réalité, je préférerais qu'il ne sorte pas du tout. Les routes sont dangereuses, et il y a des prédateurs qui n'hésiteraient pas à en faire leur casse-croûte. Et puis, si quelque chose m'arrivait et que je ne pouvais pas rentrer... j'ai besoin de savoir qu'il pourra se débrouiller seul. Qu'il sera en sécurité.

Je passe vingt bonnes minutes à me battre avec une grille d'aération au fond du garage. Qui a eu l'idée absurde de mettre ça ici ? Les fentes sont bien trop larges, une auto-route à souris. Je finis par casser la brique friable et fixer une plaque en plastique solide pour couvrir le trou. Espérons que Dexter soit le seul animal à l'utiliser.

Le chat roux s'approche et inspecte son nouveau passage. Mon ventre vide gargouille, mais mon cœur, lui, est plein et tout chaud.

Chapitre Six

C'est vendredi soir, et d'après Tilly, je dois me présenter à la porte arrière de la boîte de nuit. Le portail en métal qui sépare la route du parking situé derrière la boîte est immense. Je me hisse sur la pointe des pieds et zyeute par un interstice. *Putain, on dirait Fort Knox.* À quoi servent ce portail et toutes ces caméras de surveillance dernier cri ? Quel genre de boîte possède un tel niveau de sécurité ?

Inquiète et frustrée, je plaque ma paume contre le portail noir métallique, réalisant que je risque d'être en retard. Il faudrait peut-être que j'appelle Tilly pour voir si elle peut envoyer quelqu'un pour m'ouvrir.

Tandis que ma main part à la recherche de mon téléphone dans la poche arrière, mes yeux scrutent à nouveau le portail. Et cette fois, ils s'arrêtent sur un scanner biométrique ultramoderne à côté duquel je suis complètement passée. Je lève les yeux en remarquant le bouton d'appel.

C'est tout moi, ça. J'ai le truc sous les yeux, et il faut que je le rate. Je presse le bouton avec mon pouce, et le scanner s'illumine.

Je tapote ma jambe en patientant, luttant contre l'envie d'appuyer une seconde fois.

— Ouais ? dit une voix grincheuse.

J'avance timidement et approche ma bouche de l'interphone.

— Bonsoir, je suis la nouvelle ramasseuse de verres... Il me semble qu'on m'attend ?

— Mademoiselle Dennison ?

— Oui, c'est moi.

Je hoche la tête, tourne et fais un petit coucou à la caméra. L'interphone crépite, puis mon interlocuteur rouspète. Ma main retombe le long de mon corps, puis je ramène mes bras dans mon dos, l'air penaude. J'admets que ce coucou était un peu gênant.

— Entre, va à la porte arrière. Luke viendra te chercher.

— Je vous...

Le scanner biométrique s'éteint.

— ... remercie.

Eh ben, quel accueil. J'entends un cliquetis et le portail s'ouvre dans un grincement sinistre. Je recule brusquement, puis m'insère avant qu'il ait fini de s'ouvrir en grand. Dès que j'entre, il change de trajectoire et se referme avec fracas. *Ouais, c'est pas franchement rassurant tout ça*, pensé-je en frissonnant malgré moi.

L'endroit est bien éclairé, et le parking réservé au

personnel est surveillé et déjà plein de voitures. Des caméras high-tech balaient la zone.

Je suis à moitié impressionnée et à moitié en train de me chier dessus.

Je frotte mes paumes moites sur mon pantalon et continue de longer l'arrière du bâtiment en pensant me diriger vers la porte arrière.

Je tombe sur une autre porte solide avec un verrou biométrique sophistiqué. Alors que je ne suis qu'à un pas, la porte grésille puis s'ouvre. Un métamorphe blond rencontre mon regard avec un sourire chaleureux.

— Tru ? C'est moi Luke, l'ami de Tilly.

Il se frotte la nuque, et je lui souris instinctivement. En réponse, ses joues rosissent légèrement. Même si cet homme est un métamorphe, je peux dire d'emblée qu'il est parfait pour elle.

— Allez, petite, suis-moi. On va signer ton contrat, puis je vais te montrer les lieux.

La porte débouche sur un grand couloir. Le tapis sous mes pieds est moelleux, souple. Il a la même couleur que la confiture de mûres. À mi-chemin entre le noir et le pourpre, le mélange est sympa. Je suis étonnée de voir ce qu'on a dépensé dans la moquette pour l'espace réservé au personnel. *La sous-couche doit coûter à elle seule plus que ma voiture.* À cette pensée, une douleur me transperce la poitrine. La perte de mon bijou est encore un sujet sensible.

Saleté de bagnole. J'ai économisé deux ans pour me la payer, et merci le résultat. Je l'ai gardée trois mois. Je regrette amèrement de ne pas avoir dépensé mon argent dans des conneries de jeunesse. Au moins, j'aurais eu quelque chose à montrer. *Oncle Tête-de-Con me l'a volée, je le déteste.*

Luke indique la porte au fond du couloir.

— Le bureau du patron.

Puis il montre une autre porte.

— Le bureau du manager, la salle de sécurité et la salle de pause. Cette porte donne directement sur la boîte, et il y en a une autre dans la salle de pause.

Il ouvre le bureau du manager et me fait signe d'entrer.

— Toutes les portes possèdent un scanner biométrique magique. Tu pourras les déverrouiller dès que je t'aurai rentrée dans le système de sécurité. Si tu ne parviens pas à pénétrer dans une pièce, c'est que tu n'es pas censée y entrer. Je t'en prie, assieds-toi.

J'obéis, et pendant que je cale mes longues jambes sous ma chaise, je parcours la pièce du regard. Les murs sont d'un blanc immaculé. Il n'y a aucune touche personnelle dans la déco.

Luke s'appuie sur le bord de son bureau et croise naturellement les bras devant lui.

— As-tu besoin d'une place de parking ?

— Non, je n'ai pas de voiture, je réponds en réprimant difficilement mon sarcasme.

— Ah d'accord.

Il incline la tête, et ses narines frémissent en cueillant l'odeur de mon irritation.

Avec un soupir qui trahit ma tristesse à mes propres oreilles, je range dans un coin de ma tête la colère que me procure la pensée de ma voiture et érige un mur autour. Chaque fois que je songe à ma situation de sans-abri, à la perte de ma voiture, je dois chasser ces pensées comme je cognerais dans un ballon de foot. Je dois garder l'esprit clair.

Je ne peux pas m'apitoyer sur mon sort ou chouiner parce que je ne maîtrise pas tout.

Être contrariée est un luxe dont je ne dispose pas. Une perte de temps. Une perte d'espace mental. C'est du passé, et maintenant que j'ai touché le fond, je ne peux que remonter, pas vrai ? J'aurai ma revanche sur mon oncle. Ce n'est qu'une question de temps.

Le silence étrange dans lequel je me suis retranchée a certainement mis Luke mal à l'aise, car il s'éloigne de son bureau.

— Je vais t'inscrire sur la liste de taxis. Je ne sais pas si Tilly te l'a dit, mais la boîte s'engage à te ramener saine et sauve chez toi. Il est dangereux de rentrer tard du travail, alors on veut réduire les risques au maximum. Des taxis que nos employés partagent sont mis à disposition, explique-t-il mécaniquement, comme s'il répétait mot pour mot le discours de quelqu'un d'autre.

— Quand ce sera l'heure de rentrer chez toi, je vais tout organiser.

Il fouille dans un tiroir.

— Merci, c'est très prévenant de votre part, lâché-je.

Je suis heureuse qu'il ne voie pas mon visage. L'intention me touche, vraiment. Mais au fond de moi, c'est la panique. Quelle adresse vais-je donner au taxi ? « Troisième garage sur la gauche, s'il vous plaît. » Oh mon Dieu, va-t-il falloir que je fasse semblant de marcher vers la maison d'un inconnu ? Il faudrait peut-être même que je pousse le leurre jusqu'à ouvrir la porte afin que le chauffeur et les autres employés sachent que je suis bien rentrée. Mais s'ils ne partent pas tout de suite ?

Je me frotte la tempe en songeant à ce calvaire.

Jusqu'ici, mon nouveau boulot est un sans-faute. Il faudra que j'aille tout droit à la salle de sport. De toute manière, c'était quelque chose que j'allais faire, au moins pour le service de ce soir. Comme je démarre à six heures demain matin, je n'aurai que quatre heures de battement.

Tout mon corps manifeste son opposition à cet emploi du temps abracadabrant. Le côté positif, c'est que je pourrai faire une sieste réparatrice. Tilly a jonglé avec les horaires des prochaines semaines, afin que mon service du samedi ne commence que l'après-midi. Demain sera une journée aussi dure qu'aujourd'hui. Je vais enchaîner une journée complète au café et une nuit ici. Ça fait quoi ? Vingt heures de boulot pour éventuellement trois heures de dodo... si je me débrouille bien.

Après tout, il faut bien que je nourrisse Dexter.

Luke trouve ce qu'il cherche et pose une tablette sophistiquée sur le bureau en me souriant de toutes ses dents.

— Remplis le formulaire, mon chou, puis je te filerai un tee-shirt de la boîte et un casier.

J'attrape la tablette par le coin et la ramène devant moi.

— D'accord, merci, dis-je en essayant maladroitement de lui rendre son sourire.

— Aucun souci. Je reviens très bientôt.

Je tapote sur la tablette, puis l'écran s'allume. Les questions sont assez simples. Je pianote sur le bureau en réfléchissant à quelle adresse de domicile saisir. J'opte pour celle de mon grand-père. Elle correspond aux informations que Tilly a sur moi, et c'est l'adresse associée à ma carte d'identité.

Je marmonne en répondant aux questions habituelles et prends le pli : répondre à une question, cliquer sur la suivante. Répondre à d'autres questions, cliquer sur suivant. Entrer mes coordonnées bancaires, suivant... Cela devient tellement mécanique que je pose sans hésiter mon pouce sur le petit nodule.

Je ressens une vive douleur lorsqu'une *aiguille* cachée s'enfonce dans mon doigt et se retire dans la machine.

— C'est quoi ce bordel, putain ?

Je bondis de ma chaise en jetant la tablette loin de moi ; elle s'écrase sur le bureau. Je recule rapidement, et une peur grandissante s'abat sur moi pendant que je fixe la goutte de sang qui perle à mon pouce.

Ce truc m'a piquée !

La panique glaciale qui m'envahit est si forte que mon cœur se met à battre violemment. Le monde tangue autour de moi. J'en reviens pas, la tablette a recueilli mon ADN.

Bordel de merde.

Tout me hurle de fuir en courant d'ici. Au lieu de quoi, je retourne vers le bureau d'un pas chancelant, le visage défait. Je retombe maladroitement dans ma chaise. Mes genoux tremblent trop fort pour me permettre de rester debout. Mon rythme cardiaque n'arrive pas encore à ralentir.

Je me recroqueville en fouillant la pièce du regard. J'attends dans la terreur que quelque chose d'horrible se produise. Une minute s'écoule, puis deux, au cours desquelles la tablette intègre mon ADN tordu.

Le monde continue de tourner, alors je m'oblige à me relaxer. Aucune alarme ne s'est enclenchée.

Tru, t'es bête, c'est pour le système de sécurité biométrique.

— Fais chier, Luke, râlé-je sous ma barbe.

Je frotte mon pouce endolori. Ça aurait été sympa de

prévenir. Merde, j'ai failli faire une syncope. Je pensais que c'était pour scanner l'œil, prendre l'empreinte digitale, mais pas pour prélever du sang !

En règle générale, les créatures ne permettent pas aux autres d'accéder à leurs fluides corporels. Encore moins à leur sang, sinon c'est le champ libre pour n'importe quelle sorcière dangereuse. Dans quoi me suis-je embarquée ? C'était censé être un poste de ramasseuse de verres. Pourquoi diable ont-ils besoin de mon sang pour que je collecte leurs foutus verres... C'est n'importe quoi. L'envie irrépressible d'écraser cette merde et de me carapater me domine presque tout entière, mais je me retiens.

Bon sang, accepter ce boulot est peut-être la pire de mes décisions.

À nouveau, je me force à me détendre. Enfin, je fais ce que je peux ; ça reste mon premier jour de travail. Je saisis la tablette d'une main tremblante et finis de remplir le questionnaire.

Dès que j'ai fini, la porte s'ouvre comme par magie sur un Luke souriant.

— Je t'ai trouvé deux tailles de tee-shirt. Je ne sais pas si tu préfères que ce soit moulant ou oversize, alors j'en ai pris un de chaque.

Il balance les deux hauts encore sous emballage sur le bureau, puis reprend sa tablette.

— Ce truc m'a piquée, bougonné-je en agitant mon pouce devant lui.

Son visage pâlit, et il se frotte le visage.

— Oh non, j'avais oublié ça... Désolé, Tru, s'excuse-t-il en levant les mains en signe de supplication. C'est entièrement de ma faute, j'aurais dû t'avertir. Je suis navré.

— Ça va, dis-je en balayant d'un geste de la main ses excuses.

Ça va pas du tout. Mais les gens normaux ne paniquent pas pour une petite goutte de sang. Si j'en fais tout un plat, je vais éveiller les soupçons et me mettre une cible dans le dos. Il doit sûrement déjà penser que je suis bizarre. Je n'ai pas envie que lui ou quiconque se penche davantage sur mon cas. Je dois rester invisible, un être gris.

Bon, la métaphore du gris ne colle pas vraiment compte tenu de ma taille et de mes cheveux flashy. Si je ne m'abuse, les filles aux cheveux multicolores sont joviales et pétillantes. Personne ne creusera derrière le sourire plaqué sur mon visage et l'expression faussement absente dans mon regard. Sourire et être aimable envers mes nouveaux collègues va m'aider à me fondre dans le décor. Personne ne fait attention à la fille discrète et sympa, contrairement à la fille taciturne qui se balade nerveusement en jetant des regards autour d'elle et en envoyant chier tout le monde. L'agressive Tru va devoir rester hors-jeu, je ne veux pas qu'on me remarque.

Comme Luke se sent coupable, je pourrais lui soutirer une réponse franche.

— Alors Luke, commencé-je en me penchant en avant dans ma chaise. Tu aimes *bien* Tilly ?

Son expression interloquée face à mon changement de sujet m'amuse.

— Oui...? répond-il avec un rire nerveux.

— Bien. C'est l'une des personnes les plus généreuses que je connaisse... Alors, sois gentil avec elle.

— Elle a dit quelque chose sur moi ? demande-t-il en s'appuyant contre le bureau, le regard intense.

Je lui adresse un sourire espiègle et frappe des mains.

— Peut-être... Entre toi et moi, il y a de grandes chances qu'elle accepte un rendez-vous, si tu lui proposes.

Son sourire gagne tout son visage, et ses yeux bleus dansent. Comme par miracle, il oublie tout de mon faux pas et de mon comportement étrange. Il pianote sur la table en opinant.

— C'est noté, merci, petite. Allez, je vais te faire visiter.

Dans la boîte, je talonne Luke. La plupart des plafonniers sont allumés et projettent une lumière éclatante. La partie publique du Night-*Shift* est impressionnante. On retrouve la même moquette soyeuse qui tapisse la salle de pause du personnel, et une piste en bois divise l'espace. Avant que mon grand-père tombe malade, j'étais entrée dans plusieurs boîtes de nuit à quinze ans, avec des amis plus âgés. À leur décharge, il est difficile de s'assurer que les clients sont bien majeurs lorsque la majorité d'entre eux ne vieillit pas. Cependant, aucune des boîtes où j'ai mis les pieds ne ressemblait à celle-ci. Le cocktail de couleur, de verre et de cuir donne un aspect ultramoderne, et une fois que la principale lumière décline, l'endroit doit sembler sorti des magazines. C'est la définition même d'un club huppé.

Honnêtement, j'ai hâte de voir à quoi ça ressemble lorsque l'éclairage se tamise et que la salle grouille de clients.

À l'instar de l'extérieur, la sécurité interne me laisse sans voix. Luke indique l'emplacement stratégique des caméras et des agents de sécurité si besoin.

L'usage de la magie est évident ; elle est intégrée à chaque niveau du bâtiment. Une foule de sorts transpire dans le sol, les murs, les trois bars, et les banquettes. J'en reconnais quelques-uns. L'un d'eux garde le sol propre en permanence — à bas les chaussures qui collent par terre ! J'ignore à quoi servent les sorts qui encerclent l'arrière du bar... une sorte de protection ? Bien que j'ignore leur but, vu les frissons qu'ils me donnent, je présume que ça doit piquer.

Luke me présente au personnel qui prépare l'ouverture des portes. Il m'attribue l'espace que je dois gérer et m'explique ma mission. S'il y a du bazar, je nettoie. Ce n'est pas sorcier, et cela m'a l'air plutôt simple. Par chance, je n'ai pas besoin de toucher quoi que ce soit derrière le comptoir ni de m'approcher de ces sortilèges flippants.

J'interagis suffisamment avec les clients du café pour ne pas me coltiner les clients d'ici en tant que ramasseuse de verres. C'est un bonus. Je vais me faire un plaisir de collecter sans réfléchir les verres vides, et de jeter les bouteilles vides dans la benne à ordure dehors. Je vais me fondre dans la masse et me faire un pactole.

La bouche d'air conditionné au-dessus de ma tête souffle dans mes cheveux. Je me frictionne les bras. Brrr. On se les pèle. J'ai la chair de poule.

— Quand ce sera plein à craquer, tu béniras l'air conditionné, même si ce n'est pas le cas lorsqu'on prépare tout. Il fait toujours froid, révèle Luke avec un sourire amical. On a déjà essayé de ne pas l'allumer, mais dès qu'on a ouvert, le club s'est transformé en fournaise. C'était l'enfer. Alors on maintient une température froide quelques heures avant.

Il pointe les toilettes du doigt.

— Ça aussi, c'est pour toi. Jettes-y un coup d'œil toutes les heures. Il y a tous les produits d'entretien nécessaires dans l'armoire. Change les rouleaux de papier toilette, vide les poubelles. Occupe-toi seulement des toilettes pour femmes.

Il frappe dans ses mains.

— C'est tout. Normalement, tu ne démarres pas avant l'ouverture, alors...

Il contrôle l'heure à son poignet, puis suggère :

— Va te poser en salle de pause. Il y a tout un tas de trucs pour les employés, à moins qu'il y ait un nom inscrit quelque part. Tu commences à neuf heures.

Chapitre Sept

J'ai terminé ma journée. Je n'ai travaillé que huit heures au café, alors je dévale la rue comme une pile électrique. Y a encore du jus dans les muscles, assez pour foncer direct à la salle de sport et me donner à fond.

J'ai du mal à m'entraîner seule. Ce qui me manque, c'est l'entraînement au combat qui coûte la peau des fesses. Arrêter après toutes ces années m'a arraché un bout de ma vie.

Mais lorsque la maladie de Grand-père s'est aggravée, nos priorités ont changé. Il ne pouvait plus travailler, alors c'est moi qui ai pris le relais.

Ensuite, il y a eu son enterrement à payer.

Et puis la rue. À ce stade, les cours particuliers étaient un luxe envolé. J'imagine qu'il faut faire des sacrifices.

Alors je me contente des cours collectifs inclus dans

mon abonnement, en plus de mon entraînement habituel. Aujourd'hui, j'ai suivi un cours de boxe aérobique. Je ne peux pas m'empêcher de sourire. L'agressivité et les grognements dans cette salle... Je ne verrai plus jamais les humains de la même façon. Ces nanas font flipper. Des criminelles en puissance. Je préfère encore affronter un métamorphe.

Mine de rien, ces mouvements m'ont rendue plus légère sur mes appuis. Une bonne surprise. Je vais rajouter quelques cours de danse à ma routine. Tout ce qui peut me garder en forme est bon à prendre. Trimer toute la journée, c'est pas pareil que s'entraîner. Et je dois rester au top. Parce que je ne sais jamais quand il faudra courir... ou frapper.

Le soleil tape sur mon visage alors que je rentre. Je ne m'en lasse pas. On dit que les vampires craignent la lumière du jour ? Foutaises. Même nous, les sang-mêlé, on peut s'exposer sans se désagréger comme certains films le font croire. Je passe devant le parc, qui n'est pas du tout effrayant pendant la journée. J'observe les humains et les créatures qui profitent des rayons du soleil.

Un petit groupe de jeunes traîne près des arbres au bord du lac. Ils rient, se chamaillent, s'attrapent en chahutant. Je souris à leurs pitreries. Qu'est-ce que ça fait d'avoir cette liberté, cette insouciance ? Juste jouer avec ses potes sans autre souci que d'être rentré à l'heure pour le dîner.

J'ai eu des amis autrefois. Je grogne et détourne le regard. Je déteste cette jalousie qui rampe sous ma peau comme du poison. Mes amis... je fronce le nez avec dégoût. Disparus, envolés dès que les choses se sont aggravées. Les gens sont si superficiels. Aujourd'hui, la personne la plus proche de moi, c'est ma patronne, Tilly. Franchement, c'est un peu triste.

Mon destin n'a jamais été d'avoir une vie facile. C'est pas grave. Je hausse les épaules. Je m'ennuierais. Mes pas ralentissent, mon allure se fait plus traînante. Puis des mots me parviennent, portés par le vent.

— On n'a qu'à foutre le feu, maintenant.

Sans réfléchir — ou peut-être parce que je suis curieuse — je quitte le trottoir et bifurque dans le parc en direction du lac. L'herbe crisse sous mes baskets, et j'évite de justesse quelques pâquerettes sauvages. En m'approchant, je compte neuf garçons. Mon regard se plisse. Ce que je vois me fait bondir.

Avoir la vision d'un vampire, c'est un cadeau empoisonné. Parce que j'aimerais ne pas voir ce que font ces garçons. Mais je laisse l'indignation se distiller en colère. Une colère utile. Ça fait trop longtemps que je me tiens à carreau, j'ai besoin de me défouler. Alors je fonce dans le tas. D'un coup d'épaule bien placé, j'envoie valser deux d'entre eux qui atterrissent brutalement sur l'herbe. Je ne plaisante pas. Mon pied s'enroule derrière la cheville d'un autre, et je l'accroche là où ça fait mal, enfonçant ma botte dans son tendon d'Achille. Il s'effondre en poussant un cri de surprise.

J'arrache un couteau de la main d'un des gamins et d'un coup de poignet, je le jette au sol. La lame se plante dans sa chaussure. Il piaille, tombe à genoux, et se roule en agrippant son pied transpercé.

Je grogne vers les autres garçons qui sont encore debout. Ils doivent voir quelque chose dans mon regard, car deux d'entre eux détalent comme des lapins. Les autres hésitent, se relèvent du sol, méfiants. Je leur tourne le dos pour regarder vers l'arbre.

— Je m'appelle Tru. Ils ne te feront plus de mal, dis-je d'une voix douce. Tu veux que j'appelle quelqu'un ? La guilde des faës, peut-être ?

J'avale ma salive, mal à l'aise. Je déteste l'idée d'impliquer une guilde, mais cette fois, ce n'est pas moi qui décide. Ce n'est pas de moi qu'il s'agit.

C'est d'elle.

La pixie est scotchée au tronc avec du ruban adhésif. Elle secoue la tête, et la pointe de son oreille manque de peu la lame d'un couteau planté juste à côté. Elle doit mesurer quinze centimètres à tout casser.

Des larmes argentées coulent de ses grands yeux bleu saphir et étincellent sur ses joues. Sa détresse fait chavirer mon cœur. Mon âme entre en résonance avec sa souffrance.

Les couteaux enfoncés dans l'écorce autour d'elle me racontent tout ce que j'ai besoin de savoir. Une lame a déchiré son pantalon, dévoilant un bout de peau bleu saphir. Une autre a tranché une mèche de ses cheveux bleu foncé. Un monstre en moi gonfle, gronde, prêt à exploser. Ces petits enfoirés l'ont prise pour une cible d'entraînement au tir.

Et ils allaient mettre le feu. Je me sens mal. Que lui serait-il arrivé si je n'étais pas passée par là ? C'est pour cela que je n'aime pas les gens.

Je tourne le dos aux salopiots, mais mes sens sont en alerte et je l'entends approcher. Le sol crisse sous ses pas lourds, ce qui le trahit immédiatement. Il sent la sueur et quelque chose de rance. Je fronce le nez et saisis la lame plantée dans la chevelure de la pixie. Puis je me tourne et le fixe d'un œil noir.

C'est un blond, plus âgé que les autres garçons : le chef

de bande. Il est trapu, massif, mais il mesure quoi ? Huit, dix centimètres de moins que moi.

— Un pas de plus et je te tue, grogné-je.

Sans le quitter des yeux, je fais tourner le couteau entre mes doigts. La lame virevolte, effectue quatre rotations parfaites avant de retomber dans ma paume. Son regard s'écarquille légèrement. Il sent le danger, l'instinct lui souffle de reculer. Mais bien sûr, il l'ignore et avance d'un pas bravache.

Quel imbécile.

Je penche la tête sur le côté, intriguée. Il vient de me prouver que je suis une menteuse. Parce que je ne vais pas le tuer. Pas ici. Pas maintenant. Trop de monde dans le parc, trop de témoins. La prochaine fois, je choisirai mieux mes mots.

Alors non, il ne mourra pas aujourd'hui.

Même s'il le mérite. Sans me soucier de lui, je me tourne à nouveau vers la pixie. Il se déplace avec lourdeur, lenteur. Il est pataud, pas entraîné. C'est un *humain*. Je le garde dans ma vision périphérique au cas où il ferait une autre bêtise, puis je glisse la lame dans l'adhésif pour trancher les liens du lutin.

— Tu comptes faire quoi ? On est neuf, déclare-t-il avec audace.

Je souris.

— Recompte.

Je fais un signe de tête en direction de son groupe d'amis. Il suit mon regard.

— Cinq, crache-t-il. Et alors, t'es une fille. On pourrait s'amuser avec toi aussi. J'ai toujours voulu me *faire* une géante.

Il passe sa langue sur ses lèvres, ses mains glissent vers sa ceinture. Waouh, c'est vraiment un mec ignoble.

Je me place entre le violeur en herbe et la pixie.

— Je suis censée avoir peur, c'est ça ? Tu n'es pas le prédateur, ici.

Le garçon avec le couteau dans le pied pousse un rugissement de douleur et je ne peux pas m'empêcher de ricaner tout bas. Le blond se fige, un frisson incontrôlé lui parcourt l'échine. Il recule d'un pas, le regard oscillant entre moi et son pote qui se roule au sol. Je crois qu'il ne s'attendait pas à ce que je me moque de lui. Il a l'habitude que les gens aient peur. Et moi, je l'inquiète.

— Ouh là, je serais toi, je ne retirerais pas le couteau, conseillé-je à Blade Runner alors que mes joues me font mal tant mon sourire s'étire façon Joker. J'ai peut-être sectionné une veine importante. Tu veux pas te vider de ton sang, hein ?

Puis je tourne mon attention vers le reste du groupe.

— Alors, c'est ça que vous êtes ? Des petites frappes et des violeurs ?

Deux gars tressaillent alors je dirige mes prochains mots vers eux.

— Vous avez une mère ? Une sœur ? Une copine, peut-être ? Ça vous plairait que votre pote dise en riant qu'il va les violer ? sifflé-je en montrant les dents. Qu'il les attache à l'arbre ? Vous aimeriez les entendre pleurer et crier de peur pendant qu'il leur balance des couteaux ? Ou qu'il baisse son froc ? Ça vous ferait marrer ?

Ils détournent les yeux.

— Elle est pas humaine, alors ça compte pas, lâche le blondinet.

Je secoue la tête, laissant mon mépris se lire sur mon visage.

— Putain, mais qu'est-ce qui déconne chez vous ? Vous faites confiance à ce gars pour assurer vos arrières ? Vous croyez que les gens vont vous applaudir quand ils apprendront ce que vous avez fait ? Torturer une pixie ? Si j'étais vous, je le mettrais hors d'état de nuire. Parce que, tôt ou tard, c'est lui qui vous enfoncera.

Je baisse la voix et me tourne vers la pixie. Il faut que je lui demande sa permission. Elle a vécu une expérience traumatisante, je ne veux pas en rajouter.

— Je vais couper le dernier bout de ruban adhésif. Je pourrai te tenir, pour pas que tu tombes ?

Elle hoche la tête.

— D'accord.

Le dernier coup de lame la libère. Je la récupère aussi délicatement que possible dans ma paume. Je grimace. Elle est presque invisible sous toutes ces couches de ruban adhésif. Comment vais-je pouvoir lui enlever ? Je vois bien qu'elle a dû se débattre, car le ruban est presque incrusté dans sa peau.

— Tu veux que je te ramène à ton terrier ? lui demandé-je gentiment.

— J'ai nulle part où aller, répond-elle d'un filet de voix à peine audible.

Des larmes roulent sur son visage. Ses grands yeux brillent de détresse. Elle a l'air brisée.

Mon cœur se serre.

— C'est bon. Je suis là.

J'élève la voix et m'adresse aux garçons. Deux autres se

sont éclipsés, dont Blade Runner qui s'éloigne en boitillant. Il ne reste plus que trois imbéciles.

— Vous pouvez pas faire confiance à un gars qui trouve normal de torturer une créature sans défense. Une minuscule pixie. Ce type est un psychopathe. Vous ne valez pas mieux que lui, ses larbins. Vous êtes même pires que lui parce que vous ne pouvez pas penser par vous-mêmes.

Le blond bombe le torse. Ses yeux brillent d'une lueur cruelle.

— On s'en fout.

— *On* s'en fout. Oh, pauvres petites marionnettes idiotes ! dis-je avec une moue en secouant la tête en direction des deux autres. Ça fait pas trop mal d'avoir sa main enfoncée dans votre cul ?

Puis je reporte mon attention sur le blond. Je lui sers mon plus beau sourire de folle.

Oh, il n'aime pas ça.

Un vrai régal. Le genre de mec à qui j'adore filer une leçon. Et qui sait ? Peut-être que ses « amis » finiront par se débarrasser de lui. Ça rendrait service à tout le monde.

— Tu t'en foutras moins quand tes deux marionnettes vont regarder une fille te foutre une raclée. Oups, la honte.

J'accompagne mes mots d'un rire cristallin, presque enfantin. Un faux gloussement qui le fait vriller. Ses yeux se voilent d'un rouge de colère. Et comme prévu, il fonce.

Il pousse un cri guttural, tête baissée comme un taureau, les bras brassant l'air n'importe comment, et me charge.

Je ricane. Ce garçon a l'habitude d'utiliser son poids pour dominer les autres. Il fonce sans même regarder où il va. Un vrai bourrin. J'attends la dernière fraction de seconde, puis je pivote légèrement et tends le pied. Boum. Alors qu'il passe devant moi en courant, il trébuche et se fracasse la tête contre l'arbre. Évanoui net.

C'est un peu décevant.

Du bout du pied, je le pousse pour vérifier. Ouais, il va se réveiller avec une belle bosse. Je jette un œil aux couteaux encore fichés dans l'écorce.

— Tu veux que je lui en plante quelques-uns ? demandé-je à la pixie.

Elle lâche un petit rire incrédule, presque surpris.

— Non, merci.

Un léger sourire étire mes lèvres. Si elle arrive encore à rire, c'est qu'elle va s'en sortir.

Les potes du blondinet ont disparu. Ils l'ont laissé là, ces lâches. Je hausse les épaules. C'est pas mon problème.

Si j'étais sûre de m'en tirer, je traquerais ces autres petits cons pour leur faire payer. Mais ils ne valent pas la peine de s'attirer des ennuis. La priorité, c'est la pixie.

— J'ai une amie qui pourra peut-être t'aider à retirer tout ça. Ça te va ?

— Oui... Merci, Tru, dit-elle en prononçant mon prénom timidement, comme si elle avait peur de se tromper. Je m'appelle Story.

— Enchantée, Story. Je vais courir, tu es d'accord ?

Nouveau hochement de tête.

— Très bien. On va te soigner.

Je referme doucement ma main autour d'elle et me mets à cavaler.

Je traverse le parc, bifurque dans les rues animées de la ville. Il faut trouver quelque chose pour détacher ce foutu ruban sans lui arracher la peau. Et si quelqu'un peut m'aider, c'est Tilly.

J'ouvre la porte du café d'un coup sec, et la cloche au-dessus fait entendre une protestation désaccordée. Derrière le comptoir, Tilly lève la tête et, en voyant mon expression, elle accourt immédiatement.

— Tru ?

— Tilly, s'il te plaît, aide mon amie.

J'ouvre la paume. Tilly fronce les sourcils, intriguée, puis baisse les yeux. Dès qu'elle aperçoit la pixie recroquevillée dans ma main, elle pousse un cri bouleversé.

En réaction, Story couvre son visage et se recroqueville.

— C'est bon. Tilly est une amie. Tu n'as rien à craindre, murmuré-je.

— Oh, par mère Nature... Par les arbres sacrés... bafouille Tilly.

Son regard horrifié rencontre le mien. Elle papillonne des paupières pour chasser les larmes qui menacent de couler. Quelques pétales roses s'échappent de ses cheveux verts et tombent au sol.

— Bien sûr qu'on va l'aider ! Venez toutes les deux avec moi.

Elle arrache son tablier et le jette sur le comptoir.

— Alex, je sors un moment ! Je reviens le plus vite possible ! crie-t-elle en nous poussant vers la porte. J'ai une amie sorcière. Elle est aussi infirmière. Elle saura quoi faire.

Nous quittons la rue principale pour rejoindre Birley Street. Là, coincé entre une galerie d'art et un salon de coiffure, se dresse un bâtiment discret, mais dont l'enseigne ne laisse aucun doute : élixirs & infusions — expert en potions portables.

Mon nez sensible me picote. L'odeur des herbes et de la magie sature l'air ; j'en frissonne. Nous suivons Tilly à l'intérieur.

L'atmosphère de la boutique vibre d'une énergie étrange. Les étagères en bois débordent d'artefacts, de fioles scintillantes et d'objets enchantés. Le magasin est baigné de lumière naturelle grâce aux larges fenêtres, mais ce qui me fascine, ce sont ces dizaines de sphères lumineuses flottant dans la pièce. Elles dérivent lentement, se déplaçant là où on a besoin d'éclairage. L'une d'elles flotte au-dessus de la tête de Tilly. C'est flippant.

— Jodie, Jodie ! appelle Tilly.

Dans un coin, une jolie sorcière aux cheveux noirs lève les yeux d'un grimoire ancien.

— Tilly ? Qu'est-ce qui se passe ?

— Oh Jodie, tu tombes bien ! On a besoin de toi ! gémit Tilly en se précipitant vers son amie.

Comme si on avait actionné un interrupteur, la sorcière passe en mode pro. Elle referme son grimoire, bondit sur ses pieds et contourne le comptoir. D'un regard aiguisé, elle scrute Tilly, puis ses yeux se posent sur moi.

— Ce n'est pas pour moi, dis-je.

J'ouvre ma paume une nouvelle fois.

Jodie sourit gentiment à Story.

— Bonjour, je m'appelle Jodie. Tu es au bon endroit. J'ai tout ce qu'il faut pour te soulager. Je peux te toucher ?

Story lève vers elle ses yeux bleus immenses, hésitante, puis cherche mon regard. J'incline la tête pour l'encourager.

— Oui... Je suppose. Je m'appelle Story.

Jodie la soulève avec une infinie précaution.

Et soudain, une tension me saisit. Je n'ai pas envie de la

lâcher. Je plisse les yeux en observant la sorcière la tenir entre ses mains. Je me mordille la lèvre. Tilly sait forcément ce qu'elle fait.

— J'ai de quoi payer les soins, alors fais tout ce qu'il faut.

— Tu as puni ceux qui lui ont fait ça ?

Je hoche simplement la tête.

— Bien. Ça me suffit comme paiement. Viens, Story, je vais m'occuper de toi.

Tilly et moi suivons la sorcière dans l'arrière-boutique.

La pièce est grande, mais confortable, décorée dans des tons chauds et attrayants. Elle dispose d'un véritable poêle à bois et d'un coin salon confortable à une extrémité et d'une belle et grande cuisine de sorcière de taille industrielle à l'autre, avec une table pouvant accueillir une douzaine de convives.

Jodie installe Story sur la table et lui explique tout ce qu'elle va faire, prenant soin de lui demander la permission pour chaque étape. Elle utilise des potions pour dissoudre le ruban adhésif sans douleur et guérir les égratignures laissées sur sa peau. Une fois libérée, Story révèle un épiderme d'un bleu profond et magnifique, comme du saphir liquide. Jodie trouve même des vêtements pour remplacer ceux de la pixie qui ont été déchirés.

— Merci... Merci infiniment. Je ne sais pas ce qu'on aurait fait sans toi, soufflé-je.

Je n'ai jamais été aussi reconnaissante. La gentillesse de la sorcière m'a rendue humble.

— Oui, merci, ajoute Story d'une voix timide. Vous avez toutes été d'une grande gentillesse. Sans vous, je serais sûrement morte.

— Je t'en prie, dit Jodie avec douceur. Je suis heureuse d'avoir pu t'aider. Si jamais tu veux parler de ce qui s'est passé, ma porte t'est ouverte.

— Merci.

Jodie incline la tête, puis Tilly se tourne vers moi.

— Dis-moi, Tru, tu raccompagnes Story chez elle ?

La pixie sourit, mais sa lèvre inférieure tremble.

— Tu as bien un endroit où aller, hein ?

Silence.

— Je vais me débrouiller. Merci encore pour tout.

Merde, elle est sans abri.

Mon cœur fait un bond, et, sans réfléchir, je m'entends dire :

— Elle peut rester avec moi.

Génial, Tru. Où ça, chez toi ? Dans ton garage miteux ? Quelle hospitalité. J'ai envie de me gifler. Mais le regard de Story, la façon dont ses yeux couleur saphir s'illuminent, me fait comprendre que j'ai pris la bonne décision.

Chapitre Huit

— C'est ta tanière, ici ? demande Story.

Du coin de l'œil, je la vois perchée sur mon épaule.

— Ouais, plus ou moins... Désolée, cet endroit est...

Un taudis. Un foutu garage. Une misère.

— Incroyable, me coupe-t-elle, la voix pleine d'émerveillement.

D'un bond, elle glisse le long de mon bras et atterrit au creux de ma paume. Son visage minuscule irradie de joie. Elle tourne sur elle-même, ses pieds nus effleurant ma peau.

— Cet endroit est génial, murmure-t-elle.

Je secoue la tête, un sourire un peu désabusé aux lèvres. Eh bien, si une pixie le dit... Qui suis-je pour la contredire ? Alors, génial ce sera.

Je me tortille nerveusement et grimace en pensant à mes

économies ridicules, mais j'ouvre quand même la bouche et m'entends dire :

— Il faut qu'on t'achète des affaires.

Je veux que ma nouvelle amie se sente bien ici. Déjà qu'elle vit dans un garage merdique... Peu importe ce qu'elle en dit, je sais exactement ce que c'est. Et elle n'a rien. Elle a besoin de choses à elle, d'un minimum vital, et c'est au moins quelque chose que je peux lui offrir.

Quand j'ai perdu mon chez-moi... quand on m'a foutue dehors. Si je n'avais pas eu mes affaires, mes souvenirs auxquels me raccrocher... Je n'ose pas imaginer ce que ça aurait été.

Story, elle, n'a rien d'autre que les frusques qu'elle porte. Et ça me pince le cœur.

Je ne veux pas qu'elle perde sa dignité. Si je peux lui rendre, même un tout petit morceau d'elle-même... peut-être... peut-être qu'il y a encore un espoir pour moi aussi.

Je chope mon téléphone et cherche en ligne. Je déniche quelques boutiques locales qui vendent des affaires pour pixies, et, plus important encore, qui rentrent dans mon budget de misère. Je veux qu'elle ait de quoi communiquer, qu'elle se sente chez elle, alors je suis carrément emballée quand je tombe sur un minuscule téléphone pixie. Oh, troooop mignon.

Il nous faut quelques heures pour récupérer nos achats. Vive le click and collect ! Surtout quand tu peux acheter une armoire, un lit et que tout tient dans un sac à dos. Sérieusement, acheter des trucs en taille pixie, c'est génial.

De retour au garage, je sors mes outils. Je fais sauter un tournevis dans ma main et lance un sourire à Story.

— Tu veux dormir dans le cabanon avec moi, ou je t'aménage un coin rien qu'à toi dans le garage ?

L'hiver pourrait être un problème, mais je trouverai bien une solution.

— Avec toi, si ça ne te dérange pas. Je n'ai pas envie d'être seule.

— Oki-doki, c'est parti.

Je tape dans mes mains. J'ai encore des planches qui traînent, celles que j'avais utilisées pour consolider la grande porte du garage. Au moins, ça ne me coûtera rien. Et rien, c'est parfait.

Je fredonne en assemblant une boîte en bois, qui devrait faire une chambre confortable. Je ne le dis pas à Story, mais… c'est un peu comme construire la maison de rêve de Barbie.

C'est mal de prendre du plaisir à ça ?

J'installe une étagère dans un coin en hauteur, bien calée. Un bout de tapis de bain découpé fait un parfait revêtement pour le sol. Story sautille d'excitation en me regardant placer son lit et son armoire à l'intérieur.

— J'aimerais pouvoir égayer un peu les murs, soupire-t-elle en contemplant son nouveau refuge.

— Oh, attends une seconde !

Je bondis hors du cabanon, traverse le canapé en un saut et plonge dans un sac de vieilleries que je comptais jeter.

— Non… Non… Ah, là !

J'en extirpe une vieille boîte de peinture qui a atterri dans les affaires de Grand-père. Autant dire que le tueur à gages faë que j'ai connu ne passait pas ses journées à faire des coloriages. Je souris en voyant les yeux de Story s'illuminer. Les petits pots de peinture sont parfaits pour elle, et je dégote un mini pinceau à lèvres qui fera un excellent pinceau pour pixie.

Assise sur mon lit, je l'observe en silence, fascinée. Story est en train de peindre une immense fresque de tournesol sur son mur, et c'est... magnifique. Elle a un talent fou. Quand elle approche de la fin, je me lève pour préparer le repas. Pendant qu'on mange, la peinture aura le temps de sécher, et ensuite, elle pourra ranger ses affaires.

— Oh, Tru, c'était la pire et en même temps la plus belle journée de ma vie, dit-elle, les yeux grand ouverts et pétillants de sincérité.

Waouh. *Paf,* mon cœur fond. C'est une sensation addictive.

On forme une super équipe.

Après le repas, je m'affale sur le canapé et commence à réfléchir aux aspects pratiques. Il faut que je trouve un moyen pour que Story puisse entrer dans sa chambre sans que je sois là. Un escalier ? Une échelle ? Le cabanon est déjà bien encombré avec toutes mes affaires, et comme son petit coin est accroché au plafond, j'ai peut-être un peu compliqué les choses. Je mâchouille ma lèvre. Peut-être que si j'ajoute une petite porte et installe un accès à l'extérieur, elle sera plus indépendante.

— Miaou, me réprimande mon chat, interrompant mes pensées.

Pour lui prouver qu'il a bel et bien englouti toutes ses friandises et que je ne cache rien, je lui montre mes mains, comme un magicien prouvant au public qu'il n'a rien dans ses manches. Dexter traverse le canapé en trottinant et renifle mes doigts pour vérifier.

— Il n'y a plus rien, je râle.

Je ne sais pas comment cette boule de poils s'y prend pour me faire sentir aussi coupable. Il mange mieux que moi, pourtant.

J'espérais que les friandises le distrairaient et, en prime, l'encourageraient à être sympa avec Story. Elle est si minuscule que j'ai peur pour elle. Je ne veux pas qu'il la prenne pour une proie. Mais, jusqu'ici, il semble se tenir à carreau. J'ai le pressentiment qu'il sait déjà que les pixies ne sont pas comestibles. Il n'a montré aucun signe d'agressivité envers elle, et c'est un énorme soulagement. Je lui gratouille le menton.

— Qui c'est le plus beau, hein ? C'est Dexter, oui, c'est lui le gentil matou.

— J'en reviens pas d'avoir autant de chance, dit Story, une main sur le cœur. Je suis si reconnaissante pour toutes ces belles choses... Et en plus, tu as un *beithíoch* comme gardien. Je serai en sécurité ici.

Elle désigne Dexter d'un signe de tête. Je suis son regard et me retrouve face à un spectacle... disons peu glorieux : mon chat, patte arrière en l'air, en pleine toilette intime. *Génial, Dex. Vraiment, super première impression.* Je fronce le nez face à son enthousiasme.

Puis les propos de Story m'interpellent.
— Un beithíoch...

Cet énorme chat faë, sans poils, effrayant, du genre à te bouffer la tête ?

Je regarde Dexter et son pelage roux. J'en ai déjà vu à la télé, et mon Dexter n'a rien à voir avec ces créatures. Je retiens un rire pour ne pas être impolie. Je suppose que, pour une pixie, Dexter doit sembler gigantesque.

— C'est juste un chat, lui dis-je avec un sourire et un haussement d'épaules.

Story cligne des yeux. Puis, avec un air entendu, elle tapote son minuscule nez et me lance un clin d'œil complice.

— Oh oui, bien sûr.

Hein ? Mon regard glisse sur Dexter. Nooon. Pas possible. Je plisse les yeux, suspicieuse.

— Mert, émet-il avant de reprendre son toilettage.

Euh. *Mert*, en effet. Je secoue la tête et souffle un grand coup. Je vais juste... oublier cette conversation. Je me concentre sur ma mission du jour : trouver un moyen pour que Story puisse aller et venir à sa guise. Je regarde le cabanon et, du coin de l'œil, je surveille Dexter. Ouais, ne pensons pas à ça. C'est juste un chat.

— Tu préfères quoi ? Une échelle ou un escalier ? je demande à Story, vu que c'est elle qui va utiliser mon bricolage.

— Oh, euh... j'ai un truc à te montrer. Promets-moi de ne pas te fâcher.

Je me tourne vers Story. Elle se balance d'un pied sur l'autre, les doigts nerveusement entremêlés. Je lui offre un sourire encourageant. Merde, après le chat-monstre, qu'est-ce qui pourrait être pire ?

Elle déglutit, ferme les yeux... et soudain, une lumière rose scintille dans son dos.

— Oh, du rose, je murmure, admirative.

L'instant d'après, Story déploie des *ailes*. Je reste bouche bée et tape dans mes mains. Ses ailes magiques battent vivement alors qu'elle s'élève du canapé et fonce droit sur moi. J'ai les yeux tellement écarquillés qu'ils risquent de me sortir de la tête. Je louche un peu quand elle flotte devant moi, essayant de me focaliser sur elle. Puis je cligne des paupières, sidérée.

— Bordel de... Story, t'as des ailes ! couiné-je.

L'émerveillement dans ma voix la fait sourire.

— Oui. Mon père est un pixie, et ma mère... une fée. J'ai hérité de ses ailes.

Elle tournoie sur elle-même, me laissant admirer ses magnifiques appendices.

Je lève la main et, sans les toucher, je trace des cercles dans l'air autour des ailes délicates.

— Waouh... elles sont splendides. Ce rose doré sur ta peau bleue, c'est juste... époustouflant. Mais pourquoi tu croyais que j'allais me fâcher ?

Son sourire s'efface à mes mots, et elle redescend lentement pour se poser sur l'accoudoir du fauteuil.

— Je suis une abomination, murmure-t-elle avant que ses ailes ne disparaissent.

Puis elle s'assied en tailleur, l'air accablée.

Merde alors. Je fronce les sourcils.

— Quand mes ailes sont apparues, ma troupe m'a chassée. Ils ont dit...

Une larme roule sur sa joue, et ma gorge se serre en voyant sa détresse. Je savais que Story avait quelque chose de spécial. Elle est différente, comme moi.

— Ils ont dit...

— Ils t'ont traitée d'abomination ? soufflé-je.

Elle hoche la tête. Mon cœur se serre.

— Ils m'ont jetée dehors. Je n'avais nulle part où aller, alors je suis restée au parc, parce que c'est un territoire libre. Ça fait des semaines que j'y vis. J'essayais d'être prudente, et pourtant, ces affreux garçons m'ont attrapée et j'ai cru que j'allais mourir.

Elle lève les yeux vers moi, ses larmes coulant à flots.

— Et pendant un instant, juste un instant... sanglote-t-elle en se frottant les joues d'un geste maladroit. Je me suis sentie soulagée. Je voulais mourir, parce que... qui voudrait d'une abomination comme moi ?

— Tu n'es pas une abomination, Story. Tu es incroyable, dis-je sincèrement. Tu es la plus jolie faë que j'aie jamais vue.

— C'est vrai ? s'étonne-t-elle.

— C'est vrai, confirmé-je d'un ton sans appel. Mais ne le dis pas à Tilly, ça risquerait de la vexer.

Quand elle comprend que je le pense sincèrement, ses yeux s'agrandissent. D'un battement d'ailes, elle s'élance vers moi et atterrit dans ma paume. Elle jette ses petits bras bleus autour de mon pouce et...

Elle fait un *câlin* à mon pouce.

Je cligne des yeux à toute allure, parce que c'est pas le moment de chialer. Avec précaution, tout en douceur, je referme mes doigts autour de son minuscule corps et je la serre contre moi.

— Je suis là, murmuré-je.

Je la protégerai.

Chapitre Neuf

Je tends le ticket de caisse à la cliente qui a commandé un thé Earl Grey et une pâtisserie au citron. Elle s'éloigne en me remerciant à demi-mot. Il n'y a pas un chat dans le café. La ville est étrange ces derniers temps ; ses habitants ont senti le changement dans l'air et se tiennent légèrement à distance.

Je bâille à m'en décrocher la mâchoire. Clairement, je m'ennuie.

Story a fini son dernier gâteau de mariage. Elle dézippe sa combinaison de protection — une précaution hygiénique puisqu'elle doit crapahuter sur le gâteau pour appliquer le glaçage — et s'en extirpe en se tortillant. Elle noue les bras autour de sa taille et recule pour admirer son œuvre, les mains plantées sur sa taille frêle.

— Hé, coloc, tu peux me porter ? J'aimerais voir à quoi ça ressemble d'en haut.

J'acquiesce et tapote le comptoir pour qu'elle saute dessus. Des particules de poussière de fée tombent de ses ailes ; c'est pourquoi il est interdit de les utiliser à l'intérieur du café. Cela ne me gêne pas de jouer l'ascenseur pour elle.

Je la hisse afin qu'elle ait une meilleure vue. Nous contemplons toutes les deux sa pièce montée, parsemée de perles argentées et de pétales roses en sucre.

— Bien joué, la félicité-je.

Ça reste un gâteau. S'il est bon, cela veut dire qu'il est réussi. Sinon, ben... Je plaide coupable : je n'ai aucune idée de ce que je suis en train de regarder.

— Il est parfait, conclut-elle avec un sourire satisfait qui illumine fièrement ses joues couleur saphir.

Story s'est révélée un génie de l'art. Lorsque j'ai montré à Tilly les photos des tournesols qu'elle a peints sur le mur de sa chambre, elle a aussitôt demandé si Story était capable de les reproduire sur un gâteau. Il n'a fallu qu'une petite formation appuyée des encouragements de Tilly pour que Story devienne en moins de deux une décoratrice de gâteaux exceptionnelle. Mon amie a un don, et je dois bien admettre que ses créations sont magnifiques.

J'ignore comment elles s'y prennent toutes les deux. Il est inconcevable que Tilly me laisse m'approcher de ses gâteaux. Elle me laisse à peine effleurer les pâtisseries. J'imagine sans difficulté le bazar que je causerais. J'ai plutôt la poigne ravageuse de Hulk que les doigts de fée d'une artiste.

Même si, en réalité, certains mouvements de combat peuvent être artistiques... Je ne suis pas totalement dépourvue de talent. Le combat peut être beau visuellement. Un jet de sang, un os broyé... Je me lèche les lèvres.

Vampire.

J'ai beau être végétarienne, je ne raffole pas moins des détails sordides d'un bon bain de sang sans avoir à y prendre part. Je plisse le nez à cette pensée. Le sang et moi, on n'est pas copains du tout.

Story tapote du pied pour me signaler qu'il est temps de la faire redescendre. Je baisse la main sans discuter, et elle saute sur le comptoir. Bien qu'elle gagne un salaire décent — supérieur au mien, en fait — elle insiste pour vivre dans le garage avec Dexter et moi. Comme elle n'a pas non plus hésité à cumuler son salaire au mien, notre tirelire continue de se remplir.

Je lui suis extrêmement reconnaissante.

Il ne faudra pas longtemps avant d'avoir assez d'argent de côté pour déménager. Story a également dit qu'elle mettrait l'appartement à son nom pour ne pas avoir à attendre mon anniversaire.

Franchement, c'est pas bon ça ?

La roue commence enfin à tourner.

— Une tempête se prépare, dit-elle. On n'a plus d'œufs. Comment ça se fait ? Cette nouvelle société de livraison est diabolique !

La porte d'un placard claque et Tilly fonce vers nous, à bout de nerfs. Elle se dirige vers la caisse et s'acharne sur les touches.

— Tu veux que je les appelle ? proposé-je gentiment en me frottant les mains pour retirer la poussière de fée.

— Non, je m'en charge. Tu vas les effrayer. Et puis, tu es la raison pour laquelle on a dû changer, et de fournisseur, et de société de livraison.

Ah ouais, super.

La caisse sort un ticket, et le tiroir s'ouvre avec un ding.

Tilly s'empare du ticket et le signe, puis le replace à l'intérieur, en l'échangeant contre un billet de vingt.

— Tu pourrais aller faire un tour au magasin et acheter une douzaine d'œufs ?

— Sans problème.

J'enlève mon tablier à la hâte et le balance dans la salle de pause sans regarder. Par miracle, il ne tombe pas par terre et atterrit sur le comptoir. Je me félicite de ce lancer de maître en faisant la danse du poulet, sous les yeux de Tilly, qui secoue la tête d'un air désapprobateur, et de Story qui glousse.

J'arrache le billet de vingt de la main de Tilly et sors du café.

— N'oublie pas de demander une facture ! crie-t-elle dans mon dos.

Je lui fais un signe de main.

— Oh Story, c'est le meilleur que tu aies fait jusqu'ici. J'adore l'emplacement des perles...

EN RENTRANT DU MAGASIN, le sac contenant les œufs encombre mes bras. Puis j'ai une vision. J'entrevois de larges épaules, et presse le pas. J'ignore ce qui m'intrigue autant chez lui, car je ne vois que son dos.

J'imagine qu'on le sait, c'est tout. Quand un mec est beau de dos, on sait d'instinct qu'il va être aussi beau de face. Il ne peut pas en être autrement. Dame Nature ne peut pas être aussi cruelle.

Ah, et j'ai un faible pour les nuques dégagées. Et quelle

que soit l'identité de ce beau brun, il a coupé ses cheveux à la perfection en les rasant sur les côtés et en les laissant en bataille sur le dessus. En plus, il est grand. Genre, *vraiment* grand. Ce qui est un atout *de taille*. J'ai la chance de pouvoir reluquer tous les mecs surnaturels, car il est rare pour un humain d'être plus grand que moi. J'aime me sentir forte et je m'entraîne dur pour avoir le corps que j'ai, mais il arrive que j'aime me sentir féminine. Or, les créatures magiques ont tendance à être grandes.

Ouais, là, on est sur un spécimen aux épaules larges, à la taille étroite, et un cul en kumquat. Il a retiré sa veste et remonté les manches de sa chemise rayée anthracite de manière à dévoiler des avant-bras à couper le souffle. *Salut, monsieur Chemise rayée.* Je secoue la tête pour me reprendre. Je ne suis même pas fan des avant-bras. Par le passé, j'ai entendu parler du terme *arm porn*, et c'est quelque chose dont je me suis toujours moqué. En quoi les avant-bras d'un mec sont sexy ?

Eh bien, monsieur Chemise rayée a répondu à ma question. Même de loin, ses bras sont tout bonnement... il est juste... Je tousse tellement que je manque de m'étouffer.

Il tourne la tête, et je capture presque son profil. Je penche la tête et...

... je percute un lampadaire.

Aïe.

Je garde le sac en plastique de course bien sur le côté pour sauver les œufs, à défaut de sauver ma dignité. Mon Dieu, par pitié, faites qu'il n'ait rien vu... Je garde le front appuyé contre le métal froid, et mes cils balaient le réverbère tandis que je cligne des yeux.

Mon regard glisse dans sa direction ; il a disparu.

Ouf. Il n'y a plus qu'à prier pour qu'il ne m'ait pas vue me manger le poteau.

Je n'ai pas cette chance avec les autres passants dans la rue. Deux adolescents se donnent des coups de coude en se payant ma tête. Je suis sûre de voir l'un d'eux dire *Ouille, elle a dû la sentir passer celle-là*. Pourquoi ai-je pensé qu'apprendre à lire sur les lèvres était une bonne idée ? râlé-je intérieurement. Je frotte mon visage cramoisi et roule des épaules. Bon, je ferais mieux de retourner au boulot.

Chapitre Dix

Le flash constant des lumières me donne mal au crâne. Autour de moi les clients dansent dans la joie et l'ivresse, en braillant par-dessus les basses pour se faire entendre. La boîte empeste la sueur, la bière macérée et, de temps en temps, un parfum dont on aurait abusé.

J'avais hâte de venir travailler les premiers soirs, mais au bout de quelques semaines, l'euphorie est retombée. Je sais, la nouveauté a vite perdu en saveur.

Je ne suis pas quelqu'un de naïf. Malgré mon jeune âge, j'estime que j'ai de l'expérience. Grand-père a veillé à ce que je sois au fait du danger. Mais il y a une énorme différence entre savoir et *voir*. L'expérience, quoi.

Et là, on ne parle plus de différence, mais de gouffre.

J'ignore pourquoi, mais le Night-*Shift* semble faire ressortir le pire chez les gens ; peut-être que c'est propre aux boîtes de nuit. Tous leurs plus bas instincts sont exposés à la vue de tous. Sans vouloir exagérer, cela m'a ouvert les yeux. Travailler ici est vraiment instructif.

Si j'ignorais que je n'étais pas sociable, désormais, je n'ai plus le doute.

Je ne vois même pas des gens qui s'amusent ; ils ne sont que des corps qui m'empêchent de faire mon travail. Lorsque j'ai commencé à leur grogner dessus avec un mépris à peine dissimulé, et que des envies de meurtre m'ont assaillie, j'ai décidé de changer de mentalité. À mes yeux, ce ne sont plus des êtres vivants, mais des objets mouvants que je dois contourner sur mon lieu de travail. S'ils sont des personnes, je vais perdre mon sang-froid, alors que s'ils sont des *objets*, je ne peux pas les tenir responsables de leurs actions ni leur accorder de l'importance. Je sais, c'est bizarre... mais ça marche pour moi et mon cerveau d'hybride tordu.

Pour m'aider à me fondre dans le paysage, je porte un baggy au lieu d'un legging, et j'ai troqué le tee-shirt moulant pour un polo oversize. Dieu merci je n'ai pas hérité du physique de mannequin des sangs-purs, sinon cela aurait été impossible à cacher. J'ai une silhouette passe-partout. Mes bottes Doc Martens sont confortables, et j'ai enfoncé sur ma tête une casquette de baseball dont la visière masque mes yeux. Pour éviter que mon épaisse chevelure me gêne, je fais une tresse que je coince dans le col de mon haut. Oui, parce que tremper mes cheveux dans la pinte ne figure pas dans ma liste.

Je vais et viens incognito. Je suis convaincue qu'on me prend pour un mec, ce qui me convient parfaitement. J'ai découvert que les gens regardent rarement au-delà des apparences qu'on leur présente. Je ne suis pas ici pour attirer l'œil, et je me fiche de ce qu'on pense, du moment que je suis payée. Je garde la tête baissée et j'esquive les mains baladeuses bourrées comme une pro.

Je suis exactement comme j'aime : invisible.

Je m'habitue enfin à mon emploi du temps frénétique, qui consiste à enchaîner une journée complète au café et deux nuits par semaine au Night-*Shift*. Putain, qui j'espère tromper... Je ferme les yeux et secoue la tête. J'ai l'impression de vaquer d'un travail à l'autre en somnambule.

De retour derrière le bar, dans une pièce attenante, je vide et remplis le lave-verres comme un robot, puis j'y retourne d'un pas traînant. Je serpente entre les clients en attrapant des verres au vol. Je dois rester en mouvement. Si je m'arrête, je risque de m'écrouler. Je suis une hybride de dix-sept ans *badass*, pourtant j'ai l'impression d'avoir quatre-vingts balais. Je ne comprends pas. Je suis censée être jeune, vive, avec du peps. Mais quand je me réveille le matin, j'ai mal partout et j'entends des craquements dans tout mon corps. Alors j'agis comme n'importe quel hybride en planque, j'ignore la douleur. Il me faut seulement plus de temps pour me faire aux heures supplémentaires, c'est tout. Le froid matinal n'aide pas non plus. L'été s'est terminé, et on a carrément le sentiment qu'on a sauté l'automne. Il fait un froid de canard dans le garage, et ça me fout en l'air.

J'esquive un *objet*, qui glousse et titube sur des talons hauts. Je m'efforce d'ignorer la douleur dans mes pieds. Cela fait une heure que mes bottes ne sont plus confortables. Ces dernières semaines, elles ont fini par fusionner avec mon pied. Même quand je les enlève, j'ai l'impression de les porter encore. Ce soir, ces saletés ont même leur propre rythme cardiaque. Grâce à la journée au café, j'entre à présent dans ma seizième heure de travail.

Plus que quatre heures, et ce sera la sieste à la salle de sport. Leur spa possède un superbe espace où je peux m'allonger et écouter de la musique relaxante. Il n'est pas question que je rentre chez moi. Après, direction le café, et c'est reparti pour un tour.

Je bâille à m'en décrocher la mâchoire.

Encore un jour de folie, et je serai libre de pioncer dimanche. En tout cas, j'essaierai. Dexter va manifester son mécontentement, après deux jours de croquettes, zéro attention de ma part, lassé de terroriser Story. J'aurai de la chance si je parviens à dormir demain avec toutes ses plaintes.

J'ai hâte.

Un sourire étire mes lèvres. Il n'y a aucun intérêt à lui rappeler que c'était un chat errant avant qu'il déboule dans ma vie, et qu'il n'est plus seul. Il n'en fera qu'à sa tête. Mon chat est malin, et comme tout propriétaire de félin, je sais que le mien comprend chacun de mes mots.

C'est ma responsabilité envers le bien-être de la pixie et du chat qui me fait tenir le coup. Au moins, je ne suis plus seule au monde.

J'évite la main d'un *objet* qui tente de m'attraper par le bras.

— Hé, mec, tu sais où sont les chiottes ?

Je lui indique la direction.

— Merci, poteau.

Une foule d'*objets* s'amasse au bout du bar, les yeux braqués sur l'aquarium géant, peuplé d'une sirène en chair et en os. Il y a des soirs où je rêve d'avoir son poste. Tout ce qu'elle a à faire est de flotter sur l'eau et d'exécuter quelques mouvements de cheveux. Je grimace en signe de désapprobation lorsque je la vois presser ses seins contre le verre pour satisfaire les yeux des *objets* masculins.

À bien y penser, je doute que me faire mater en permanence soit fait pour moi. Je préfère ramasser les verres et garder mes seins au chaud.

Ce soir, le club est bondé. L'atmosphère vibre d'une excitation bizarre, qui s'ajoute à l'habituelle ambiance « on est là pour s'éclater », et ça me met sur les nerfs. Comme si mes pensées étaient arrivées aux oreilles du destin, l'énergie débridée déferle dans la boîte comme une vague. Je lève les yeux et observe la foule. Cela peut être un signe d'une bagarre qui se prépare ou d'un prédateur qui agite le troupeau d'humains. Beaucoup d'humains se pointent ici, comme si cette virée en territoire ennemi ne présentait aucun danger. Pas mal de gens ont l'air de trouver leur courage dans l'alcool. Ensuite, ils sautent sur l'occasion de capter l'attention des créatures magiques.

Hé, je suis là, regardez-moi. Bande de crétins. C'est plutôt : hé, je suis là, mangez-moi. Non seulement c'est bizarre, mais c'est surtout n'importe quoi. Les humains sont des proies. Pourquoi vouloir faire mumuse avec les créatures qui pourraient mettre fin à leurs jours ?

L'énergie ambiante me tend. La sensation est palpable. On dirait qu'une star est arrivée et que tout le monde cherche à attirer son attention. Les *objets* s'immobilisent autour de moi. Malgré leur état d'ébriété, ils se donnent des coups de coude en pointant du doigt quelque chose.

Je tourne la tête, intriguée. J'entrevois des têtes et des épaules, qui dépassent la morphologie classique des clients.

Sept grands métamorphes font leur entrée. Comme mus par la magie, les *objets* s'écartent de leur passage et disparaissent. Le groupe se déplace en rang d'oignons : deux en tête, trois au milieu, et deux autres pour fermer la marche.

Le monde s'arrête. Un arrêt temporel. En cet instant, rien d'autre n'existe que lui, que je dévore du regard. Le quatrième. Celui au milieu retient mon attention. Il ne se pavane pas comme les métamorphes. Non, ses mouvements sont fluides, comme s'il flottait. Je n'ai jamais vu quelqu'un se déplacer ainsi ; c'est comme ça que je l'ai immédiatement reconnu. Dans l'excitation, mon cœur bondit dans ma gorge et mon corps reçoit une décharge d'adrénaline. Je ne peux m'empêcher de sourire.

C'est *lui*.

Waouh. J'avais raison, il est d'une beauté à couper le souffle.

Mon mec à moi. Enfin, non... Ce n'est pas *mon* mec, de toute évidence. Je lève les yeux au ciel. Mince, ce doit être quelqu'un d'important pour se trouver au centre de ce groupe protecteur. Ce n'est pas un métamorphe. Non, il appartient à une autre espèce. Dès que je le vois, mon ventre fait une pirouette comme si j'avais un bongo dans le cœur.

J'arque un sourcil en me léchant les lèvres. Son pouvoir est exotique, mes sens en fourmillent. Si j'arrive à sentir sa présence de là où je suis, cela en dit long sur la puissance qu'il dégage.

Il tourne la tête, et son regard doré glisse dans ma direction. Je m'étrangle et me dépêche de baisser la tête en allant me cacher derrière un pilier, puis je jette un coup d'œil.

Oui, une tactique imparable.

Je me frotte la nuque, au comble de la gêne. Je sens le rouge me monter aux joues. Tout à coup, je suis en sueur.

Je ne suis pas insensible à la gent masculine, et je ne suis pas non plus une jeune vierge effarouchée. J'ai démenti les rumeurs qui tournent au sujet des licornes et des vierges. Et quelle erreur monumentale. J'érafle la moquette avec le bout de ma botte et donne un coup de pied au bas du pilier. Les gars ? Les hommes ? Je n'ai aucun problème à les prendre, les quitter, les jeter sans y réfléchir à deux fois.

Ils me dégoûtent.

Non, je n'ai ni le temps ni l'envie d'envisager une histoire romantique avec quiconque.

Mais lui... il coche toutes les cases.

C'est la perfection incarnée.

Il est à tomber, mais il est plus âgé. Sans oublier que c'est une créature puissante et meurtrière appartenant à une espèce inconnue. Ce combo annonce les problèmes avec un grand *P*.

Franchement, il n'y a qu'à voir la façon dont il me perturbe. J'ai des palpitations même si je suis cachée derrière mon pilier. Je ne lui ai même pas parlé, et en toute franchise, je ne le ferai probablement jamais. Bon Dieu, poser le regard sur lui suffit à me mettre dans tous mes états.

J'appuie ma joue en feu contre le pilier. Je sais que c'est stupide de baver sur un mec, un inconnu qui ignore mon existence.

Je n'ai pas eu le temps de rêver de lui.

Et c'est pourtant ce qu'il est... Un rêve. Un rêve merveilleux, magnifique, totalement inaccessible, et capable de me retourner le cerveau.

Je ne me fais pas confiance. Je ne fais pas confiance aux

émotions qui me bouleversent. Je peux continuer de l'admirer de loin ou... *La ferme, Tru*. Non, il vaut mieux rester loin de lui.

Je fixe en salivant sa silhouette musclée qui se retire.

Je suis à *ça* de précipiter ma vie dans un puits sans fond. Il n'y a aucun intérêt à le rejoindre, même si cette idée tourne en boucle dans ma tête. Mes rêves ne doivent pas déborder sur le lendemain.

Je soupire lorsqu'il adresse un sourire à un métamorphe et... Aïe ! Quelqu'un me rentre dedans. Je cligne des yeux et secoue la tête. Je regarde à nouveau dans sa direction, mais il a disparu dans le carré VIP.

Chapitre Onze

IL FAUT RAMASSER les verres dans le carré VIP, murmure ma voix intérieure. Mon cœur bat plus vite à cette pensée. Il sera là, entouré de sa cour.

Je parie qu'il s'installe toujours dans un coin sombre, à l'abri des regards. Mais où qu'il soit, il ressortira toujours du décor. Ses yeux dorés brillent dans la pénombre. Je n'ai jamais vu ça avant. Chez les créatures aux yeux étranges, en général, les iris ne brillent que sous le coup de la colère. Mais ses yeux à lui scintillent sans raison apparente. En principe, je sens la colère dans l'air — il en va de ma survie. Et là, rien. Il n'est pas en colère.

Je ferais mieux de ramasser les verres dans un autre carré.

Je suis crevée. Si je m'arrête à chaque beau mec que je croise, je ne vais jamais finir mon travail. Je m'éloigne, légèrement dégrisée, serrant la poignée en plastique gris de la bassine à verres. Il rebondit contre ma cuisse, et les verres s'entrechoquent.

Ce n'est qu'un corps de plus, un *objet* de plus. Ma seule priorité, c'est de gagner assez de fric pour me sortir du merdier dans lequel je patauge.

Je peux me sauver toute seule. J'en suis sûre... Je n'ai pas le choix.

Je traîne des pieds, chaque pas réveillant la douleur sous mes plantes fatiguées. Dès que j'aurai le temps, je filerai à la salle de sport pour aller dans le jacuzzi et pointer les jets d'eau pile sur mes orteils meurtris. Rien que d'y penser, j'en frissonne. Vivement le jacuzzi.

Du coin de l'œil, je remarque une petite rousse aux formes généreuses. Elle glisse une main sous sa robe pour ajuster sa poitrine et la rehausser, la mettant bien en évidence. J'hallucine. Sérieusement ? Cette fille n'a aucune gêne. Épaules en arrière, elle se dirige vers le carré VIP d'un pas assuré, balançant les hanches comme si elle défilait sur un podium.

Ses cheveux roux flottent derrière elle, comme si elle soufflait son propre courant d'air.

Un videur l'intercepte avant qu'elle puisse atteindre son objectif. Il l'emmène discrètement sur le côté et commence à lui parler. Je la vois secouer la tête et pointer du doigt mon mec à la chemise rayée. D'un côté, elle m'impressionne, et de l'autre, j'ai envie de lui arracher sa putain de tête.

Elle en a dans le ventre. Je me demande ce que ça fait d'être capable d'aborder un homme avec autant de culot.

— Hum... J'étais sûre que ça passerait pas, cette technique. Quelle gourde ! Certaines nanas devraient le savoir quand un mec est hors de leur portée, pouffe une voix féminine derrière moi. Je parie qu'elle se sent comme une conne, maintenant.

Je me tourne vers la voix. C'est Jenny. Elle travaille derrière le bar.

— Je trouve qu'elle a eu du cran, moi, je réponds avec un sourire hésitant.

Je suis trop fatiguée pour ces conneries. Je déteste faire la causette.

— Ta soirée se passe bien ? Le service est bientôt fini...

Je suis morte.

Jenny répond par un mouvement de tête théâtral, envoyant ses cheveux blonds valser par-dessus son épaule, qui giflent le visage d'un client. Je crois même que quelques mèches trempent dans son verre. Voilà pourquoi je garde mon épaisse tresse arc-en-ciel sagement rangée dans mon haut. Jenny, elle, s'en contrefiche.

Par pure politesse — et pour agir comme une personne normale — j'adresse un petit sourire désolé au client. Il fronce les sourcils, puis reporte son attention sur Jenny avec un peu trop d'intérêt, avant de déguerpir sous son regard assassin.

— Comme si Xander allait la toucher.

— Xander ?

— Sérieusement, t'as vécu sur une île déserte ou quoi ?

Dans un garage.

— Le grand type, avec les yeux qui brillent. Tu sais bien... Xander, chuchote-t-elle.

— Xander, je répète à voix basse, un peu déconcertée.

— L'ange ? Notre patron ? Le proprio du club. Bordel, meuf, t'es lente à la détente.

Jenny roule des yeux et secoue à nouveau ses cheveux.

Un vrai ange, ici ?

Waouh. S'il est sur Terre, c'est qu'il a un sacré niveau de pouvoir. Les anges ne sont pas des créatures de ce monde. Rien à voir avec les images pieuses auxquelles s'accrochent les humains. Certains pensent même que les anges et les démons ont influencé l'évolution humaine et celle des créatures, qu'ils ont poussé nos civilisations dans des directions opposées, selon leurs préférences. Les anges ont des pouvoirs *omnipotents* et sont terrifiants. Je savais qu'ils existaient — et selon Jenny, je viens d'en mater un — mais ils sont super rares.

Elle continue de parler comme si elle n'avait pas lâché une bombe. Je ne l'écoute plus, mes pensées s'entrechoquent. *Il s'appelle Xander, et c'est un ange. Un véritable ange des cieux.*

— Alors, la nouvelle, qu'est-ce que tu fais ici ?

Son regard se durcit. Elle me jette le même coup d'œil assassin qu'au type de tout à l'heure. J'ai dû louper un bout de la conversation. Elle m'a posé cette question combien de fois pendant que je me noyais dans mes pensées ?

— C'est quoi ton but ?

Jenny pose les mains sur ses hanches et se penche légèrement, envahissant mon espace personnel.

Elle cherche à m'intimider ? Je masque mon amusement et la fixe d'un air impassible.

— Je suis juste là pour gagner de l'argent, assuré-je d'un air faussement confus. Tu sais... faire mon job et... rentrer chez moi. Je m'appelle Tru.

Petit sourire innocent.

Il s'appelle Xander. Et il est le proprio du club, me hurle ma tête.

— Ouais, ça, je le savais déjà, grommelle Jenny en agitant une main désinvolte.

— Alors Tru, t'es pas là pour te faire transformer ?

Ah. Voilà où elle veut en venir. Elle veut savoir si je suis une rivale potentielle. Beaucoup de clients et pas mal de membres du staff viennent ici dans l'espoir d'attirer l'attention d'une créature puissante. Jenny, elle, vise clairement un vampire.

Les vampires qu'on a transformés sont morts. Genre, morts de chez morts. Quand un humain ou même un être surnaturel se fait transformer, il meurt. Littéralement. Son âge se fige à l'instant de la morsure, il développe une odeur de putréfaction et, avec un peu de chance, un surcroît de force et de vitesse.

Il gagne aussi un peu plus de temps sur cette planète merdique, en théorie quelques centaines d'années supplémentaires. Trois cents, à la limite, avant que son corps ne se décompose. *S'il tient jusque-là.* Les jeunes vampires, fraîchement mordus, sont instables. Les Maisons s'en servent comme chair à canon.

Je secoue la tête.

— Non, je suis là pour me faire un peu de tunes, c'est tout.

Je souris à nouveau. Mes zygomatiques m'élancent avec tout cet exercice inhabituel. Cela fait des années que je n'ai pas autant souri.

— Mais si c'est ce que tu veux, t'auras aucun mal à y arriver, t'es super jolie.

Beurk. Je lui dis exactement ce qu'elle veut entendre. Jenny sourit fièrement.

— Waouh, fait-elle en se penchant plus près, scrutant mon front. C'est incroyable, même tes sourcils sont multicolores.

D'un geste rapide, elle soulève ma casquette. Je la rabaisse aussitôt avec un froncement de sourcils.

— Qui t'a fait ta potion capillaire ? Elle teinte... tous les poils ?

Je cligne des yeux. Je mets du temps à piger. Tous les... Oh mon Dieu. Jenny croise les bras et baisse les yeux vers mon pubis d'un air entendu.

Mes poils pubiens. Elle veut savoir si j'ai des poils de toutes les couleurs.

Ha.

Je suis mortifiée.

— Alors ?

— Alors ? je couine en écho.

— La sorcière qui t'a fait la potion ?

Tout est naturel chez moi. Putain, les filles se posent vraiment ce genre de question entre elles ? Si c'est le cas, je suis bien contente de ne pas avoir de bonnes copines humaines. Je me frotte le front. Qui parle de poils de cul en public ?

Argh.

Je marmonne l'adresse de la boutique de Jodie.

— Élixirs & infusions, expert en potions portables, sur Birley Street.

Jenny opine.

— Merci, j'irai voir. Tu sais, la nouvelle, tu pourrais être pas mal si t'arrêtais de te planquer sous ces fringues informes et cette casquette. Même une lesbienne peut essayer d'être un minimum attirante, non ?

Je baisse les yeux sur mon polo oversize et mon jean baggy. Lesbienne ? Ha. J'ai peut-être un peu trop forcé sur le compliment. Je hausse les épaules.

— Euh... sympa de discuter avec toi, Jenny. Je vais retourner bosser, histoire qu'on n'ait pas d'ennuis.

Je la salue de la main et décampe comme si j'avais le feu au cul.

Je me perds dans la foule. Cette meuf est tarée.

JE POUSSE un couinement et ma bouche s'ouvre de stupeur. Une main vient de s'insinuer entre mes cuisses. Et les doigts... bougent.

Ils remuent.

Je réagis plus vite que mon cerveau. Je me décale sur le côté, attrape le poignet de l'enfoiré et lui tords le bras en l'air. Il vient de commettre la pire erreur de sa vie en me touchant.

Quand je me retourne pour voir qui j'ai chopé, je découvre qu'il a tendu la main derrière lui, sans même regarder. Qui fait ça ? Non seulement il m'a touchée sans permission, mais en plus, il a jugé intelligent de le faire à l'aveuglette, sans même regarder.

Il pensait être discret ? *Oh, quelqu'un vient de me tripoter, ça peut pas être le mec qui me tourne le dos...* Connard.

Manque de bol pour lui, je tiens maintenant sa main crasseuse en l'air et son bras est tordu dans une position impossible. Il se penche en avant pour soulager la pression. Dans son autre main, il serre une pinte de bière.

Ce type est trop con pour survivre.

Et il est humain, en plus.

— Quel genre de crétin fourre sa main entre les jambes d'une fille dans un club de métamorphes ? grogné-je à son oreille, luttant contre l'envie de lui arracher la gorge. T'es un vilain garçon, dis-je plus fort, sur un ton condescendant.

Ses potes explosent de rire. D'une pichenette, je renverse sa pinte. La bière lui dégouline dessus, formant une belle tache humide sur sa braguette. Ses amis sont pliés en deux.

— J'ai pas fini, sifflé-je, menaçante.

Un cri lui échappe quand j'accentue la pression sur son bras. Puis, d'un brusque mouvement du poignet, je lui brise le coude.

Il n'a même pas le temps de gueuler que je lui attrape la tête et l'écrase contre la table devant lui.

— On ne — *BAM* — touche pas — *BAM* — une femme — *BAM* — sans son consentement — *BAM*. C'est un viol.

Je le lâche, et il s'effondre sur le sol, inconscient. Ses potes ne rigolent plus du tout.

L'un d'eux lève les mains en signe de paix, tandis que les deux autres acquiescent, morts de trouille.

— Prenez-le, rentrez chez vous, et ne remettez plus jamais les pieds ici, grogné-je d'un ton qui ne tolère aucune protestation.

Je n'attends pas de voir l'effet de mes mots les transformer en zombies. Au lieu de ça, je me retourne et m'éloigne d'un pas lourd, écrasant les doigts du type inconscient sous ma botte pour faire bonne mesure.

Il y a des jours comme ça où on pense que les choses ne peuvent pas empirer. Ben si. C'est l'histoire de ma vie.

— Mais qu'est-ce qu'on a là ?

Génial. Cette fois, c'est un métamorphe.

Ma tolérance pour les conneries est au plus bas. *Pourquoi ma dégaine de sac poubelle n'est plus un répulsif ce soir ?* Ils ont mis quelque chose dans les verres ou c'est la pleine lune qui les rend tous tarés ?

Il se penche vers moi, me renifle.

— Tu sens bon, grogne-t-il.

Il inspire une grande bouffée. Loin d'être sexy, son manège m'évoque un prédateur flairant sa proie. Ou pire, un mâle qui marque son territoire. Je l'emmerde. Je hoche la tête d'un air crispé. Les mecs qui flirtent de façon ostentatoire me mettent mal à l'aise. En plus, c'est un métamorphe. Alors pourquoi il me renifle comme ça ? C'est chelou.

Je vais essayer de me tirer de ce guêpier sans être impolie, — j'ai besoin de ce boulot — même si j'ai grave envie de coller un bourre-pif à Mister Sniffeur. J'ai déjà eu de la chance de m'en tirer avec l'altercation précédente avec l'humain.

Maintenant qu'il a capté mon attention, il me détaille avec un regard lubrique qui me file la chair de poule.

— Moi, c'est Frank. Et toi, beauté ?

Il passe des doigts poisseux dans ses cheveux bruns et gras pour les dégager de son visage.

— Je t'ai jamais vue ici avant. Et t'es pas franchement sapée pour séduire, hein ? Des jambes pareilles, ça devrait être en jupe et talons, pas planquées sous ce…

Il grimace en désignant mon baggy.

— … ce sac à patates. T'es grande. T'es mannequin ?

Sa langue sort comme celle d'un serpent pour lécher ses lèvres.

Je secoue la tête, et il faut que je me retienne de ne pas lever les yeux au ciel. *Je bosse, connard. Désolée, ma robe de bal est chez le teinturier.*

À chaque nouvelle rencontre, c'est toujours la même rengaine : « Waouh, t'es grande ! » *Sans blague ? J'avais pas remarqué.*

Et juste après, c'est soit « T'es mannequin », soit « T'es métamorphe ? »

— T'aurais pas un peu de sang métamorphe ?

Bingo. Le même baratin qui sort d'une nouvelle bouche. C'est tellement prévisible que ça en devient lassant.

Je secoue vivement la tête. Non, on n'ira pas sur ce terrain. Je ne suis pas une métamorphe. Comme si j'allais l'admettre.

Mes pieds me tuent, et chaque fois que je mate ma montre, seulement quelques minutes se sont écoulées. Je grogne intérieurement. Cette soirée n'en finit pas.

Frankenstein se lèche encore les lèvres. Mes narines frémissent, et j'essaie — je jure que j'essaie — de rester polie. Faut que je trouve un moyen de me sortir de là sans éclater ce type. Mais mon poing me démange.

— T'aimerais bien sentir un métamorphe en toi ?

Il ricane, porte une main à son entrejambe et me balance un coup de bassin. Beurk, non, il n'a pas osé ? Adieu, la politesse.

— Ouais, j'ai compris sans la chorégraphie, papi. J'ai dix-sept ans, gros pervers.

Je claque la langue avec mépris et me retourne pour partir. Je me félicite mentalement. *Tu vois, Tru ? La violence ne résout pas tout.*

L'abruti me chope par le bras.

— Assez vieille pour saigner…, me souffle-t-il à l'oreille.

Ma patience explose et mon poing fuse. Mes phalanges s'écrasent contre sa gorge, puis j'enchaîne par un coup de genou dans les roubignoles. Il tombe comme une merde.

— Oups, ça doit faire mal.

Je recule ma jambe pour lui briser les côtes d'un coup de pied, mais une poigne d'acier m'attrape par la taille. Je me retrouve plaquée contre un torse massif.

Merde, c'est un sacré costaud.

Je me débats, mais sa prise est un étau. Ma casquette tombe au sol.

— Lâche-moi, bordel !

Je gigote pour me dégager. Je ramène mon coude en arrière et frappe son ventre de toutes mes forces.

Aïe.

— T'es fait en granit ou quoi ? Lâche-moi !

Bien joué, Tru. Comment tu vas te sortir de ce merdier ?

Mes yeux tombent sur le bras musclé, épais comme un tronc d'arbre, qui m'enserre fermement. Une peau dorée parsemée de poils sombres.

Hum, un beau spécimen d'avant-bras veiné et sexy.

Je montre les dents et grogne en arrachant les poils sombres de son avant-bras, tout en essayant de crocheter mon pied autour de sa jambe, tout aussi massive.

Je dois le déséquilibrer. Ou planter mes dents dans ce bras de bûcheron.

— Pas de morsure, murmure-t-il en resserrant sa prise.

Le colosse me soulève carrément et coince mes jambes qui battent l'air entre ses mollets d'acier. Je continue d'arracher ses poils, jusqu'à ce que j'entende un grognement agacé. Mes deux poignets se retrouvent capturés dans une main énorme. Jamais quelqu'un ne m'a fait me sentir aussi petite.

À travers nos vêtements, je sens chacun de ses muscles durs comme la pierre s'enfoncer dans mes formes moelleuses.

C'est qui ce mec ? Un pote du pervers ? Un autre métamorphe ?

Pourquoi je n'ai pas surveillé mes arrières ?

Franchement, Tru, c'est lamentable. Je sais très bien ce qu'il faut faire. J'ai perdu mon sang-froid avec le métamorphe, et voilà le résultat. Je tente un coup de tête en arrière pour lui exploser le nez, mais je percute son torse en béton armé. Je vois trente-six chandelles.

Merde, il doit faire plus de deux mètres.

Il grogne et me plaque encore plus contre lui. Je suis soudée à lui de la tête aux pieds.

Je suis piégée.

Enroulée autour de ce géant... comme un bretzel humain. Je souffle un grand coup, frustrée.

Euh... c'est pas du tout gênant.

— Calme-toi.

Sa voix de velours glisse le long de ma colonne vertébrale comme une caresse. Un frisson me traverse malgré moi.

— Qu'est-ce qui te prend d'attaquer nos clients ?

Nos clients ? C'est un videur ?

Je tourne la tête en grognant pour foudroyer l'abruti du

regard. Ma joue frotte contre le torse musclé et la chemise soyeuse du géant.

Oh non, non, non.

Je croise son regard. Mon cœur s'emballe. Je me fige. Je sens mes joues chauffer instantanément.

Merde, c'est *lui*.

Celui que je stalke. Enfin, non… que j'observe. *Observer* est un bien meilleur mot que *stalker*.

Oh non, non, non.

Je grimace et ferme les yeux, mortifiée. J'ai arraché les poils du bras, donné des coups de coude et des coups de pied… au grand patron.

Là, tout de suite, je suis en mode bretzel autour de mon boss canon.

Xander. Jenny a dit qu'il s'appelait Xander. Oh là, là. Si le sol pouvait m'engloutir, ce serait sympa.

Vie de merde.

CHAPITRE DOUZE

J'OUVRE les yeux et je le regarde à travers mes cils. Mon cœur cogne contre ma poitrine pour une tout autre raison.

Merde alors. Il est encore plus beau de près.

Ses yeux sont incroyables. Ils ont une couleur chaude, une couleur de miel. Mes paupières papillonnent.

Cheveux de jais, teint hâlé, regard de braise, front haut, pommettes saillantes, nez fin, menton volontaire. Un cocktail qui donne un spécimen masculin des plus appréciables. Monsieur Chemise rayée me fixe intensément.

Et je ne détourne pas le regard.

La chaleur sur mes joues s'intensifie. Bon sang, je dois avoir l'air d'une tomate. Une tomate écarlate.

J'ai l'impression qu'une goutte de sueur perle au-dessus de ma lèvre supérieure. Je transpire ?

Ma gorge est sèche. J'imagine que cela s'explique par

toute la salive accumulée dans ma bouche. Je plisse le nez et déglutis. Je pince discrètement les lèvres pour vérifier que je ne bave pas.

Avec un temps de retard, je prends conscience de mon regard encore braqué sur lui.

Son aura solaire et magnétique me donne le tournis. La puissance qui émane de lui diffuse une salve de chaleur dans mes veines, qui me fait frémir.

Lentement, je cligne des yeux. Comment suis-je arrivée là ?

J'imagine que cela lui arrive constamment ; les femmes se jettent à ses pieds. Mon Dieu, que c'est gênant. Qu'est-ce que j'ai fabriqué ? Non, en fait... Il m'a portée parce que j'étais en train de tabasser un métamorphe.

Merde.

J'ouvre la bouche, puis je prends une grande bouffée d'air, m'apprêtant à expliquer ce qui vient de se passer avec le métamorphe. Mais mes cordes vocales se bloquent, et une sorte de cri étranglé m'échappe. J'écarquille les yeux. Il va croire que je suis débile.

Quelle angoisse, j'ai perdu la parole.

Désormais, ses yeux affichent une expression perplexe et — si je ne m'abuse — une pointe de mépris.

Son énergie enflamme mes terminaisons nerveuses. Je peux sentir sur ma langue la testostérone qui émane de lui.

Apeurée, je tremble de tout mon long à mesure que j'enregistre toute l'étendue de son pouvoir et son odeur.

Waouh, il sent bon, me susurre une petite voix salace dans ma tête.

Je hume l'air.

Sous toute cette colère se cache un parfum trompeur,

fait pour séduire — un éclat intense de métal mêlé aux rayons du soleil — qui se mêle à l'odeur de ma peur et de mon... *désir.*

— J'ai perdu mon sang-froid, maugréé-je enfin.

Ses yeux brillent comme une rivière de miel, sa bouche forme une ligne droite et sa mâchoire se contracte.

— J'ai vu ça.

Sa voix est aussi douce que du velours, ce qui contraste avec son air furibond.

Comme si un signal secret avait été donné, deux videurs apparaissent. Sans ménagement, ils remettent le métamorphe goujat debout et l'emmènent ailleurs.

— J'aimerais bien savoir comment une jeune fille peut envoyer valser un métamorphe de cent-soixante kilos ?

Oups.

La panique tambourine dans ma tête alors que j'essaie de trouver une bonne excuse. Je suis incapable de réfléchir dans ses bras.

— Pilates, lâché-je brusquement.

— Mm-mm.

Collé à lui, mon corps devient chaud, souple. Je pourrais rester comme ça encore quelques minutes... Ce ne serait pas une punition.

C'est sûrement l'un des meilleurs moments de ma vie.

Si on oublie le côté gênant.

— Euh, je peux descendre ?

— Tu t'es calmée ?

— Oui, c'est bon, couiné-je.

Je frémis en l'entendant pousser un grognement sceptique. Il libère mes jambes coincées entre ses mollets. Et en faisant attention, il me fait glisser le long de son corps jusqu'à ce que mes pieds touchent le sol. Une fois que je suis debout, il lâche mes poignets et recule.

Tout à coup, le froid m'envahit.

Mon corps se met à trembler, comme si je venais de survivre à un combat contre un dieu. *Un dieu du sexe*, s'extasie mon cerveau. Lorsque je tente de marcher, je me rends compte que mes jambes me tiennent à peine debout. Je m'appuie contre une table, prise de tremblements.

Je lui jette un regard.

Sa taille m'oblige à basculer la tête en arrière. Mes mains s'entortillent nerveusement alors que je le regarde. Il est encore plus grand que dans mes souvenirs, quand je l'espio… observais de loin.

Il est immense.

Je prends une profonde inspiration, et son parfum enivrant de métal ensoleillé investit mes narines. Son odeur imprègne ma peau. J'enroule mes bras autour de moi, baignant dans un nuage de contentement. Il est hors de question que je prenne une douche avant que son odeur ait disparu complètement.

Son magnifique visage exprime le mécontentement.

Il est furax.

Oh merde.

Sa colère sature l'atmosphère ; je la sens peser sur moi de tout son poids.

Tout à coup, je me sens bizarre, coincée sous son regard doré furibond. Je suis en surchauffe.

— Vous allez me virer ?

— Non, il l'a cherché. Mais ne te la joues plus Xena la guerrière. La prochaine fois, je ne serai pas aussi indulgent. Je te laisse une chance, il n'y en aura pas d'autres. S'il y a des règles, c'est qu'il y a une raison. Si tu as un problème avec un client, tu le signales à la sécurité, tu ne le passes pas à tabac. Compris ?

Pourquoi m'appelle-t-il Xena ?

— Je m'appelle Tru, bougonné-je.

— Je sais, aboie-t-il. Tu as bien compris ?

Ses sourcils noirs s'arquent en une vague dure.

— Ouais, j'ai compris. Pas de tabassage de clients. J'appelle la sécurité, résumé-je avec un mouvement de main.

Aussitôt une douleur survient. Je fronce les sourcils et me frictionne le coude.

Et dire que je trouvais mes abdos impressionnants... Le patron est bâti comme une armoire à glace.

J'arrive pas à croire que j'étais dans ses bras, plaquée contre lui. La vache, c'était chaud. À contrecœur, j'avoue que le patron est sexy. *Je rêve de lécher sa peau.*

Je colle ma langue à mes dents pour m'assurer qu'elle est bien à sa place, et non pendue pour me donner l'air d'une chienne en chaleur.

Je le veux. Lui.

L'odeur douceâtre du sang qui coule dans ses veines m'attire de façon bestiale. La vampire en moi meurt d'envie d'en savourer une goutte. Je frotte mon nez pour couvrir ma bouche, car mes gencives commencent à me faire mal.

Les deux parties de moi, y compris la licorne, s'accordent pour me concéder une petite morsure dans son cou. C'est exactement pour ça que je dois rester le plus loin possible de lui. J'ai l'envie folle d'en faire mon quatre-heures. C'est du délire.

En plus, ce beau gosse ne s'intéresse pas à moi.

Je sais reconnaître le regard d'un mec qui a des vues sur

moi. Et celui d'un mec qui s'apprête à me tapoter gentiment la tête en me félicitant d'être une brave fille — ou, dans ce cas précis, à me décapiter.

Pourtant, une tension chargée d'une sensualité écrasante irradie entre nous. Ma bouche s'entrouvre, et un frisson me parcourt.

Je n'avais pas l'intention de me présenter comme ça. J'aurais pu me la jouer sexy… Je passe ma langue sur mes lèvres.

— Arrête de faire ça, grogne-t-il.

Il penche la tête de côté et m'observe comme si j'étais un insecte d'une nouvelle espèce, intéressant et repoussant.

— De faire quoi ? demandé-je.

Dois-je battre des cils ? Il faut que je reprenne la situation en main.

Il soupire et passe une main sur son visage. Je l'observe attentivement. Il a de belles mains, aux longs doigts fins.

— Ça, dit-il en pointant mon visage du doigt. Ce regard.

Je retiens mon souffle alors que Xander se penche sur moi. Il replace délicatement une mèche de cheveux derrière mon oreille. Son regard ambré semble sonder mon âme. Sa voix se réduit à un souffle grave qui n'est destiné qu'à moi :

— Je ne baise pas les gamines.

Je deviens blême. Le monde s'arrête brutalement, comme un disque rayé. Un souffle m'échappe comme s'il venait de me donner un coup de bâton. Mon estomac se retourne, et mon cœur retombe dans mes talons. La femme qui est en moi ne sait plus où se mettre. *Je ne baise pas les gamines.* Je le regarde, horrifiée.

Il a compris qu'il me plaît.

Il émet un grognement, qui exprime clairement son mépris, puis se baisse pour ramasser ma casquette. Il l'enfonce machinalement sur ma tête.

— C'est qu'un crush, tu vas t'en remettre, déclare-t-il avec un geste de la main nonchalant.

Tu m'en diras tant...

Je force ma mâchoire à arrêter de trembler. *Je ne baise pas les gamines.* Pour masquer l'agitation de mes mains, j'ajuste ma casquette et remets mes cheveux en place.

Xander m'observe attentivement, sans perdre une miette de mon orgueil blessé.

— Écoute, t'es une gamine, et moi un adulte. Je n'ai pas besoin d'une fan qui me suive comme mon ombre, continue-t-il en grimaçant avant de secouer la tête. J'ai des boîtes de conserve plus vieilles que toi dans mes placards.

Waouh, la classe.

— Arrête de me regarder comme ça, ça me donne la nausée.

— Je vous donne la nausée ? articulé-je.

Bien joué, Tru. T'as qu'à faire dégueuler ton patron pendant que t'y es. Te voir lui file la gerbe. Tu parles d'un trophée.

Peut-être que le problème n'est pas mon âge, mais mon visage ?

J'opine du chef et m'écarte discrètement. Avant qu'il ajoute quelque chose pour réduire à néant le peu de confiance en moi qu'il me reste, je récupère ma bassine de verres. Je n'ai rien d'autre à lui dire. Je suis une idiote. Je ne foncerai plus tête baissée sur lui. Je ne suis pas ce genre de fille. J'ai de la fierté, moi. Il faut dire que c'est tout ce que j'ai maintenant. Je me frotte le front.

J'éliminerai la moindre pensée qui outrepasserait son statut de patron. Je la réduirai en cendres. Je ne suis pas la première à me faire rembarrer par un *crush*, et certainement pas la dernière.

C'est un ange. Franchement, à quoi je pensais ? Il est probablement aussi vieux que le temps, et je ne suis qu'un bip sur son radar. J'ignore ce que j'avais en tête ; je n'ai pas envie de me taper un *vieux*. Si je l'intéressais, cela ferait de lui un pervers, après tout…

C'est ça, Tru, continue de te raconter des histoires.

Je plisse les yeux. J'ai merdé. Je m'autorise une seconde, pendant laquelle je m'apitoie sur mon sort, avant d'ériger un barrage mental autour de mes sentiments en lambeaux.

Allez, Tru, ça suffit. Tu sais quoi ? C'est qu'un con.

Et me revoilà sur les rails. La douleur que j'éprouvais est balayée par une rage légitime. Je sais qu'il est à tomber, mais oser *me* dire de ne pas le regarder ? Ce vantard de mes deux se la raconte.

Je lui lance un regard par-dessus mon épaule. Sa bouche est encore crispée par le dégoût. Il secoue la tête et s'éloigne. Mes yeux rétrécissent pendant que je le regarde s'en aller, fendant la foule tel un requin. Les clients s'écartent automatiquement sur son chemin.

Ce mec a perdu dix points d'un coup.

Peu importe à quel point on est canon, si on est aussi imbu de sa personne que lui, le caractère ne présage rien de bon. Et quelqu'un d'exécrable perd tout son charme. Je parie qu'il passe son temps libre à embrasser ses biceps et à murmurer des mots doux à sa tablette de chocolat. À nouveau, je frotte mon coude endolori.

Je veux bien admettre avoir bavé sur lui pendant un

moment... Bon, je l'ai carrément reluqué. Mais me rembarrer comme ça, pour ensuite me dire que je le dégoûte ? Faut pas exagérer non plus. Tout le désir que je ressentais pour lui s'évapore aussi vite qu'une goutte de pluie en plein désert.

Qu'il aille se faire foutre.

J'ai bien assez de conneries à gérer pour le moment, sans me rajouter un ange à la grosse tête.

— J'ai des boîtes de conserve plus vieilles que toi dans mes placards, l'imité-je. Quelle tête de con.

Non seulement il est odieux, mais trop observateur à mon goût. Ce satané ange est malin. Il faut que je garde mes distances. En soi, il m'a rendu service.

Si je n'avais pas autant besoin d'argent, je lâcherais ce boulot pourri dans l'instant, sans aucun regret. Mais j'ai besoin de blé... Et chaque centime compte pour constituer une caution, trouver un nouvel appartement, et survivre.

Il ne m'empêchera pas de gagner ma vie et de sortir du trou à rats où je vis. Un feu irradie dans ma poitrine, soudant les fêlures. À partir de maintenant, ce mec n'existe plus dans mon monde. Il deviendra transparent. Je hoche la tête avec détermination. Oui, je peux y arriver sans souci.

Je veux qu'un homme me regarde avec des étoiles dans les yeux. Je ne demande pas la lune. Hochement de tête. Mes lèvres s'ourlent en un sourire mauvais. On a droit qu'à un essai avec moi. Si on me trompe une fois ou qu'on me fait sentir comme une merde, c'est terminé. Je ne fais pas partie de ces personnes qui accordent une seconde chance.

Est-ce une horrible façon de vivre ? Carrément.

Cependant, je me demande si c'est nécessaire... Absolument. Sérieusement, il n'y a plus personne pour me protéger. Mon grand-père est mort. Il me saisirait le menton et me filerait des couteaux de lancer, en me disant que l'océan est plein de plus gros poissons à pêcher.

J'efface Xander de mon disque dur. Je retire de mon cœur les griffes de l'attraction que j'avais pour lui, ainsi que mes rêves puérils. Je ne suis qu'une idiote qui aime chatouiller les monstres.

Coup classique : quand on voit quelque chose, ou *quelqu'un*, de beau, on veut mettre la main dessus à tout prix. Je le voulais, lui. J'aurais fait n'importe quoi pour l'avoir. Cela me servira de leçon.

Je ne savais rien de lui. À quoi m'attendais-je ? Je ne devrais pas être étonnée qu'il ne soit pas à la hauteur de mes attentes.

Je peux recoller mes sentiments en vrac et prétendre ne jamais avoir nourri de telles pensées à son égard.

J'ai mal au poignet. Lorsque j'expose mon bras à la clarté de la lumière, je constate qu'une ecchymose en forme de main commence à apparaître à l'endroit où cet abruti de métamorphe m'a attrapée.

Je reste interdite. C'est quoi ce bordel ? Je suis une hybride, et même si je n'ai pas la pleine maîtrise de mes pouvoirs — si tant est que j'en aie —, je guéris, toujours. Je ne suis jamais tombée malade, et je n'ai jamais eu de bleus. Je touche mon bras qui m'élance. Qu'est-ce qui se passe ? Je sais que j'ai trimé comme un chien ces derniers temps et que je suis épuisée, mais cela ne devrait pas impacter ma capacité à guérir.

Merde.

Ça va pas du tout là.

Je laisse tomber la bassine derrière le bar et fonce en salle de pause. Je retire le polo oversize, attrape un tee-shirt à manches longues dans mon casier, et l'enfile, en tirant sur les manches de manière à couvrir mon poignet.

Des bleus. Je fronce des sourcils. C'est inquiétant.

Il me reste vingt minutes avant la fin de mon service. Plus j'éviterai de retourner là-dedans, mieux ce sera. C'est bon, j'ai ma dose. Je remballe pour ce soir. On m'a agressée deux fois, non... trois ! J'ai mérité une pause. En ce qui me concerne, cette soirée merdique est terminée.

Je prends mon sac dans le casier et remplis la bouilloire. Autant me remplir un thermos pendant que je suis là.

Bon sang, je suis à plat. Je m'appuie contre le plan de travail pendant que la bouilloire se met à gronder. Elle vibre furieusement en soufflant des nuages de vapeur. Combien de temps vais-je tenir ? Je visualise mentalement Dexter et Story. Alors je sais que je tiendrai autant qu'il le faudra, jusqu'à ce que mes forces me lâchent. Je me frotte la poitrine. Le râteau que l'ange m'a mis sans prendre de pincettes m'a achevée. Je me sens...

— Qu'est-ce que tu fais ? fuse une voix accusatrice derrière moi.

Je rentre les épaules et secoue la tête avec une exaspération que je ne prends pas la peine de masquer. Pourquoi Jenny est-elle toujours collée à mes basques ?

C'est quoi son problème ? Que je lâche mon service ou que j'utilise la bouilloire ? J'ai pris l'habitude de remplir des thermos d'eau chaude pour nous tenir chaud Story et moi, afin qu'on puisse s'endormir. Dès que j'en ai l'occasion, je fais bouillir de l'eau et remplis des thermos.

Ça marche plutôt bien. Je pourrais utiliser la magie. Il existe des potions chauffantes, qui coûtent malheureusement trop cher et ne rentrent donc pas dans mon budget. Story n'arrête pas de me dire qu'elle se moque du froid et que les pixies n'ont pas de chauffage dans leurs terriers. Mais je sais qu'il fait plus chaud sous terre que dans l'air gelé du garage, et elle est minuscule.

Je m'inquiète pour elle.

— Salut, Jenny, comment ça a été ce soir ?

Je fais ce que je sais faire de mieux : je change de sujet. Je me redresse et me tourne pour lui adresser un sourire hypocrite qui crispe mes lèvres.

Je dis quoi maintenant ? Comment vais-je expliquer les thermos ? En réalité, je me fiche de ce qu'elle pense. Cependant, dévier la conversation pour parler de ce qu'elle préfère, à savoir, elle-même, fonctionne à merveille. Jenny, elle, se met à piailler comme une pie.

J'acquiesce aux bons moments et referme les thermos dont s'échappe de la vapeur. Je les glisse dans mon sac à dos en continuant de sourire et d'opiner.

— Tu t'es fait quoi à la main ? demande-t-elle.

Elle plisse le nez de dégoût — et non d'inquiétude, naturellement. Je baisse les yeux vers mon bras, dont l'aspect s'est aggravé. Le bleu s'est étendu aux phalanges.

Je plie les doigts et m'efforce de prendre un air détaché lorsque je hausse les épaules.

— La bassine de verres m'est tombée sur les mains.

Elle avale mon bobard, puisqu'elle se fiche de ce que je lui raconte.

— Ah, c'est moche, commente-t-elle avec un mouvement de cheveux. C'est pour ça que tu as fini plus tôt. Je ferais mieux d'y retourner. À plus.

Lorsque la porte de la salle de pause se referme silencieusement sur elle, je scrute ma main. Merde, ça a l'air sérieux. Maintenant que le constat est fait, à qui dois-je en parler ? À qui vais-je demander de l'aide ?

À personne, parce que je n'ai personne. Il est hors de question d'inquiéter Story. *Ce ne sont que des bleus, Tru.* Je ne sais même pas pourquoi cela me tracasse. Allez, pas de quoi en faire un drame. Je m'assieds lourdement sur une chaise.

Pourquoi ne suis-je pas du tout convaincue ?

Chapitre Treize

Je vérifie encore une fois que mes cheveux sont bien attachés. Bon sang, il y en a trop. Ils sont tellement épais que les nattes multicolores me gênent. Vérification capillaire faite, je me mets à genoux et tends la main vers la vieille boîte à outils rouge. Je la vide méthodiquement, puis retire délicatement le plateau intérieur et le pose par terre.

Story se met debout sur son canapé. Sa peau bleue se marie avec les fleurs années soixante-dix de ses murs. Elle balance les jambes, les faisant rebondir contre le coussin.

— Qu'est-ce qu'il s'est passé ce week-end ? Tu es plus contrariée que d'habitude, constate-t-elle en rapprochant ses genoux de sa poitrine.

Je plisse les yeux vers mon amie observatrice et secoue la tête, résignée. Je ne lui ai pas raconté l'épisode avec l'ange.

Je suis accablée de honte.

En réalité, ce n'est pas à moi de me sentir mal, mais à lui, protesté-je mentalement.

Je suis une mauvaise amie ; je ne raconte pas grand-chose à Story.

— Sympa, Conte de fées. T'es en train de dire que j'ai l'air pitoyable ?

Elle se vautre à nouveau dans son canapé en rouspétant. Je m'oblige à lui donner une explication.

— Il y avait un mec qui me plaisait, et il a été... odieux avec moi.

Je ne baise pas les gamines. Sa voix résonne dans ma tête, et un frisson de gêne me saisit.

Fais chier, j'aurais dû lui rabattre le caquet avec un truc du genre *Ça tombe bien, j'ai aucune envie que tu me baises.* Ou bien le remettre à sa place au lieu de rester plantée comme une potiche, la bave au menton.

Argh. Je plaque une main sur mon visage.

— Oh, je comprends. Je suis désolée... Si jamais tu veux en parler...

Elle se rassoit et se mordille la lèvre. Je lis désormais de l'inquiétude sur son adorable visage.

Je secoue la tête et réponds :

— Ça va aller...

Dans vingt ans.

— Merci, Story.

Elle louche sur l'hématome de ma main droite sans dire un mot.

Ce que j'apprécie. Elle a raison. Je suis contrariée, et c'est pour ça que je vais faire un truc de dingue. C'est plus tôt que prévu, mais j'ai besoin de le faire.

Je roule mes épaules et mes poignets pour me préparer,

puis j'attrape la lampe noire avant de l'allumer. Je la cale dans ma bouche. Ma mâchoire craque lorsque je referme les dents dessus. Il va sérieusement falloir que j'investisse dans une torche frontale.

Je plonge mes mains dans la boîte. Quand elles atteignent le fond, elles disparaissent dans le vide magique que le plateau dissimulait.

Je prends quelques inspirations, nerveuse. Lorsque je me penche, mes épaules râpent le bord du métal, tandis que je glisse le haut de mon corps à l'intérieur de la boîte.

C'est serré.

La boîte à outils fait office de petit débarras dimensionnel ; c'est une rupture magique dans notre réalité, une faille spatio-temporelle. La dimension miniature est liée à la boîte à outils. Je ne saurais pas expliquer mieux que ça... La magie et la théorie de la boîte sont hallucinantes. Tout ce que je sais, c'est que ça fonctionne.

— T'es sûre que je ne peux pas t'aider ? insiste Story depuis le garage.

— A-estion ! tenté-je de dire, la bouche pleine.

Traduction : *pas question*. La lumière de la lampe éclaire l'espace d'un mètre carré, bordé d'étagères grimpant jusqu'au plafond. Mon ventre frotte de façon désagréable le rebord de la boîte. Grand-père remplissait le débarras avec l'essentiel. Comme l'espace est limité, il ne pouvait pas mettre tout et n'importe quoi. Il faut donner la priorité aux trucs importants. Impossible de balancer dedans tout ce je possède. Et c'est bien dommage.

Un souffle agacé m'échappe. Fouiller dans les affaires la tête en bas me donne le tournis. J'écarte davantage les jambes dans le garage pour me stabiliser avant de m'enfoncer encore de quelques centimètres. La boîte creuse mes cuisses.

Grand-père n'avait pas à jouer les contorsionnistes, lui, grommelé-je mentalement. Non, il n'avait qu'à glisser une main à l'intérieur pour trouver ce qu'il voulait, car l'objet se matérialisait dans sa main, à condition que ce dernier se trouve dans le débarras.

La magie de la boîte ne prend pas avec moi. Malheureusement, on ne m'a pas filé la notice. Et comme j'ignore comment y remédier, je vais continuer à jouer les opossums.

Encore une chose dont on n'a pas discuté lorsque l'état de Grand-père s'est aggravé. C'était le dernier de nos soucis lorsqu'il était aux prises avec la mort.

Mmmh. Je fronce le nez et incline la tête. La lumière éclaire le sol. Il y a des trucs sur les étagères d'en bas que je n'atteindrai jamais. *Pas question que je rampe là-dedans.* Cette pensée me donne instantanément la chair de poule. *Non, sans façon. Je vais joyeusement garder mon popotin dans mon monde.*

Je dois absolument investir dans une lampe frontale, et peut-être bien une corde. Si je m'attache, je pourrais éventuellement plonger plus bas pour me rapprocher de ces étagères. Il faut dire que si j'avais un ami qui soit grand, ce serait plus simple. Je n'ai que Story pour assurer mes arrières. C'est triste.

Je ne lui ai même pas parlé de mon ADN hybride. C'est le prix à payer pour assurer notre sécurité, à toutes les deux. Je ne fais confiance à personne pour garder le secret de ce que je suis.

J'entends Dexter émettre un miaulement inquiet d'en haut. Le son se réverbère dans la dimension miniature, et une boule de chaleur douce et souple se loge contre ma poitrine.

— Purrrt, réclame-t-il.

Story dit quelque chose que je n'arrive pas à entendre, puis Dexter feule. Oups. Je ne suis pas sûre qu'il comprenne pourquoi la moitié de mon corps a disparu. Elle est bonne celle-là... Depuis quand suis-je une experte en télépathie féline ?

Il a probablement faim.

Si je ne me bouge pas, je vais manquer d'air. Cet endroit est dangereux. Je décide de m'activer et de pivoter le buste vers l'étagère exposant des rangées de potions. Elles vont me servir pour la mission qui m'attend.

Une mission que j'ai baptisée « Opération Assure Tes Arrières ». J'attrape un sac en tissu, qui est accroché à une patère, et j'entreprends de le remplir.

Aïe. Je grimace.

— rête ça... exter... hmmm-mmm, marmonné-je lorsqu'une griffe se plante délibérément dans mon mollet.

Mes dents grincent sur le manche de la lampe.

Je ferais mieux de sortir d'ici, j'ai déjà du mal à respirer. Et je n'ai pas vraiment envie que mon chat fasse ses griffes sur moi. J'emporte, au cas où, une boule de potion de chance. C'est parfait.

Je pousse un petit cri, en faisant presque tomber la lampe avec le sac, lorsqu'il enfonce à nouveau ses griffes dans ma peau. Cette saleté a grimpé sur mon dos. Des coussinets moelleux me pétrissent les fesses, avec quelques coups de griffes.

Saleté.

Sac en main, je force sur mes cuisses et mes abdos pour

me sortir de la réserve en me tortillant. Dexter saute par terre.

Je pose le sac, crache la lampe, et inspire une grande bouffée d'air. La terreur rousse se love contre ma jambe et me tourne autour en ronronnant. Il se frotte contre le sac de potions et m'*aide* à tout débarrasser.

— Tu as tout ce qu'il te faut ? demande Story.

Je lui décoche un grand sourire.

— Non, mais merci de demander... Je vais le faire toute seule, Dexter, râlé-je alors qu'il me flanque sa queue sous le nez.

Je tire une grimace en frottant ma langue contre le dos de ma main, pour me débarrasser de la touffe de poils que j'ai failli avaler. Dexter m'ignore et sort la tête de la boîte. Je replace le plateau sur la dimension miniature.

— Ce n'est pas un endroit pour un chat. Allez, viens, je vais te donner à manger avant de partir. Aujourd'hui, c'est saumon. Oui, tu as bien entendu. Miam !

Story glousse.

Je traverse le garage d'un pas guilleret, évitant Dexter qui slalome devant moi, puis je nourris la bête. Ceci étant fait, j'enfile ma tenue *all black*, salue mes amis, et prends le chemin de l'arrêt de bus.

Appuyée contre l'abribus en plastique, je procède à une ultime vérification. J'ai tout, c'est bon. J'ai beau être têtue et impulsive, j'espère ne pas tomber dans le piège de ceux qui sont trop stupides pour vivre. Que disait Friedrich Nietzsche déjà ? « Soit on meurt en héros, soit on vit assez longtemps pour se voir endosser la peau du méchant. » Je hausse les épaules. Perso, ça me va.

La maison de mon grand-père a été vendue, et ça m'a

mis un coup. Putain, ce que ça a fait mal. J'évite de regarder dans la direction de son ancienne demeure. Il m'arrive de souhaiter ne pas vivre dans le quartier. La première fois que j'ai aperçu la pancarte À VENDRE — installée le jour où mon oncle m'a mise à la porte — tout est devenu réel. Certes, j'avais déjà conscience de vivre dans un garage, seulement, j'avais espoir que peut-être... Peut-être mon oncle changerait d'avis. Je laisse échapper un rire sec. Et sinon, sur l'échelle de la stupidité, on est à combien ?

C'était plus fort que moi, je devais aller sur internet pour voir si quelqu'un l'avait achetée.

Pour me torturer.

Je laisse tomber ma tête et enfonce mes mains dans mes poches. Lorsque le statut de la maison a changé dans la liste, pour indiquer que quelqu'un avait fait une offre, suivi de l'apparition de la mention VENDU... j'étais au bout de ma vie. En ajoutant l'histoire de l'ange à ça, quelque chose en moi s'est brisé.

Je souffle et fixe la route. Le bus devrait arriver d'une minute à l'autre. Je sais, c'est ridicule. Ce n'est qu'une maison. Mais elle représentait mon lien avec mon grand-père, et mon chez-moi. La fin d'une époque. La fin de mon enfance et de mon innocence. Oncle Phi... Je serre des dents. Cette tête de con n'avait aucun droit de me jeter dehors comme un sac poubelle.

Putain, j'ai participé au règlement des factures pendant les trois dernières années. Il aurait pu m'avertir, le temps de me préparer. Je ne m'attendais pas à empocher quoi que ce soit sur la vente de la maison ni à être nourrie et logée à l'œil.

Je me frotte le nez, gênée. Alors j'ai peut-être... disons,

piraté son ordinateur. Il aurait *vraiment* dû changer son mot de passe.

Je fais signe au bus quatorze de s'arrêter, et la porte s'ouvre d'un coup. Je souris au conducteur et montre mon pass. Le bus reprend la route tandis que je remonte l'allée et trouve une place.

Cela fait quelques semaines que la vente s'est conclue. Entre-temps, j'ai fait preuve de patience, guettant le moment rêvé, l'opportunité idéale. Pendant que je me démenais et habitais un garage, la tête de con a emménagé dans un beau lotissement, au bout d'une impasse flambant neuve.

Ce soir, il emmène sa petite amie faire une virée en ville. Un dîner et quelques cocktails. Il n'a pas perdu de temps à savoir comment dépenser son héritage.

Quand j'arrive à destination, j'enfonce ma casquette de baseball sur ma tête et rabats la capuche de mon sweat noir large. Le dos voûté, je pénètre dans la rue sans me faire remarquer. J'ai l'air d'un ado.

Depuis l'ombre, je surveille la maison. Un taxi s'arrête, et Tête-de-con embarque pour sa soirée. J'attends encore quelques minutes, puis m'élance vers la façade arrière avant d'utiliser un coupe-verre pour retirer soigneusement un carreau de la porte de derrière. Je glisse ma main à l'intérieur et attrape la clé qu'il a laissée dans la serrure.

La porte s'ouvre sans un bruit. Mes baskets couinent sur le carrelage alors que je m'engage avec assurance dans la cuisine, laissant courir mes doigts sur le granit noir. On se fait plaisir à ce que je vois.

Je fouille méticuleusement la maison, pièce par pièce, pour m'assurer qu'il n'y a personne. C'est un bel endroit, calqué sur la plupart des nouveaux immeubles en Angleterre ; les pièces sont un peu petites. Les murs ont été peints dans un magnolia clair, ce qui donne un ton neutre typique des nouvelles constructions. Tiens, même les meubles sont neufs.

Je démarre le minuteur sur mon téléphone, trifouille dans mon sac à dos, et attrape une poignée de potions. J'effectue maintenant le chemin inverse.

Dans chaque pièce, je chuchote une incantation pour activer la magie et je jette par terre une boule orange de potion, qui fait la taille d'une bille.

Aucune pièce n'est épargnée.

Dès que je sors de la cuisine, j'aperçois un bijou clinquant dans le garage attenant. Une Porsche rouge. Je caresse la carrosserie impeccable du bout du doigt. Merde alors, Tête-de-con est vraiment en pleine crise de la quarantaine.

Est-ce ça que valait la vie de mon grand-père, une maison et une voiture de luxe ? Avec un sourire mélancolique, je balance la dernière potion sur le pare-brise.

— Désolée, ma jolie, marmonné-je.

Je retourne à la cuisine pour m'assurer une dernière fois de n'avoir rien oublié, et de graver ce moment dans ma mémoire. Je hoche la tête en souriant, puis referme la porte derrière moi.

En quelques secondes, je rase le mur, puis je regagne la rue.

Mon téléphone se met à sonner, je le sors de ma poche arrière. Je déverrouille l'écran pour éteindre le minuteur. Je n'ai pas besoin de tourner la tête pour entendre l'explosion.

Quelles merveilles ces boules de potion.

Je fredonne en redescendant la rue presque en

sautillant, me forçant à garder une posture voûtée et la tête basse.

Il n'y a rien à voir ici.

Bon sang, je donnerais cher pour voir sa tête quand il verra sa maison en feu. Il a dépensé tout ce qu'il avait dans la voiture et la maison.

La guilde mènera l'enquête et confirmera qu'il s'agit d'un incendie criminel. J'imagine alors le dialogue qui en découlera :

— Heureusement, j'ai une très bonne assurance, affirmera Tête-de-con.

Lorsqu'il cherchera à faire jouer l'assurance à laquelle il avait scrupuleusement souscrit, un sentiment d'épouvante l'envahira.

— Mais j'ai souscrit à l'assurance..., plaidera-t-il.

— Votre contrat a été annulé, répliquera la compagnie d'assurance.

Et le mail stipulant qu'il a trouvé une meilleure offre chez un concurrent constituera une preuve irréfutable.

Et sa regrettée voiture de sport subira le même sort.

Quelle affreuse coïncidence...

Il aurait vraiment dû changer son mot de passe.

Je monte dans le bus, évite le siège où est collé un chewing-gum, et m'assieds ailleurs. J'appuie ma tête contre la vitre, qui se met à vibrer sous l'effet du moteur, faisant claquer mes dents.

Cela fait des mois que je ne me suis pas sentie aussi soulagée. De la fumée s'élève dans ma vision périphérique. Alors que le bus roule à toute allure, je tourne la tête. Le front collé à la vitre, j'observe le brasier magique qui diminue. La maison est presque en cendres.

Pendant un court instant, je permets à la folie qui m'habite de s'emparer de mon visage. Prendre ma jeunesse et mon genre pour une faiblesse, grosse erreur.

La première a été de me chasser de chez moi, sans rien pour assurer ma sécurité.

Voler ma voiture, la deuxième.

Je ne suis pas une héroïne. Si je dois être la méchante, qu'il en soit ainsi. Mes lèvres s'étirent en un sourire mauvais. Quand on me pousse à bout... Ha, quand on me pousse à bout, je refuse de jouer les victimes. Je ne suis la damoiselle en détresse de personne.

Bienvenue dans le monde des clochards, Tête-de-con.

Chapitre Quatorze

M on service touche à sa fin quand le manager du bar, en sueur, me fait signe.

— Tru, tu peux aller nettoyer le bazar au bar VIP ? Le staff est débordé.

Je hoche la tête et j'y vais. Dès que Xander est dans les parages, le personnel devient nerveux. Moi, je m'en fous de ce qu'il pense. Je fais tout pour l'éviter. Je ne le regarde même pas. Je ne veux pas qu'il s'imagine que je bave encore sur lui. J'ai ma fierté.

Quand j'arrive, l'espace VIP ressemble à une zone sinistrée. Avec un soupir, je me faufile entre les clients ivres en ramassant les bouteilles et les verres vides sans lever les yeux. Le truc, c'est d'être rapide et invisible. Un fantôme, quoi. Je déteste avoir affaire à ces connards qui se croient tout permis. Bizarrement, il n'y a que des abrutis chez les VIP.

D'un autre côté, le boulot au café exige tellement d'interactions que j'aime le fait de ne parler à personne quand je suis ici.

J'attrape les derniers verres dans un coin sombre. Ils sont posés sur une table basse entourée de sièges en cuir. Un homme attrape ma main.

Je roule des yeux. C'est dingue le nombre de fois où ça arrive. Les mecs sont persuadés que je vais leur piquer leur verre encore à moitié plein. Je ne ramasse que les verres vides ou abandonnés. J'ai même pris l'habitude de secouer les bouteilles avant de les balancer. Les ivrognes s'emballent *vraiment* vite à l'idée d'être privés de la dernière goutte d'alcool. S'il leur reste une lampée, ils pensent que ça leur donne droit à un *refill* gratuit.

Je ne prends même pas la peine de lever la tête.

— Je suis chargée de ramasser les verres et de nettoyer les tables. Si vous voulez bien m'excuser… monsieur.

Je dis « monsieur » sur le ton que j'utiliserais pour dire « trouduc' ». Je tente de retirer ma main, mais l'abruti resserre son emprise.

— Vous inquiétez pas, je prends pas votre bière. Je débarrasse juste les verres vides.

Je soupire et essaie à nouveau de libérer ma main sans être impolie. L'avertissement de Xander résonne encore dans ma tête. Chaque fois qu'il me croise, il balance d'un ton moqueur : *Tu te tiens à carreau, petite ombre ?*

Ouais, *petite ombre*. Ce crétin est persuadé que je le stalke toujours. Dans le genre ego surdimensionné… Je suis sûre qu'il fait exprès d'adopter ce ton grave et enveloppant, comme du chocolat chaud.

Au moins, maintenant, je le déteste. Si mon rythme

cardiaque s'emballe quand il est près de moi, c'est parce que ça me démange de lui coller une droite. Je suis pas son ombre, bordel.

Et j'ai besoin de ce taf, même si j'ai super envie de lui mettre un pain. À lui ou à Main Baladeuse. Qu'est-ce qui lui donne le droit de me toucher comme ça ? Il serre plus fort. Mon poignet m'élance. Je serre les dents.

Pas de tabassage de clients.

Sans lui accorder un regard, j'affiche un sourire Colgate et incline la tête vers un groupe de filles à l'extérieur de l'espace VIP, qui essaient désespérément d'attirer son attention.

— Je suis sûre que ces charmantes demoiselles seraient ravies de discuter avec vous.

Je fais pivoter mon poignet, dégage sa main d'un coup de panier à verres et me retourne.

Pas de tabassage de clients.

Je m'éloigne, me félicitant mentalement. *Tu vois, Tru ? La violence ne résout pas tout.* L'espace VIP est enfin propre.

— Je te parle, grognasse, crache le client.

Je lève les yeux et plisse le nez. Devinez qui est là ? Frankenstein.

Youpi.

Qui a dit qu'une bonne action ne reste jamais impunie ? Je secoue la tête, l'évite et m'éloigne à grands pas. Je me suis tenue à carreau ce soir, et ce n'est pas cet abruti qui va tout gâcher. Encore dix minutes avant la fin de mon service. Il est presque quatre heures du matin. J'ai bossé près de dix-huit heures d'affilée. Mon pauvre corps est cuit.

— Tu vas où comme ça ? Tu me dois un baiser ou je te rends ton coup de poing dans la gueule, s'époumone Frank le métamorphe relou, attirant l'attention de tout le monde. Hé, t'as oublié mon verre.

Je me retourne en poussant un soupir exaspéré. Mes yeux se lèvent vers le plafond, cherchant une éventuelle intervention divine cachée parmi les lumières sophistiquées du club.

— Juste pour que tout soit bien clair...

Je lève mon index et le fais tourner en l'air au-dessus de ma tête.

— Tout le monde l'a entendu me menacer de me frapper au visage, n'est-ce pas ?

Je balaie du regard le groupe d'*objets* fascinés par la scène.

— N'est-ce pas ? j'insiste.

Je m'approche de lui. Je suis trop fatiguée pour ces conneries.

Frank agite son verre plein sous mon nez avec un sourire narquois, puis il le descend d'un trait. Je réagis en mode pilote automatique — *pas de tabassage de clients* — et j'essaie de lui prendre le verre. Mauvaise idée. Il m'attrape la main et me tire vers lui comme un poisson au bout d'un hameçon.

Il lève ma main jusqu'à ses lèvres et bave sur mes phalanges. Je reste figée, horrifiée. Puis il passe sa langue entre mes doigts. Beurk.

Je préférerais qu'il me castagne.

Je fronce le nez et pince les lèvres avec dégoût alors qu'il continue son exploration dégueulasse, descendant lentement le long de mes doigts avant d'aspirer la pulpe de mon index gauche. Ses dents raclent ma peau, et je frissonne de répulsion.

Oh, c'est vraiment dégueu. Je n'ai aucune envie de sentir les crocs d'un métamorphe.

Je devrais retirer ma main... Euh, et si elle glissait accidentellement et venait lui éclater le nez ? Un pur accident, rien à voir avec moi.

— Je me suis pas lavé les mains après avoir nettoyé les chiottes. Et je viens de vomir dans ma bouche, dis-je pour en rajouter une couche.

Frank grogne.

— Tu sais qu'une seule morsure de métamorphe peut tuer une humaine ?

Ben oui, je le sais.

Frankenstein vient de me menacer de me mordre, là ? Je ne suis pas humaine, mais lui l'ignore. Mon cœur s'affole. Une question tourne dans ma tête : un métamorphe peut-il transformer un humain sans être sous sa forme animale ?

L'a-t-il déjà fait avant ?

Les hommes se transforment, les femmes meurent.

Un mouvement sur ma gauche attire mon attention.

— Frank, lâche cette jeune humaine. L'odeur de sa peur me coupe la soif.

Frank gronde encore et serre mon poignet si fort que mes os craquent.

— Ouais, Frank, lâche-moi.

Il obéit, mais pas avant de me croquer un bout de doigt. Il sourit, triomphant, tandis que mon sang dégouline sur son menton.

Peut-il sentir que je ne suis pas humaine ?

Peut-il savourer mon sang hybride de métamorphe et de vampire comme un connaisseur de viande ?

Je referme mon poing autour de mon doigt blessé, murmure un merci à mon pseudo-sauveur et me barre d'ici.

Putain, ce n'est pas l'endroit pour saigner. Je suis entourée de créatures aux sens aiguisés. Le cœur battant, mon sang hybride gouttant sur le sol, je fonce vers l'arrière du bar. Mes mains tremblent sous l'effet de la peur et de l'adrénaline.

Je... je n'arrive pas à réfléchir. La panique me submerge. J'ouvre le robinet de l'évier et passe ma main sous l'eau. Avec l'autre, je cherche à l'aveugle un produit puissant. Mes doigts se referment sur une bouteille. Je la sors du placard. De la javel. Je grimace, mais en verse une bonne dose sur la plaie.

Je tremble si fort que je sens mes os vibrer. Merde, j'ai tellement peur que je vais vomir.

Le cœur au bord des lèvres, je frotte.

Mon doigt est en feu et ma main vire au rouge. *On ne passe pas les clients à tabac, Xena.* Maudit Xander. Ah ouais, super conseil. Ils étaient où tes foutus videurs quand un métamorphe me croquait le doigt ? La prochaine fois, c'est lui qui va saigner.

Oh merde, quelqu'un va sentir mon sang et je vais mourir. *Il m'a mordu le doigt. Il m'a mordu le doigt. Il m'a mordu un putain de doigt...* Les mots paniqués roulent dans ma tête comme un tambour de guerre.

— Tu vas bien ? s'enquiert une voix rauque et veloutée derrière moi.

Je sursaute et pousse un cri de fillette. L'eau éclabousse le sol et me trempe.

— Vous m'avez foutu les jetons ! Merci bien.

Je garde ma main sous l'eau et agrippe le bord de l'évier de l'autre main.

— Tu vas bien ? répète-t-il, cette fois avec moins de patience.

— Ouais, super bien, grogné-je à l'ange inquisiteur.

Dégage. Dégage, putain.

Pourquoi il se pointe au pire moment ? Sérieusement, *casse-toi*. J'avais besoin de son aide quand un métamorphe bouffait mon doigt, pas maintenant. Je n'aurais jamais dû l'écouter. Être polie, soigner mon service client... Quelle idée débile. Ça m'a transformée en victime.

Et je déteste ce sentiment. Argh, si j'avais assommé Frankenstein avant qu'il commence son léchage de doigts... Je saisis la bouteille d'eau de javel et en verse une nouvelle dose sur ma main.

Et maintenant, Xander est là à poser des questions stupides, alors que tout ce que j'ai envie de faire, c'est chialer. Je ne pleurerai pas parce que j'ai la tête dure, mais sa présence ne fait qu'empirer les choses.

Tout est sa faute.

Alors je m'accroche à ma colère. La colère, ça, je peux gérer. Elle brûle dans ma poitrine, me recentre immédiatement.

Et puis il est aveugle ou quoi ? Il voit bien que je vais mal, même si jamais je ne l'admettrai. Je tourne la tête et lui lance un regard noir.

— Tout va b...

— Bien, je sais.

Xander s'avance dans la pièce. Il rend l'espace déjà étroit encore plus petit. Il fait attention de ne pas me toucher. Je me colle contre l'évier, et verse une nouvelle dose de javel sur ma main.

Heureusement que l'odeur chimique me pique les narines, ça m'évite de sentir son odeur. Ma tête bourdonne. J'ai juste envie de rester là, la main plongée dans l'évier pour l'éternité. Mais je sais bien que ça ne sert à rien.

La javel ne changera rien.

Je prends une grande inspiration tremblante. Les vapeurs chimiques me brûlent la gorge. Mon Dieu, Frankenstein vient-il de me condamner à mort ? Est-ce que les créatures savent qui je suis ? Ce que je suis ?

— Pourquoi tu saignes ?

— Un client m'a mordu. Ce salopard m'a presque arraché le bout du doigt, alors merci pour la protection. Considérez ça comme mon préavis. Je bosse plus dans ce trou à rats.

Je frotte ma main, rouge et à vif, alors que mon doigt saigne *toujours*. Pourquoi je ne cicatrise pas ? C'est pas normal... Je guéris à vitesse humaine.

— J'exige des primes de risque rétroactives, grommelé-je.

Xander se rapproche. Sa carrure imposante me domine. Je me recroqueville un peu plus. Le rebord de l'évier me scie les cuisses.

— Qui t'a mordue ?

— À votre avis ? Frank le pervers. Vous savez, le type à qui j'ai mis mon poing dans la gueule.

Des gouttelettes d'eau volent autour de nous alors que j'agite ma main en l'air. Je désigne l'autre main, plongée sous l'eau.

— Voilà ce qui arrive quand je suis polie. Vous serez

content d'apprendre que je ne l'ai pas frappé. Et parce que je ne me suis pas défendue...

Je déglutis. *Tu vas pas pleurer, Tru.*

— Il...

Ne pleure pas.

— Il m'a mordue.

Le bras massif de Xander, façon tronc d'arbre, apparaît par-dessus mon épaule. Il me pousse doucement sur le côté et ferme le robinet. Quand je m'éloigne de l'évier, je réalise un peu tard que je suis trempée et couverte de Javel, un vrai désastre.

Je ferme les yeux, morte de honte. J'ai complètement perdu les pédales pendant quelques minutes. Heureusement, je ne remettrai jamais les pieds dans ce trou à rats. Mon tee-shirt de boulot est foutu, et si Xander pense que je vais le rembourser, il peut aller se faire voir.

— Ses dents étaient transformées ? Je ne pense pas qu'il soit assez âgé ou assez fort pour transformer ses dents. Tu sais si ses dents étaient transformées ?

Je hausse les épaules. Comment suis-je censée savoir à quoi ressemblent des dents transformées ? Il avait une tête de loup ? Non. Alors qu'est-ce que ça peut foutre ?

Xander me saisit par les épaules et me secoue légèrement.

— C'est important. Est-ce que ses dents étaient transformées ?

— Non ?

Il grogne. Je ne savais même pas qu'un grognement pouvait contenir autant d'exaspération. Ses yeux couleur miel s'embrasent d'une rage dorée. Il lâche mes épaules et s'en va.

J'inspire à fond. Il est carrément furieux. Et il me plante là, trempée, couverte de javel et en *sang*.

— Super conversation, pesté-je.

Il faut que je trouve une trousse de premiers soins.

Je suis sûre d'avoir lu quelque part que les anges peuvent guérir. Euh, Xander doit vraiment pas m'aimer. Le fait qu'il me laisse saigner veut tout dire. Peut-être qu'il a peur que je lui saute dessus.

— Les anges font les meilleurs patrons, maugréé-je.

Ma lèvre tremblote. Je la mords aussitôt pour me punir. *Pas de ça, Tru. Pas de larme.*

Le seul sur qui je pouvais compter est mort. Même lui n'est pas resté. Non. C'est injuste. Je retire ça. Je suis bouleversée, c'est tout. Penser comme ça, c'est mal. *Pardon, Grand-père.* J'arrache une grande bande de papier dans le distributeur d'essuie-tout et l'enroule autour de mon doigt. Pas l'idéal niveau hygiène, mais c'est toujours mieux que de repeindre le sol en rouge. Story, elle, m'aurait aidée.

Je fouille l'étagère du fond et tombe sur une trousse de secours. Quand je découvre qu'elle contient des potions de guérison coûteuses, je manque de pousser un cri de joie. J'attrape un flacon, arrache le bouchon avec les dents et verse directement le liquide sur mon doigt. Avec soulagement, je vois le saignement cesser et les bords de la plaie se refermer comme par magie. Mon cœur, qui battait à tout rompre, retrouve enfin un rythme normal. J'aurais dû faire ça avant la douche de javel. Mais je ne réfléchissais plus. J'étais en panique. Et paniquer, c'est quelque chose que je ne peux pas me permettre.

Peut-être que c'est un signe du destin. Peut-être qu'il est

temps de foutre le camp. De prendre Story et Dexter et de me barrer.

Il n'y a plus rien pour moi ici.

Je ne sais pas si c'est la morsure, ou juste le choc de m'être fait bouffer et de voir mon sang couler partout. Mais cette sensation de malaise, qui traînait à la limite de ma conscience depuis des semaines, me frappe soudain de plein fouet. Merde, ça pourrait même être une mauvaise potion de guérison, va savoir. C'est la première fois de ma vie que je me sens comme ça.

Putain, je me sens mal.

J'ai la gorge qui gratte, la racine des cheveux poisseuse de sueur. Mes joues brûlent, mais à l'intérieur, j'ai froid.

Si j'étais humaine, ce serait normal. Juste un mauvais rhume, ou une grippe carabinée.

Mais je ne suis pas humaine. Et je ne suis pas normale.

Je n'ai jamais eu de rhume de ma vie. Et avec les bleus qui persistent, c'est flippant.

Au lieu d'aller à la salle de sport, je nettoie les toilettes du staff. Je remplis mes gourdes dans la cuisine, et Luke, silencieux mais soucieux, appelle un taxi pour me ramener direct chez moi.

Quand je traverse le couloir du personnel et que mes pieds s'enfoncent une dernière fois dans la moquette, une vague de soulagement m'envahit. Je ne reviendrai jamais dans ce trou à rats.

Chapitre Quinze

Le garage est glacial. Le Royaume-Uni subit une vague de froid. Chaque fois que je capte un bout des infos, ils n'arrêtent pas de parler du blizzard arctique qui déferle sur le pays. Ha, évidemment. L'année où je me retrouve à la rue, c'est l'année où on bat des records de froid.

L'Arctique peut garder son foutu climat, merci bien.

Story volette sur mon épaule, agitée. Sa voix inquiète se fond dans le martèlement de mes tempes migraineuses. Je saisis une bouteille d'eau. Le plastique craque sous mes doigts, et un glaçon danse à l'intérieur. Je soupire, déçue, mais pas surprise de voir que toutes les bouteilles sont gelées. J'aurais dû les mettre dans une boîte pour mieux les isoler.

Je passe une main glacée sur mon front brûlant.

— Désolée pour l'eau, Story. Tu as assez bu ? Je peux

toujours utiliser un peu d'eau chaude pour en décongeler une... ou sinon, tu peux attendre que l'eau chaude du thermos refroidisse. Ce serait peut-être mieux...

Ma voix s'éteint dans un murmure. Ma tête explose, et ma vision se rétrécit quelques secondes. Une sensation comparable à un coup de poing dans la gueule.

Story pose une main fraîche sur ma joue en feu. La pression légère m'oblige à la regarder.

— On va bien, Tru, arrête de t'inquiéter pour nous. C'est toi qui n'as pas l'air bien du tout, t'es brûlante. Je pourrai nourrir Dexter demain matin, toi, tu devrais te mettre au lit et ne plus en bouger. Tu veux que j'appelle quelqu'un ? Jodie, peut-être ? La gentille sorcière ? dit-elle d'une voix pleine de sollicitude.

J'essaie de sourire pour la rassurer.

— Je vais bien, c'est juste un rhume, mens-je. C'est sûrement à cause du froid. Ça ira mieux demain après une bonne nuit de sommeil.

Dexter approuve avec un miaulement tandis que je remplis les bouillottes d'eau chaude et titube vers le cabanon pour me mettre au lit.

— Je ne bosse plus au club, lâché-je avec désinvolture en glissant une bouillotte dans la chambre de Story et une autre sous mes couvertures.

Je n'en ai pas vraiment besoin vu la chaleur que je dégage.

Je me change rapidement. Ces derniers temps, j'ai troqué mon pyjama contre une tenue de nuit : brassière de sport, chaussettes épaisses, jogging et pull. C'est plus prudent de dormir habillée pour pouvoir courir au besoin. Je glisse mon corps tremblant sous les couvertures.

Dexter, qui est pourtant interdit de séjour dans la remise, saute sur mon lit. Je gémis. J'ai laissé la porte ouverte. Fier comme un coq, il se perche près de ma tête, pattes avant sur mon oreiller, ronronnant comme un moteur de voiture de sport. Il pétrit le tissu, balançant ma tête de gauche à droite. J'essaie mollement de le repousser, mais il contre-attaque d'un coup de patte, me tapotant le nez avec un coussinet rose.

Je capitule et cache ma tête sous la couverture.

— Dexter, arrête. Tu vois bien qu'elle est malade, le gronde Story. Tu devrais plutôt monter la garde pendant son sommeil.

— Bien dit, Story, marmonné-je.

Sauf qu'au lieu de monter la garde, je sens son poids sur moi. Pff, tu parles d'un monstre félin. Il se niche sur mon oreiller, lové entre mon épaule et mon menton.

Son ronronnement m'endort.

Quand j'ouvre les yeux, il a disparu. Et Story aussi. Mes paupières sont collées, et j'ai du mal à les ouvrir complètement. À tâtons, je cherche une bouteille d'eau. Ma main tremble pendant que j'avale quelques gorgées glacées.

Dexter réapparaît dans le cabanon et pousse un miaulement interrogateur.

— Ça va, Dex... juste un peu patraque, soufflé-je d'une voix rauque.

Je bois encore quelques gorgées. La bouteille craque sous l'effet du gel, et ma main m'élance. Je me recroqueville sous les couvertures. Merde, je me sens encore plus mal.

Une petite voix raisonnable dans ma tête me souffle de vérifier l'heure. Je ne pourrai pas aller bosser demain, alors il faut que je prévienne Tilly à temps pour qu'elle trouve quel-qu'un pour me remplacer.

Évidemment, mon téléphone n'est pas sous mon oreiller comme d'habitude, et je ne sais même pas où est ma veste... Je sombre dans le sommeil avant de pouvoir faire quoi que ce soit.

L'inquiétude de Dexter se transforme en furie féline quand je loupe son petit-déjeuner. Et comme je ne réagis pas assez vite, il finit par me sauter sur la figure et attaquer la couette jusqu'à ce que je cède. Je me traîne hors du lit.

— Où est Story ? grommelé-je.

Peut-être qu'elle est partie travailler ? Mes membres tremblants sont encore pires qu'hier. D'abord les bleus, maintenant ça. Qu'est-ce qui cloche chez moi ?

Je me faufile maladroitement à travers l'étroit passage entre le mur et le cabanon, et avance en titubant dans le garage.

Mon souffle court forme des volutes de buée dans l'air glacial, et des points noirs dansent devant mes yeux tandis que je remplis les gamelles de Dexter. Je gémis en décou-vrant que la pâtée en boîte est gelée. C'est la sauce qui a pris en premier. Pas le choix, je lui sers les blocs de viande givrés et rajoute une ration de croquettes pour compenser. Pour finir, je remplis son bol d'eau avec une bouteille.

Rien que ce petit effort a suffi à rougir mes mains, qui m'élancent atrocement. Je rabats les manches de mon pull pour essayer de les réchauffer. Mon crâne bourdonne, et quand je tourne la tête un peu trop vite, d'autres points noirs envahissent ma vision et mes genoux flanchent. Je me rattrape de justesse en agrippant la table où je stocke la nourriture du chat. Serrant les dents, je me traîne tant bien que mal jusqu'au cabanon, referme la porte et pousse le loquet. Je m'effondre sur le lit et coince mes mains glacées entre mes cuisses, regrettant ma bouillotte chaude. Celle sous mes draps ne sert à rien.

D'une main tremblante, je retire mes vêtements moites de sueur. J'ouvre la bouillotte, verse son eau dans un petit bol bleu et me fais une toilette rapide. L'eau est si froide que je manque de perdre un téton.

J'enfile un legging et un pull propre, puis je me replonge sous les couvertures.

Il faut que j'envoie un message à Tilly... J'espère que Story va bien.

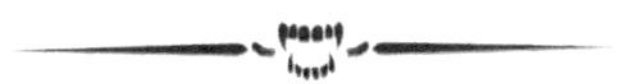

SOUS LE VOILE flou de mes rêves — je dois être en train de rêver — des bruits de pas lourds, des voix, des craquements et des déchirures forment une toile de fond confuse dans ma tête embrumée. Les yeux embués, sans comprendre, je vois mes jolies guirlandes lumineuses clignoter une dernière fois avant d'être arrachées, réduites en lambeaux. Le cocon chaud de mon cabanon s'effondre dans un fracas. Dans mon rêve, les murs de bois se replient sur eux-mêmes comme s'ils étaient faits de papier. Le cabanon disparaît.

Des doigts brûlants effleurent ma gorge, me faisant sursauter. Une faible bouffée d'adrénaline balaie un instant le brouillard de mon esprit. J'ouvre péniblement les paupières et plonge mon regard dans une paire d'iris dorés et furieux. Mon cœur bondit, puis retombe dans son rythme léthargique.

— Elle est vivante, dit une voix chaude et soulagée.

Mes paupières papillonnent, prêtes à se refermer.

Je n'aime pas ce rêve.

— Elle doit être gelée.

— T'es dans une merde noire, petite ombre, gronde une voix au-dessus de moi.

Une main lourde écarte doucement les mèches emmê-lées de mon visage. Puis des bras d'acier m'encerclent et me soulèvent du lit. Ma joue s'échoue contre un torse musclé.

— Prenez toutes ses affaires. Si elle s'en sort, elle ne remettra plus les pieds dans ce taudis...

— Miaou.

— On emmène le chat aussi.

— Ses cheveux sont magnifiques. On dirait une cascade multicolore, s'extasie une voix rocailleuse. Elle est jolie.

— C'est une enfant, gronde l'homme qui me tient. Si tu la regardes encore comme ça, je t'arrache les yeux.

Son torse vibre contre mon oreille, un grondement semblable au ronronnement de Dexter.

Quel drôle de rêve, pensé-je, avant que tout s'efface.

Chapitre Seize

Je dérive entre sommeil et conscience. Je rêve, comme enveloppée dans une gelée de magie chaude et dorée.

À mon réveil, je me trouve dans un lit étrange. Je me fige, et mes yeux balaient la chambre décorée avec soin.

C'est quoi ce bordel ?

Les draps s'enroulent autour de mes hanches alors que je me redresse. Je fais glisser le tissu doux entre mes doigts. Oh, quel travail arachnéen... Euh, c'est quoi mon problème ? Qui s'attarde sur la qualité de la literie, sérieux ? J'apprécie encore quelques secondes la sensation du tissu dans mes mains. Manifestement, j'ai une fascination bizarre pour le coton. *T'as vraiment un grain, ma pauvre Tru.* Je me frotte la tête. Où suis-je ?

Je ferme les yeux et bataille avec mon cerveau pour assembler les bribes de ma mémoire. Comment ai-je atterri ici ? Je me frotte le front plus fort. Ça me revient... J'étais malade, dans mon lit et... Argh, les épisodes s'embrouillent dans ma tête. Je ne suis pas sûre de ce qu'il s'est passé.

Petit cochon, petit cochon, laisse-moi entrer ! Non, non, par les poils de mon menton ! Merde, quelqu'un a soufflé sur mon cabanon qui s'est envolé. Je fronce les yeux en me rappelant une paire d'yeux furibonds. Leur image est gravée dans mon âme... et cette odeur de métal chauffé au soleil.

Xander ?

Je perds les pédales. J'étouffe un rire nerveux.

— Merde, et Story et Dexter ? Ils sont sous ma responsabilité.

Mes oreilles sifflent. Je suis incapable d'entendre quoi que ce soit en dehors de cette pièce. Cependant, un bruit me parvient. Le souffle court de la personne, qui se trouve dans la chambre avec moi. Mes yeux s'écarquillent, et le duvet sur mon bras se dresse.

Je suis dans un film d'horreur.

Lentement, je tourne la tête. Puis, mes yeux se posent sur le taciturne et irascible Xander, assis près de la fenêtre, l'œil braqué sur moi.

— C'est pas du tout flippant, ronchonné-je.

J'imagine que quelqu'un de normal dirait « où suis-je ? » ou « que s'est-il passé ? ». Mais je ne dis rien, me contentant de lui retourner son regard.

Naturellement, mon silence ne le déstabilise pas.

Non, il me fixe, et aucun de nous ne parle.

La lumière du jour perce par la fenêtre derrière lui. Je penche la tête. Sans la lumière agressive de la boîte de nuit, je remarque le cercle doré, qui borde ses pupilles, et les notes ambrées qui en tachent l'iris. Ses beaux yeux se plissent, puis il grogne. Je suppose qu'il en a marre de mes frasques.

Il est drôlement en colère.

Ce qui n'a rien de surprenant. Les sentiments de l'ange à mon égard se résument à de la colère ou à du dégoût. Voilà tout ce que je lui inspire.

On dirait que mes tentatives pour rester invisible ne sont plus que de l'histoire ancienne. Entre me faire mordre par un métamorphe, saigner devant une centaine de créatures, sans oublier le moment où j'ai envoyé chier mon patron. Est-ce que je l'ai vraiment envoyé bouler, ou j'ai halluciné ? Putain, tout se mélange, c'est le fouillis.

Quelle semaine éprouvante.

Pour couronner le tout, me voilà dans un lit bizarre, en tête à tête avec un ange. Le rêve... Ou plutôt le souvenir que j'ai de lui, éventrant mon cabanon et me portant dans ses bras, doit être le fruit de mon imagination débordante, car l'homme qui me regarde a l'air plus enclin à m'éventrer.

— Le chat et la pixie vont bien. Tu es là, car un métamorphe t'a mordue sur ton lieu de travail et que tu es sous ma responsabilité.

Sa voix fait trembler la pièce.

— D'accord, dis-je en gigotant.

Que le Ciel soit loué. Pour briser le regard intense que nous échangeons et éviter de le fixer, je retire les couettes et inspecte ma tenue. Oh, un nouveau pyjama.

— Des rumeurs sur l'incident, qui a eu lieu samedi au Night-*Shift*, ont circulé. Ton autre employeuse s'inquiétait pour toi ; elle s'est rendue à l'adresse sur Ansdell Road. Elle a découvert que la maison avait été vendue. Comme elle ne t'a pas trouvée, elle est venue me voir et a requis mon aide.

Je grimace. Connaissant Tilly, *requis* est un doux euphémisme.

— Avec l'aide d'une dryade insistante et d'une pixie autoritaire, je t'ai trouvée à moitié morte dans un cabanon de jardin au milieu d'un garage qui tombait en ruine.

— Il ne tombait pas en ruine du tout, le contredis-je avec une légère quinte de toux.

Xander se passe une main sur le visage.

— Donnez-moi la force, dit-il pour lui-même en se penchant au bord de sa chaise, les coudes sur les genoux.

Il lève les yeux, et je le regarde sans ciller. C'est ridicule... Qu'est-ce qui se passe ? Je m'efforce de garder un visage impassible alors que mon pouls s'emballe dans ma gorge.

Le voyant hors de lui, je garde la bouche fermée. L'ange qui pourrait probablement me foudroyer sur place me fusille du regard. Mon rythme cardiaque, qui cogne toujours dans ma jugulaire, s'accélère.

Un frisson me parcourt. J'ignore pourquoi je suis dans cet état. Je ne suis pas humaine, mais ça, je doute de pouvoir le lui dire. Et honnêtement, je vais bien. Je remonte les longues manches du pyjama, puis étudie mes poignets et mes bras. Pas de bleu. C'est sûrement bon signe ?

J'ignore Monsieur Sang-Chaud et je m'efforce de me sortir de cette situation indemne.

— Merci de votre aide, je vais beaucoup mieux maintenant.

Je prends une grande inspiration, et ma douleur à la poitrine a disparu. Ouais, ça va.

— Je suis désolée de vous avoir causé des ennuis et fais perdre votre temps. Je vais m'en aller.

Je me glisse vers le rebord du lit, aussi loin que possible de l'ange furieux.

— Je vais tout expliquer à Tilly et lui dire que je vous ai donné ma démission hier soir. Elle ne vous importunera plus.

Xander lève une main pour m'interrompre.

— Tu es restée inconsciente trois jours, et je crains que ça ne soit pas aussi simple. Les métamorphes exigent que je te livre à eux. J'attends encore tes résultats médicaux, explique-t-il, le front soucieux.

Hein ?

— Les métamorphes sont assez sûrs d'eux : tu es la toute première humaine de l'histoire à te transformer.

Mes paupières papillonnent frénétiquement.

— Tru, tu n'es plus humaine, achève-t-il sur un ton dramatique.

Putain, qu'est-ce qu'il raconte ?

Chapitre Dix-Sept

Ma mâchoire s'ouvre en grand. Je réprime péniblement le rire qui me chatouille la gorge. Mon grand-père me manque affreusement. Lui aussi aurait trouvé toute cette histoire à mourir de rire et aurait réglé ça par une réplique bien choisie... après m'avoir grondée pour m'être fait mordre.

Sérieux, ils pensent tous que je me suis transformée et que je suis devenue une métamorphe ? Je pouffe dans ma main que je plaque sur mon visage. Je suis un peu malade quelques jours, et le monde perd la boule.

Leur imagination et cette situation sont *pires* que la vérité sur ma nature hybride.

Vraiment pire. Jamais je n'aurais cru dire ça, bordel.

L'ange me regarde avec un air faussement compatissant ;

il croit être arrivé à la bonne conclusion, alors qu'il est à côté de la plaque.

— Je sais que c'est un choc, dit-il.

Mon fou rire redouble.

Je parie que ces enfoirés de métamorphes velus sont en effervescence, et que l'ange se chie dessus alors qu'il doit s'occuper de son pire cauchemar. J'imagine que c'est un coup du karma pour s'être comporté comme un con envers moi.

Malheureusement, le karma a oublié d'épargner ma vie au passage.

Ils ignorent que je suis hybride. L'état dans lequel j'étais après avoir été mordue par cet abruti était une pure coïncidence cosmique. Le timing ne pouvait pas être pire.

— Tu aurais pu mourir, maugrée-t-il.

Aussitôt je cesse de rire, et j'écarquille les yeux.

Oh non.

Tout à coup, je comprends.

Tout cela me dépasse. Il s'agit de ce que cela implique pour les autres femmes.

Cette prise de conscience me retourne complètement. Et si les métamorphes pensaient soudainement pouvoir transformer les femmes ? Tout le monde sait que lorsqu'une humaine est mordue par un métamorphe, elle ne se transforme pas ; elle meurt. Et si toute cette histoire leur donnait un nouveau but, qu'ils devenaient incontrôlables et commençaient à croquer tout le monde pour les transformer ?

Des gens pourraient y passer.

Et j'en serais responsable. Indirectement, mais c'est pareil. Je retombe sur le bord du lit, dos à l'ange. Mes tempes tambourinent et mon cœur cogne dans mes oreilles tandis que mon cerveau analyse ce que cela implique.

Les femelles de sang pur sont extrêmement rares. On les garde comme des bijoux précieux, ou de la marchandise. Elles sont considérées comme des poules pondeuses. Les hommes qui ont été mordus ne peuvent pas prendre leur forme animale. Cependant, j'ignore s'ils peuvent transmettre le gène métamorphe à leurs enfants. Et s'ils s'imaginaient qu'une humaine qui aurait été mordue pouvait donner des enfants capables de se transformer. Je ravale la bile qui me brûle la gorge. Non, je vais trop loin, je n'en sais rien.

Jamais je n'aurais cru qu'être hybride serait une chance inestimable en ce moment.

— Je sais que c'est un choc, répète-t-il.

Alors là, c'est le quiproquo du siècle. Je réalise que je me balance d'avant en arrière en secouant la tête, comme une folle.

Il faut que je lui dise la vérité. Je dois mettre un terme à tout ça.

Quand je craquais encore pour Xander, il est possible que j'aie cherché des informations sur les anges... Un site disait qu'ils peuvent discerner le mensonge de la vérité. Alors quoi que je dise, je dois choisir mes mots avec grand soin.

Le silence s'étire entre nous.

J'ouvre et referme la bouche comme un poisson hors de l'eau. Putain de merde. Qu'est-ce que je lui dis maintenant ? *La vérité, dis-lui la vérité.*

Quoiqu'il en pense, je ne suis pas une gamine. Bon, c'est typiquement ce que disent les ados... Mais je n'en suis plus une. J'ai mon lot d'expériences, comme tout le monde. J'ai vu des choses, géré des trucs devant lesquels la plupart des gens, quel que soit leur âge, se seraient effondrés.

Allez, tu peux le faire.

Rien n'arrive par hasard. Je ferme les paupières et pousse un long soupir. Cette phrase m'insupporte.

Mais quelque part cette théorie m'aide. Si c'est vrai... si le destin nous pousse obstinément dans une direction jusqu'à se sentir acculé, il faut sûrement se laisser aller.

Il est peut-être temps que j'arrête de lutter. De toute manière, je n'ai rien obtenu en me cachant.

Le destin m'a donné un vrai coup de pied au cul. Être mordue alors que je suis déjà malade ? Une coïncidence de dingue.

Tout ce qu'il me reste à faire, c'est d'avancer.

— Je ne suis pas...

On toque à la porte. Un homme en jogging pénètre dans la chambre.

— Voici les résultats de mademoiselle Dennison, annonce-t-il.

Résultats ? Oh merde.

Ce type n'a pas l'allure d'un médecin. Je le verrais plutôt tenir une épée qu'un stéthoscope, bien que cet outil soit obsolète dans la pratique de la médecine. Désormais, on utilise une magie high-tech.

— Tu vas halluciner quand tu vas voir ce que j'ai trouvé, poursuit-il, les yeux braqués sur la tablette médicale.

Double merde.

Je me tortille sur le lit, et pivote pour mieux le voir. Ses yeux quittent la tablette lorsqu'il intercepte mon mouvement.

— Mademoiselle Dennison, vous êtes réveillée.

— Euh, je crois..., dis-je en le saluant de la main. J'erre dans une espèce de zone sinistrée, où le monde est devenu fou. Je crois que je suis encore inconsciente et que mon cerveau me joue des tours.

— Je suis le docteur Ross...

— D'accord, Ross. Tu verseras dans la politesse plus tard, l'interrompt Xander avec un geste de la main pour lui ordonner d'en venir au fait.

Le médecin se tourne vers moi en haussant les épaules pour s'excuser, puis il reporte son attention sur l'ange. Il plonge la main dans sa poche et en sort une boule de potion.

Selon le code couleur des sorcières, les rouges sont dangereuses, les oranges explosives. Celle qu'il tient est bleu clair. Il hausse un sourcil, attendant la permission de Xander qui acquiesce. Il jette alors la potion par terre.

L'air se met à crépiter. Je dois déglutir plusieurs fois en sentant la pression dans mes oreilles s'intensifier. Silence. Une bulle de silence épaisse — qui doit coûter un bras.

Xander incline la tête et son visage se crispe.

— Ross, si tu ne fais pas confiance à mon équipe pour la sécurité d'une gosse et de ses satanées analyses, on a un sérieux problème. Fallait-il vraiment gaspiller une potion pour ça ?

Ah ouais, il peut vraiment pas me blairer. Tant pis pour lui.

— Je ne fais confiance qu'aux personnes ici présentes.

Je tressaille, et une douleur m'élance les tempes. Si je m'endors, est-ce qu'ils vont s'en rendre compte ? Je passe nerveusement ma langue sur mes lèvres. Apparemment, on va sauter la case confession sur ma nature hybride. Ça ne dépend plus de moi...

Mon grand-père est mort il y a moins de quatre mois, et entre-temps... ben, j'ai merdé. Mentalement, je me donne une bourrade. *Tu t'en sors comme une championne, Tru.*

NON.

Je garde les lèvres scellées. Merde, je suis morte de trouille.

— La bonne nouvelle, c'est que mademoiselle Dennison n'est pas devenue métamorphe.

Et merde...

— J'ai vérifié les résultats moi-même à trois reprises. J'ai même prélevé un autre échantillon de sang.

Ravie d'apprendre qu'on s'est servi dans mon sang pendant que j'étais inconsciente. D'ailleurs, je baisse les yeux sur le pyjama que je porte et que je n'ai jamais vu de ma vie.

Xander hoche la tête, l'air soulagé.

— C'est la meilleure nouvelle du jour. Je ne comprends pas pourquoi tu as eu besoin de vider une potion de camouflage. Bosser dans l'escouade de John t'a rendu parano, remarque-t-il en se levant. Envoie les résultats aux métamorphes. Je suis persuadé qu'ils vont vouloir faire leurs propres tests pour confirmer.

Docteur Ross se place devant lui et fait non de la tête.

— Je ne crois pas qu'on puisse faire ça. Ce n'est pas aussi simple.

— Pourquoi ça ?

Je me recroqueville et ma tête rentre dans mes épaules.

— Les résultats montrent qu'elle est à moitié métamorphe.

Les deux hommes se tournent vers moi, et je m'oblige à

rester de marbre, menton relevé. Moitié métamorphe ? Ça me va.

Cette espèce se reproduit n'importe comment. Presque tous les humains ont un peu d'ADN métamorphe. Le monde est peuplé de milliers de demi-métamorphes.

— D'accord, grogne Xander. On peut gérer ça. Au pire, on croira que j'ai donné l'asile à une demi-métamorphe rebelle.

Il me toise, et j'en fais de même.

— Tu vas devoir t'enregistrer à la guilde.

Mais pourquoi me déteste-t-il autant ? Je vais finir par avoir des complexes vu les regards qu'il me lance. Ce n'est pas comme si j'avais craché dans son bol de céréales. Ce n'est pas ma faute. Je ne lui ai pas demandé de venir fourrer son nez dans mes affaires. C'est lui qui s'est pointé chez moi et m'a arrachée de mon pieu.

— C'est pas fini.

Ah bon ?

Le médecin tapote sa jambe avec la tablette, et ses mains s'agitent d'un tremblement. Il prend une grande inspiration pour se donner du courage.

— C'est pire que ça, Xander. Les résultats indiquent qu'elle est aussi à moitié vampire.

Docteur Ross ne semble pas du genre à stresser. Au contraire, il m'a plutôt l'air d'un type qui encaisse sans sourciller.

— Je crois qu'on doit prévenir la guilde des chasseurs, poursuit-il, visiblement paniqué.

— Moitié métamorphe et moitié vampire ? Oui, c'est logique... Elle ne sent pas le cadavre.

— Parce qu'elle n'en est pas un. Elle est née vampire, c'est une hybride métamorphe-vampire.

Oups.

Xander serre les dents.

— Vérifie encore une fois, aboie-t-il.

— C'est déjà fait. Trois fois.

Ils échangent un regard lourd de sens, dans lequel se déroule toute une conversation que je ne déchiffre pas.

Puis Xander tourne le regard vers moi.

— Tru.

C'est la première fois qu'il m'appelle par mon prénom. Il est impossible de m'échapper, le médecin se trouve entre moi et la porte. Alors j'adopte la meilleure tactique dans ce cas de figure : je me roule en boule et me cache sous la couette.

Comme une gamine.

Vraiment, je gère la situation comme une battante. S'ils croient que je dors, peut-être me laisseront-ils tranquille ? Oui, ensuite je pourrais m'éclipser.

— Et sa maladie ? grogne Xander.

— Je dois faire plus d'examens, mais apparemment, elle a entamé sa transformation en vampire de façon précoce. J'ai l'impression que ses deux natures sont en conflit. Ses taux d'électrolytes partent dans tous les sens, ses taux de potassium sont trop élevés et ses taux de sodium, de vitamine D et de fer sont très bas. D'après les données, les deux espèces sont en train de perdre la bataille.

Je l'entends tapoter sur sa tablette ; j'imagine qu'il montre les résultats à Xander.

— D'un point de vue médical, j'ignore comment elle est encore en vie.

De mieux en mieux...

Chapitre Dix-Huit

Planquée sous ma couette, j'ose un coup d'œil. J'entrevois un filet doré de magie qui s'écoule du doigt de l'ange, par lequel il absorbe ensuite la bulle sonore. Ma lèvre supérieure s'ourle dans une mine méprisante, et je secoue la tête. Ce type est un frimeur de première. Il lui aurait suffi d'éclater la bulle avec son doigt.

Dès que la bulle disparaît, le son revient à la charge. Aussitôt, il y a comme un problème. On entend du grabuge dans le couloir.

— Je suis venu chercher ma femelle, beugle un idiot.

Xander pousse un grognement avant de sortir de la pièce d'un pas décontracté. On ne peut pas lui retirer le fait qu'il est à l'aise avec son corps. Si je n'avais pas personnellement fait l'expérience de ses muscles saillants contre moi, j'aurais pu croire qu'il n'en avait pas. Sa démarche est extrêmement fluide ; il se déplace comme un cours d'eau.

Le médecin retourne à sa tablette, tapotant l'écran comme un cinglé. Je prie pour qu'il efface toutes mes données médicales.

La voix calme de Xander se mêle à la conversation de l'autre côté, puis la porte tremble sous l'effet d'un impact. Je lève les yeux au plafond. Voilà, la diplomatie légendaire des anges. C'est quoi la suite maintenant ? Oh, et puis je m'en fiche. Je n'ai même pas assez d'énergie pour avoir peur ; je suis à bout. Pourtant, l'instinct de survie me fait incliner la tête pour faire appel à mon ouïe d'hybride.

— Elle vient de se réveiller.

La voix de Xander s'est transformée en un grondement sourd qui fait froid dans le dos. Ils doivent être juste derrière la porte, car je n'ai pas besoin de forcer sur mon ouïe pour entendre.

— Vous n'avez pas le droit d'interagir avec elle, menace-t-il.

— Je m'en tape de ce que tu penses. Elle m'appartient. Je l'ai mordue, elle est ma propriété maintenant. C'est la loi, riposte l'autre.

Ah, je reconnais cette voix. C'est Frankenstein, le métamorphe chtarbé de la boîte. Alors, comme ça, je suis réduite à un objet de propriété ? Je réprime un rire. Ce type a besoin qu'on lui botte le cul.

Tout à coup, j'ai la force de sortir du lit et de m'habiller. Je me redresse et cherche quelque chose à me mettre sur le dos.

L'ange répond par un rire sombre, flippant. Tout mon

être en frémit. J'ignorais qu'un rire pouvait contenir autant de malveillance.

— Écoute-moi bien l'angelot, tu n'as aucun droit de la garder loin de moi. J'ai l'autorisation du conseil des métamorphes, alors tu ferais mieux de t'écarter de mon chemin.

Il y a une pile de vêtements sur la commode. Je sors du lit, j'attrape les fringues et file devant le médecin pour me réfugier dans la salle de bains.

Je doute que Xander lui obéisse et le laisse entrer.

Je claque la porte derrière moi et la ferme à clé. Je me sens en sécurité, là, à l'écart. La belle salle de bains est blanche, recouverte de carreaux semblables à ceux qu'on trouve dans les stations de métro. Le carrelage est piqué de doré… comme les pupilles de Xander. Cette pensée intempestive me donne envie de me gifler. Mes yeux glissent vers le miroir pour découvrir mon reflet ; comme par magie, je suis propre. Je passe la langue sur mes dents d'un blanc éclatant. Cependant, rien ne vaut une bonne douche chaude pour se sentir propre. Je réalise, à regret, que je n'ai pas le temps. D'ailleurs, je ne me sens pas assez en sécurité pour me déshabiller.

Je fouille la pile de fringues et trouve des sous-vêtements, un legging noir et un sweat oversize rouge. Je m'habille en vitesse.

— Va falloir faire la queue, réplique Xander alors que j'ouvre la porte.

Hein ? De quoi parle-t-il ? Tiens, le médecin n'est plus là.

Me préparant à un éventuel combat pour m'éclipser, je m'étire les bras au-dessus de la tête, mes poignets craquent alors que je les fais tourner. J'ai une pêche d'enfer. Je ne me suis pas sentie aussi bien depuis des mois. Si ça se trouve, j'avais seulement besoin d'un peu de repos ? Apparemment. Ça fait quoi, quatre… cinq jours ? Je pète le feu.

Mieux vaut me faire une tresse. Pendant que j'organise mes cheveux par section, j'entends le bip d'un téléphone, puis une sonnerie.

— Allô, c'est Xander. J'ai quelque chose qui pourrait t'intéresser…

Il marque une pause pour écouter ce que lui répond la personne à l'autre bout du fil. Je ne distingue pas ce qu'on lui dit, car on a jeté un sort au téléphone.

— Oui, elle est là.

Oubliant un instant mes cheveux, je me rapproche de la porte à pas de loup et pose mes doigts sur le bois peint en blanc.

— … non, ce n'est pas une mordue. C'est une demi-sang-pur non répertoriée.

Mais qu'est-ce qu'il fout ?

— Oui, une femelle… c'est elle, *la* femelle. Je t'envoie le code du portail temporel.

Ce salopard m'a vendue.

Sans trop réfléchir, j'ouvre la porte d'un coup et fonce sur lui. Le recul est une chose merveilleuse. Une petite voix me conseille de ne pas essayer de me castagner avec lui. Même si je suis folle de rage, je sais que le frapper n'est pas très malin. *Bravo, Tru.*

Au lieu de quoi, je plante mon doigt dans sa poitrine une fois…

— Sale traître !

… deux fois…

— Vous m'avez vendue.

... trois fois.

— C'était mon secret, pas le vôtre.

Mon doigt se tord bizarrement à chaque coup. Cet enfoiré est solide comme un roc. Encore en ligne, il baisse un regard amusé vers moi. En réponse à mon accès de colère, il arque un sourcil.

— ... Oui, c'est une teigne, répond-il à son interlocuteur. Je vais organiser une rencontre. On se voit bientôt... Arrête ça.

Xander écarte ma main d'un coup avant de ranger son téléphone. L'indignation fait palpiter mes narines. Je lui lance un regard noir en me frottant les doigts. Les ligaments de ma main sont au supplice. C'était comme planter mon doigt dans une brique.

— Tu vas venir avec moi, déclare une voix abjecte.

Derrière moi, une main lourde vient se poser sur mon épaule, et ce qui ressemble à un pouce s'enfonce dans mon articulation. Aïe.

Je pivote la tête et fusille du regard la main charnue et velue sur mon épaule. Je distingue de la crasse incrustée sous ses ongles. Ma peau se hérisse sous mon sweat.

Putain, j'ai refait la même connerie ; je me suis laissé surprendre. Quand vais-je retenir la leçon ? Je souffle sur la mèche de cheveux qui me barre le visage. Il semblerait que je n'aie pas les idées claires quand l'ange est dans les parages. Je dois accepter qu'une partie de moi soit toujours attirée par lui.

Je donne un coup d'épaule pour me débarrasser de Frankenstein qui creuse dans la chair jusqu'à toucher un nerf. Je grimace sous le coup de la douleur. Le regard de

Xander se durcit alors que Frankenstein me ramène contre son torse.

Cette situation fait sauter le barrage retenant la colère en moi. Je réagis comme une femme dont on abuse, et chaque fibre de rage qui m'habite prend part à la mêlée. Je me dégage de sa prise en glissant sur le parquet comme une danseuse en chaussons. C'est mon instinct qui pilote. La mémoire du corps prend le dessus, et pour la deuxième fois, j'envoie un coup de poing dans le visage du métamorphe.

— Ça, c'est pour avoir posé tes sales pattes sur moi...

Mon poing s'abat sur son nez, dont les os craquent sous mes phalanges.

— ... et ça, pour m'avoir mordue.

J'envoie un direct du gauche, percutant un autre point de son nez. J'affiche un sourire machiavélique tandis que son visage se crispe sous la pluie de coups. Je lui décoche une béquille bien placée, qui lui arrache un *ouf* jouissif de sa bouche en sang.

Au moment où mes coups prennent un bon rythme, je me retrouve à nouveau dans les airs, contre une montagne de muscles.

Ouh, des vagues d'abdos.

Encore la prise du bretzel. Je vais le tuer.

— Sache que je t'ai autorisée à faire ça, petite ombre. Mais c'est la dernière fois. Tu es une invitée sous mon toit. Je comprends ta frustration, mais la violence n'est pas la solution.

— Ah, mais permettre à ce type de me tripoter, ça passe ? Deux poids, deux mesures, hein ? rétorqué-je en tentant de me libérer de sa prise de catch. Il m'a mordu le doigt, et maintenant ce connard est venu pour m'emmener avec lui ? Bordel, je suis pas un plat à emporter.

Le métamorphe s'avance vers moi, passant sa main sur sa gueule ensanglantée. Je montre les crocs, dévoilant de timides canines.

— Pas un pas de plus. Tu connais mes règles, lui rappelle Xander sur le ton de la conversation.

Naturellement, il fait comme si je n'avais rien dit. Soudain, je comprends que ma victoire sur Frank était trop facile. Il n'a pas tenté une fois de contre-attaquer... Je me dégonfle comme un ballon. Visiblement, l'ange le tient en laisse.

Et de toute évidence, il n'est pas le seul.

Xander me secoue légèrement et me chuchote à l'oreille :

— Calme-toi.

Me calmer ?

— Il a essayé de me tuer !

Frank ne bouge pas, arborant un rictus arrogant. Il fait mine de ne pas avoir été affecté par la raclée que je lui ai donnée, mais sa poitrine se soulève rapidement à chaque inspiration. Le sang dégouline de son visage.

— J'ai hâte qu'on soit seuls, dit-il.

— Ouais, moi aussi. Mais pas pour les mêmes raisons, espèce de détraqué.

Il me regarde de haut en bas et sa langue lèche le sang sur sa lèvre tuméfiée.

Beurk, je vais gerber.

Xander me tient fermement par les poignets, ce qui ne m'empêche pas de lever un double majeur dans la direction du métamorphe. *Va te faire foutre,* articulé-je pour être sûre qu'il a bien saisi le message. Je lui adresse un sourire narquois en entendant le grondement qui monte dans sa cage thoracique.

— Ouh, j'ai peur, tu...

À nouveau, Xander me secoue pour m'avertir.

— Il m'a fait saigner, et vous l'avez dit vous-même : si j'étais humaine et que ses dents s'étaient transformées, je serais morte.

— Tu veux dire quoi par *si* tu étais humaine ?

— T'es pas très fute-fute Frank, hein ? le nargué-je. T'as pas entendu l'ange au téléphone parler aux vampires ? dis-je en faisant un mouvement de tête vers mon ravisseur, manquant de me faire mal au crâne. Le truc de moitié vampire, moitié métamorphe... C'était de moi qu'il parlait. Tu ne m'as pas transformée, imbécile. Je suis une hybride.

Le tronc autour de ma taille se resserre en guise d'avertissement.

— T'es qu'une menteuse de merde. Je t'ai transformée, réplique-t-il d'une voix aiguë.

— Ouais, ça, c'est ce que tu crois, Frank. Je suis une menteuse de merde, et tu as transformé la toute première humaine dans l'histoire des métamorphes, ironisé-je en secouant la tête avec une mine hautaine. Pauvre con.

Un souffle chaud me chatouille l'oreille.

— Je suis désolé de ne pas t'avoir protégée et que tu aies été blessée. S'il te plaît, laisse-moi gérer ça.

— Vous faire confiance ? me moqué-je. Autant que ce soit clair : la confiance, c'est pour les *gamines* et les chiens.

— Est-ce que tu vas finir par te tenir tranquille ?

— Non, craché-je.

Me tenir tranquille ? Il rêve ! C'est à cause de ses conneries d'ange diabolique si je me retrouve à déballer la vérité au métamorphe. J'ai déjà essayé sa méthode, et on m'a mordu le doigt.

Le bras qui me retenait quitte ma taille. Un petit cri m'échappe lorsque Xander pose sa paume à même ma peau, sur l'espace entre le haut de mon legging et mon sweat, que notre lutte a fait remonter sur mon ventre. Sa main devient de plus en plus chaude, et des fourmillements me picotent la peau.

— Dors, petite ombre.

— Je suis pas votre ombre, putain.

Tout devient noir.

CHAPITRE DIX-NEUF

JE CLIGNE DES YEUX. Je suis de retour dans la chambre. Putain, la honte. J'ai dû m'évanouir. Au-dessus de moi, le docteur termine ce qui ressemble à un examen complet de mon corps. Quand il voit que j'ai repris connaissance, il secoue la tête, exaspéré.

— Tu n'es pas guérie, alors arrête de foncer tête baissée dans la mêlée. T'es encore en morceaux et je suis en train de te rafistoler. Essaie au moins de ne pas me compliquer la tâche.

Je lui lance un regard noir.

Il me le rend bien.

Ouais, OK, je l'ai bien mérité.

— Désolée..., je grommelle en me redressant. Vous avez vu mon chat... et Story ?

Me voilà officiellement la pire maîtresse et la pire amie de l'univers.

— Le gros roux ?

Je manque de m'étouffer.

— Il n'est pas gros, il est en pleine forme.

Gros. Je souffle, indignée. Le mec est médecin, pas véto.

— Oui, ton chat et la pixie vont bien tous les deux. Ils sont quelque part par là. D'ailleurs...

Le docteur Ross tousse dans son poing pour cacher un rire.

— Je crois que ton chat a pissé sur le canapé. L'ange des lieux n'a pas apprécié. Il a déjà cramé deux boules de potion pour nettoyer derrière lui. Tu coûtes un bras à Xander.

Je grimace. Dexter est un chat errant, il n'a jamais appris les bonnes manières. Mais au moins, personne n'a encore remarqué que c'est une créature faë. J'attends toujours qu'il se trahisse... mais pour l'instant, il reste désespérément normal. Peut-être que Story s'est trompée.

— Frankenstein est toujours là ?

Le médecin fronce les sourcils avant de comprendre.

— Ah, le métamorphe. Oui, il est au salon... avec des gens importants.

Mes sourcils se soulèvent.

— Merde, j'ai été inconsciente combien de temps ?

Oh, génial. Les *gens importants* sont là, raillé-je intérieurement.

— C'est les vampires, c'est ça ? Le conseil des vampires ?

Il jette un coup d'œil à sa montre.

— Oui. Le conseil des vampires... et tous les autres conseils.

Mon cœur chavire.

— Tous les conseils ? Ici ? glapis-je.

Depuis quand les conseils font-ils des visites à domicile ? Ce putain d'ange est une malédiction. Il ne peut pas s'empêcher de faire des coups tordus. C'est pire que tout ce que j'avais imaginé.

— Oh merde...

Je grogne et me frotte le front.

— Oh merde, en effet. Le monde surnaturel entier se demande quoi faire de toi.

Super rassurant. Surtout vu l'inquiétude que je lis dans ses yeux. Mon ventre se noue. Est-ce que c'est aujourd'hui que je vais mourir ? Non. Pas sans me battre.

— Je suis pas morte... c'est déjà un point positif.

— Non, pas encore. Mais tu vas l'être si tu les fais attendre plus longtemps. Dépêche-toi.

Il tapote sa montre.

Je bondis hors du lit, attrape mes cheveux et les tresse rapidement avant de coincer la natte sous mon haut. Je n'ai pas d'élastique sous la main, mais mes cheveux sont si longs que, même si les premiers centimètres se défont, le reste devrait tenir — du moins, tant que je n'ai pas besoin de cavaler pour sauver ma peau.

J'inspire à fond, redresse les épaules et relève le menton. Grand-père disait toujours que la posture, c'était la moitié du combat. J'ajuste mes fringues. J'aurais dû prendre une douche. J'ai encore l'odeur de Xander sur la peau et ça me retourne l'estomac. J'ai l'air d'une clodo, mais tant pis. Au moins, je n'ai pas de sang de Frankenstein sur moi. C'est déjà ça.

Ma main tremble en se refermant sur la poignée. S'ils

doivent me tuer pour ce que je suis… autant mourir avec un minimum de dignité.

Avec cette magnifique pensée et le docteur sur mes talons, je m'avance dans le couloir. Je m'arrête un instant pour tendre l'oreille, puis je me dirige vers le brouhaha des voix.

Mes yeux balaient l'espace, repérant les sorties au passage. La maison de l'ange est chic, d'un modernisme et d'un luxe qui respirent la richesse à un niveau stratosphérique.

Quand j'atteins le salon, je me fige sur le seuil. Les yeux écarquillés, je me retourne vers le docteur. Il est juste derrière moi. Et il ne semble pas pressé que j'entre. Je souffle un grand coup, tremblante, le cœur battant à mille à l'heure. Je cligne frénétiquement des paupières, m'efforçant de me concentrer.

Oui, le salon, aussi magnifique soit-il, est un peu bondé. Les « gens importants », je suppose, sont ceux qui sont assis. Les faës et les vampires à gauche. Les métamorphes à droite. Et un siège vide, bien au centre. Mon siège.

Tiens, on dirait le refrain d'une chanson.

Tout autour, une armée de gardes, répartis par espèce. Faës, vampires, métamorphes. Ces idiots sont trop occupés à se lancer des regards noirs pour surveiller la porte. Je déglutis nerveusement. En y réfléchissant, ils ne sont peut-être pas si idiots. Parce qu'aucune menace ne dépasse celle que représente cette assemblée.

Je baisse les yeux. Je ne peux pas. Impossible d'avancer plus loin. Je me balance d'un pied sur l'autre, et des larmes de peur me montent aux yeux. Je ne sais pas si j'aurai la force d'entrer dans la pièce de mon plein gré.

Si tu ne le fais pas, ils te traîneront de force jusqu'à cette chaise, tu te débattras en hurlant et tu perdras le peu de pouvoir que tu pourrais encore avoir.

Un sorcier aux cheveux sombres, debout derrière une chaise, est le seul à me remarquer. C'est rare, un sorcier masculin. Il m'adresse un hochement de tête amical, presque encourageant. Par politesse, je lui rends son salut et mes lèvres esquissent un sourire nerveux et forcé.

Mon regard revient aux occupants des sièges.

Évidemment, les grands pontes se bouffent le nez. Qu'est-ce qu'ils foutent tous ici ? Grand-père m'a toujours dit la vérité sur ces gens puissants. S'ils sont membres des conseils, je devrais savoir qui ils sont. Connaître son ennemi, c'est une arme en soi.

Et d'après ce que j'entends en me tenant sur le seuil, ils semblent s'accorder sur le fait qu'ils ne peuvent pas me tuer.

Youpi.

Bon, ils ne me tueront pas, mais ils se disputent pour savoir à qui j'appartiendrai.

Youpi, bis.

L'énergie masculine qui sature la pièce m'écrase. Comment puis-je me défendre face à ça ? Comment puis-je me protéger ? Je suis aussi apeurée qu'une fillette.

Je croyais être forte, mais je me mentais à moi-même. Je ravale un sanglot, cligne encore des yeux pour chasser le voile d'humidité. Je jouais un rôle, je faisais semblant d'avoir le contrôle, alors que je ne suis rien d'autre qu'un rouage insignifiant dans cette broyeuse à créatures.

Les hommes dans cette pièce sont d'un autre niveau. C'est un sentiment étrange de savoir sans l'ombre d'un doute qu'on est complètement dépassé.

Un sourire triste étire mes lèvres. D'habitude, j'ai un aplomb qui frôle l'insolence. J'ai toujours su qu'un jour, si les conseils me mettaient la main dessus, ce serait la fin.

Mais jamais je n'aurais imaginé *ça* — une réunion dans le salon de l'ange. Et moi qui observe depuis la porte une bande de monstres légendaires et malfaisants en train de se disputer... en sirotant du thé.

Je fronce les sourcils.

Que ferait Grand-père ? Que dirait-il ? *On dirait que les grands singes sont descendus de leur arbre pour venir patauger avec les fourmis. Un beau bordel.*

— Pas mon bordel, pas mes emmerdes, murmuré-je, reprenant sa phrase favorite.

Xander, qui ne m'a pas quittée des yeux, profite d'un bref silence pour me faire signe d'entrer.

— La voilà, l'enfant dont nous parlons depuis tout à l'heure. Viens t'asseoir, dit-il en désignant la chaise vide du menton.

Je ferme la bouche et serre les dents alors que tous les regards se braquent sur moi. Je dois aussi serrer les cuisses pour ne pas pisser dans mon froc. Je ravale ma panique et m'accroche aux mots de Xander comme à une bouée. Et je me raccroche aussi à cette colère sourde, ces ténèbres qui sommeillent toujours en moi. J'ignore pourquoi il insiste pour me qualifier d'enfant. Ça me met hors de moi. Et pendant quelques secondes, la colère chasse la peur.

Quelques secondes, c'est tout ce qu'il me faut.

Je rassemble le peu de courage qu'il me reste et, avec la grâce d'une danseuse, je traverse la pièce en chaussettes, comme une putain de reine marchant vers son trône.

Je m'installe au bord du siège, les mains sur les genoux,

le dos droit comme un piquet. Je refoule mes angoisses, enfouis ma peur dans les tréfonds de mon être, et ignore délibérément la petite voix, qui hurle dans ma tête que ces individus sont les dirigeants de notre monde. Je les ai déjà vus à la télé. C'est surréaliste.

Mes lèvres esquissent ce que j'espère être un sourire doux et inoffensif.

— Alors c'est elle, la gamine qui a causé tant de problèmes ?

Le ton est sec, pincé, et dégage une suffisance, qui me donne instantanément envie de cogner. Je tourne la tête vers l'homme qui vient de parler. Blond, costard sur mesure hors de prix. On dirait une version flippante de Ken.

Un vampire de sang pur.

Il répond au nom de Lord Luther Gilbert. Ouais, *Lord*. Rien que ça. Un putain d'aristo. Je me souviens de lui grâce aux dossiers de Grand-père. J'ai vu une compilation de ses plus grands exploits. Un beau salopard.

Il secoue la tête.

— Tu aurais pu au moins l'habiller décemment, Xander. On dirait une racaille qui vient de la rue, plus un garçon manqué que... ce qu'elle est.

Ma babine se retrousse malgré moi. Je n'aime pas ce type. Je ne l'ai jamais aimé. Je l'ai vu à la télé en train de vanter les bienfaits des dons de sang humain. Heureusement que les lois protègent les humains, sinon il les saignerait à blanc, cet enfoiré.

L'autre vampire, Atticus, est à la tête de la guilde et du conseil des vampires. Il a une coupe de cheveux courte, rasée près du crâne, et ses yeux sont d'un noir intense. Il est l'exact opposé de Luther ; il ne se montre pas en public et ne frime pas sur les plateaux télé. À part quelques informations basiques sur son rôle, c'est un inconnu... un mystère. Il me fiche une trouille bleue.

Isolé du reste du groupe, y compris des autres métamorphes, avec pour seule compagnie un sorcier, trône un colosse. Même assis, il domine largement son siège surdimensionné, écrasant les autres créatures par sa seule présence. Je n'ai jamais vu un homme aussi grand. Il ne lui manque qu'une épée pour compléter le tableau. Il me faut quelques secondes pour le reconnaître.

Le dragon.

Waouh. Ils l'appellent le Général, et c'est une créature légendaire.

Au lycée, on a étudié son rôle dans l'histoire pendant un semestre entier. À lui seul, il a presque gagné une guerre contre les faës, il y a des siècles. C'est lui qui dirige la guilde des chasseurs et il contrôle les chiens de l'enfer — des guerriers métamorphes flippants qui possèdent la magie du feu. Ceux que tu redoutes de croiser un jour. Parce qu'ils sont terrifiants. Vraiment terrifiants.

Le dragon métamorphe est immense. Il doit faire près de deux mètres cinquante. Et il est argenté. Peau d'argent, longs cheveux d'argent et yeux d'un gris orageux, sombres et menaçants.

Il accroche mon regard.

— Mademoiselle Dennison.

Punaise, il est super poli.

— Général.

Je déglutis. Il est tellement dangereux.

— Conseillers, j'ajoute en hochant la tête en direction du reste de la pièce.

Autant être courtoise et faire bonne impression. Je pense qu'ils s'en foutent, mais ce n'est pas le moment de me faire des ennemis ou de les énerver. Je parie qu'ils sont déjà contrariés d'avoir été convoqués ici.

— Tant que nous ignorons qui sont ses parents, je propose de la confier aux vampires.

Lord Gilbert s'accroche désespérément à son illusion de contrôle. Il sort une tablette, sûrement mon dossier médical.

Super. Merci, Dr Ross.

— D'après ce rapport, elle présente des carences électrolytiques diverses et elle refuse de boire du sang.

Il baisse son écran et me décoche un regard condescendant.

— Nous devons l'évaluer.

Il ose ensuite toiser le dragon.

Waouh ! Je crois que je vais le surnommer « Suicide Ambulant », juste pour rire. Ce type n'a clairement aucun instinct de survie.

Le dragon émet un grognement profond et l'ignore royalement.

— Je pense que…

Suicide Ambulant s'interrompt net en voyant Atticus plisser les yeux vers lui. Enfin, il la boucle. Et se hérisse.

Je manque de sourire avant de me reprendre. Je dois garder un visage impassible. Même moi, je sens son malaise.

— Cette fille est encore une enfant, et il n'est pas question qu'on la traite comme un vulgaire morceau de viande, gronde le dragon d'une voix vibrante, abyssale.

J'en ai la chair de poule. Il balaie l'assemblée d'un regard sombre, défiant quiconque de le contredire. Évidemment, personne n'ose s'opposer à lui.

C'est à mon tour de me hérisser en entendant encore le mot enfant. J'ai dix-sept ans, bordel. Pas trois.

— Je pense qu'elle devrait rester avec moi, intervient une voix chocolatée. Je la connais et je suis impartial.

Xander.

Je tourne la tête vers le fond de la pièce. Il est là, adossé nonchalamment contre un mur, bras croisés. Qu'est-ce que...

— Je suis neutre dans cette affaire, et puis, elle est mon employée. J'ai donc une responsabilité envers son bien-être.

J'ouvre la bouche pour le corriger, car j'ai démissionné de ce foutu job il y a des jours. Mais ses yeux rétrécissent en guise d'avertissement, et je referme sagement la bouche. Sans doute que la fermer est une meilleure idée.

— Xander est tout à fait capable de gérer ses soins médicaux, approuve le dragon.

— Les métamorphes ont déjà tenté de la tuer, commente le calme et énigmatique Atticus.

— Nous savons tous que les femelles ne sont pas en sécurité sous leur protection, dit un homme aux cheveux noirs avec un magnifique accent irlandais.

Madán, le représentant de la cour hivernale des faës. Ses immenses yeux bleu pâle et ses oreilles pointues trahissent son statut d'aes sídhe de sang pur, un elfe guerrier. Ses cheveux noirs sont longs, comme le veut leur coutume, et tressés de manière complexe. Des marques de guerrier faë, semblables à des tatouages humains, partent de sa main droite et remontent jusqu'à son cou. Elles le lient à sa cour et lui confèrent des pouvoirs fabuleux.

À côté de lui se trouve Magnus. Il est blond là où son collègue est brun, avec des yeux verts au lieu de bleus. Les deux guerriers protègent l'Irlande.

Tous les regards de la pièce se braquent sur Frank, coincé entre deux métamorphes au regard noir. Il sue à grosses gouttes et gigote, mal à l'aise.

Je laisse échapper un sourire en voyant le visage de Frankenstein. Les métamorphes guérissent vite. Très vite. Mais pour ça, ils doivent se transformer. Et vu son nez gonflé, cassé, et le sang séché autour de ses narines, on ne lui a pas laissé l'occasion de le faire.

C'est moi qui l'ai défoncé. Les ténèbres en moi ronronnent de plaisir à l'idée qu'il souffre encore.

— Oui, à propos de ça, intervient une voix grave appartenant à un métamorphe.

Pourquoi je ne connais pas ce type ? Mon cœur pulse violemment, accélérant le flux de mon sang. Sa vibration me fait frissonner de partout. Waouh, je n'ai jamais eu une réaction aussi viscérale envers une créature. Ses pommettes saillantes accentuent un nez fin et une mâchoire acérée. Il a des yeux aux paupières lourdes, encadrés de cils bleu nuit.

Ce métamorphe est corrompu ; toute son énergie est malsaine. J'ai l'impression qu'il est du genre à ne pas hésiter à savater un chiot. Chaque fibre de mon être hurle qu'il est mauvais. Je frissonne.

Il est beau. Je hausse les épaules. Si on oublie son aura malfaisante. Mais ce qui me terrifie à cet instant précis, c'est que ses cheveux sont exactement comme les miens. Une variante de ma couleur arc-en-ciel, avec des nuances différentes. Des reflets bleus entrecoupés de touches de vert. Ses yeux sont pâles, d'un gris presque blanc.

C'est un métamorphe *licorne*.

Les licornes ne sont-elles pas censées être douces et bienveillantes ?

Pas cet homme… Je ne pige plus rien. Je mâchonne ma lèvre. Cet homme me rappelle les ténèbres qui me rongent de l'intérieur. Il dégage la même sensation.

Un haut-le-cœur me prend, violent, et je dois lutter pour ravaler la bile qui me brûle la gorge. Mon cerveau refuse d'admettre la vérité qui me saute aux yeux.

La nature ne s'est pas trompée.

Je ne suis pas déséquilibrée. Les ténèbres qui grondent en moi ne viennent pas de la partie vampire de mon être. Non, c'est la licorne.

Putain de merde.

Chapitre Vingt

Le métamorphe licorne malfaisant qui fout les pétoches se lève. Tout à coup, c'est comme si toute l'assemblée retenait son souffle. Xander se détache légèrement du coin dans lequel il était caché, et pendant une microseconde, les doigts du dragon se crispent sur la tasse qu'il tient.

Le métamorphe licorne passe devant mon siège, avançant vers Frank. Je souffle de soulagement malgré moi.

— Tu t'es déshonoré, déclare-t-il simplement. Une tentative de meurtre sur une femelle métamorphe est un crime qui mérite la peine de mort.

— Eh, une minute ! J'ignorais qu'elle était à moitié métamorphe, je croyais que c'était une humaine ! Et puis, je n'ai pas transformé mes dents, j'en suis incapable. Je l'ai mordue, c'est tout. Je voulais juste qu'elle saigne un peu… pour lui faire peur. Je n'avais l'intention de tuer personne.

Mais s'il vous faut quelqu'un pour s'occuper d'elle, je peux me dévouer.

Non, mais il plaisante ?

— Un homme comme moi, c'est pratique pour...

La tête de Frankenstein roule sur le sol et du sang gicle partout. Xander claque la langue d'un air réprobateur en se plaignant du nettoyage.

Euh, oui... Frank a foutu le bordel.

Sa tête s'arrête à mes pieds. Les yeux grand ouverts, le choc est imprimé sur son visage. Je m'enfonce dans ma chaise, soulevant mes pieds pour les caler sous mes fesses.

Le métamorphe licorne brandit une épée en argent, qui s'évapore dès que je pose les yeux dessus, puis il retourne à son siège.

Bordel de merde.

Je déglutis en jetant un œil au mort. Là, c'est clair, on ne joue pas dans la même cour. Ces types... ces leaders sont... J'en perds mon latin.

Mon grand-père était un tueur à gages. D'aussi loin que je me souvienne, mon enfance n'était pas le monde des bisounours et des arcs-en-ciel. Cependant, je n'ai jamais vu un cadavre d'aussi près. Grand-père ne m'emmenait pas sur ses missions.

Le sang qui coule abondamment de la nuque de Frank se réduit à un filet.

Le dragon m'épingle du regard.

Il observe mes réactions, il m'analyse. Choquée, je rencontre son regard d'acier dans lequel je décèle une ombre d'inquiétude.

— Étais-tu obligé de faire ça devant la petite ? gronde-t-il.

— Et dans mon salon ? ajoute Xander, mécontent.

Pendant qu'ils se chamaillent, j'aperçois du coin de l'œil un éclair orange. Ma bouche s'ouvre de stupeur. Oh non ! Dexter déambule dans le couloir et entre dans le salon. Les yeux fixés sur moi, il dépasse les gardes et les conseillers pour me rejoindre. Son aura féline donne l'impression qu'il est le maître des lieux.

Il dresse la queue en dépassant le métamorphe licorne flippant qui s'agace. *Mon Dieu, Dexter. Même moi, je sais qu'il ne faut pas chercher des noises à ce monstre.*

— Miaou, fait-il innocemment en sautant sur mes genoux.

— Coucou toi, tu m'as manqué. Xander t'a donné à manger ?

Je baisse la main pour caresser son dos.

— Oui, tu es sage... très sage.

Dexter s'étire pour relever son popotin vers ma paume, et sa queue touffue s'enroule autour de mon poignet.

— Bon chat ça...

— Miaou, acquiesce-t-il.

Sa fourrure rousse est douce et dense. Je suis heureuse que sa peau ne soit plus irritée. Les zones où il avait perdu des poils à cause des puces sont de nouveau bien fournies.

À chaque ronronnement, des bulles étranges se forment sur ses lèvres. Il tourne la tête pour frotter son museau mouillé sur ma main. Beurk.

— Sympa Dexter, le bain de salive. Tu pouvais m'épargner ça.

Je plisse le nez et essuie ma main sur mon sweat.

Satisfait de m'avoir marquée, il saute par terre et traverse la pièce, la queue relevée, pour se frotter à la jambe du grand dragon. Un cri horrifié m'échappe.

Oh non.

Je me glisse au bord de ma chaise, prête à intervenir s'il le faut. Pour ne rien arranger, Dexter monte sur ses genoux. Je grimace en fermant les yeux. J'entends le dragon grogner, et quand je reporte mon regard sur lui, une grande main argentée cajole mon chat.

La conversation dans l'assemblée se poursuit alors que je me mordille nerveusement la lèvre, gardant un œil sur le dragon et mon chat.

— Comment se fait-il qu'elle soit passée inaperçue aussi longtemps ?

— Du travail bâclé.

— Qui l'a cachée ?

— Qui est ce criminel ? J'exige sa tête, s'emporte le métamorphe licorne.

Je lève les yeux vers Dexter, envahie d'une vague de sarcasme. *Oui, parce que faire voler des têtes, c'est ton fort.* Je m'efforce de ne pas regarder le sol et la tête qui est toujours là, le regard braqué sur moi.

Je ramène mes genoux contre ma poitrine et remonte mon sweat sur ma bouche. Pas question que je repose les pieds par terre. Je doute que Frank ressuscite du monde des morts pour me mordre, même si les nécromanciens... Un frisson me secoue. Je veux juste garder mes pieds loin de la mare pourpre.

— Le responsable était un faë, et il est mort, informe Xander.

Il me cherche du regard alors que j'enfouis mon visage sous mon pull. *Grand-père...*

— C'est la magie qui la gardait en vie. Une magie faë très puissante. J'en vois encore les vestiges sur elle qui s'étiolent depuis des mois, déclare Madán, le faë brun.

Et cela fait des mois que je suis malade… Des mois que Grand-père est décédé.

— Quand la source de magie s'est tarie, elle est tombée malade.

— Mais cela ne requiert-il pas beaucoup de magie ? l'interroge Atticus.

— Oui, il faut être un faë à part entière.

— Et si ce n'est pas le cas ? demandé-je en m'éclaircissant la voix.

Je relève la tête pour dégager ma bouche.

— Que se passe-t-il si la personne n'est pas complètement faë ? continué-je.

Madán tourne la tête pour s'adresser directement à moi.

— Dans ce cas, la personne utilise sa force vitale pour sceller la magie, ce qui est déconseillé. Car si elle puise pendant trop longtemps dans sa magie, elle mourra.

Oh, Grand-père, qu'as-tu fait ?

Je me recroqueville sur moi-même. Mon cœur me massacre la poitrine, et mon ventre se rétracte violemment face à l'éclat de vérité. Le tueur à gages, le chasseur de monstres, qui aurait dû connaître une mort digne d'un guerrier et vivre encore mille ans, a dépéri. Il s'est vidé de sa magie.

À cause de *moi*.

Douleur, culpabilité et tristesse m'étranglent. Je n'arrive plus à respirer.

La maladie l'a emporté parce qu'il me protégeait. Pour me garder en vie, il a donné la sienne.

Le désespoir s'abat sur moi comme un raz-de-marée. Soudain, j'ai l'impression de me noyer. Les voix dans le salon s'assourdissent, se réverbèrent. Je ne distingue plus ce qu'elles disent. Tout ce que j'entends se résume au battement irrégulier de mon cœur.

Il n'aurait pas dû faire ça.

Pourquoi il a fait ça, putain ? Mes tempes pulsent. La douleur et la culpabilité forment une boule si épaisse dans ma gorge que l'oxygène peine à passer.

Je déglutis en relevant le nez, fixant le plafond pour empêcher la douleur de s'épancher par mes yeux. J'expire un souffle long et incertain, puis un autre.

Je ne réduirai pas son sacrifice à un pauvre « Pourquoi moi ? ».

Non, je vais lui être reconnaissante. Je le suis, et je vais le rendre fier. Ma vie vaut-elle davantage ? Non, évidemment. Mais je ne gaspillerai pas son sacrifice. *Je t'aime, Grand-père. Énormément.*

De petits pieds se posent sur mon épaule, et je sens un petit corps chaud dans mon cou. Story me chuchote d'une voix douce :

— Ça va aller. Ne leur montre pas ton chagrin. Sois forte encore un peu.

La gentillesse de mon amie fait trembler ma lèvre, puis je redresse ma colonne vertébrale.

La réunion se poursuit, et ils s'accordent pour procéder à davantage d'examens. Jusqu'à ce que ma famille soit identifiée — si tant est qu'il y ait encore un membre en vie —, il semblerait qu'on séjourne chez Xander.

Youpi.

Autant me jeter dans une cellule de prison silencieuse avec le chauffage.

— Cette journée était instructive. Cela a été un plaisir de te rencontrer, mademoiselle Dennison, ainsi que tes amis. Une agréable surprise.

Un petit cri m'échappe et je lève les yeux. Le dragon métamorphe se tient devant ma chaise. Malgré sa taille, il est discret quand il se déplace.

Dexter se frotte contre sa jambe, laissant une touffe de poils roux — sa carte de visite — sur le pantalon du métamorphe. Mes yeux s'arrondissent, et je relève la tête.

Merde, j'espère qu'il n'a rien vu.

— Cela fait une éternité que je n'ai pas vu de gardien beithíoch, balance-t-il avec désinvolture. Si tu as besoin, Xander sait où me trouver. Bonne soirée.

Il adresse un sourire aimable à Story et moi, puis incline la tête pour saluer *Dexter*.

— Un plaisir de vous rencontrer, salué-je de façon robotique, invoquant mes bonnes manières.

Je suis trop obnubilée par mon chat pour suivre le dragon du regard.

— Dexter, chuchoté-je, tu as été un filou.

— Ce n'est pas le seul. Quand comptais-tu me parler de ton état ? Ça fait des semaines que tu es malade, et tu me l'as caché jusqu'au bout. Tu as failli mourir. Tu sais à quel point j'ai eu peur ? m'accuse Story en plantant un petit doigt assassin dans mon épaule. Au fait, t'avais l'intention de me dire que tu es à moitié vampire et à moitié métamorphe ? Je croyais qu'on était amies.

Sa lèvre inférieure se met à trembler, et ses yeux se voilent d'humidité.

Je me cache dans mon sweat.

— Je suis désolée.

— Je t'aime, tu es ma meilleure amie. Alors plus de secrets.

— OK... Excuse-moi, Story. Si je ne t'ai rien dit, c'était pour te protéger.

Elle bondit dans ma main et tapote son pied sur mon auriculaire.

— Jure-le-moi, exige-t-elle en attendant que je me soumette à la promesse du petit doigt.

La détermination brille dans ses grands yeux saphir.

Je glousse en agitant mon doigt.

— Juré, dis-je.

Elle tourne autour de mon auriculaire, comme une stripteaseuse autour de la barre, et je grimace lorsque l'agile pixie manque de me le déboîter.

— Alors comme ça... Xander est sympa, dit-elle en tournoyant.

Et merde. J'ai promis de ne plus garder de secrets.

Je baisse la tête et lui murmure le récit de *toutes* mes péripéties avec lui.

Quand l'ange revient dans le salon après avoir accompagné ses *invités* au portail temporel, Story arbore un visage courroucé.

Debout sur mon genou, mains sur les hanches, elle irradie une fureur à peine contrôlée.

— Quoi ? lâche Xander, déboussolé.

Agacée, Story tape du pied.

— Oh, je ne sais pas... Je devrais peut-être demander à quelqu'un de vider vos placards, avec toutes ces vieilles boîtes de conserve qui traînent, renâcle-t-elle.

Oh-oh. Adieu la douceur de mon amie ; j'exerce vraiment une mauvaise influence sur elle.

Pendant quelques instants, Xander plisse les yeux, confus. Puis il saisit la pique et son visage prend un air amusé. D'un geste frustré, il passe une main dans ses cheveux.

— À ce propos, désolé. Je n'ai pas été super sympa avec toi, petite om...

Il s'interrompt en frottant son visage d'un air embarrassé.

Ah, il a déjà oublié mon nom.

— Tru, bougonné-je.

— Tru, répète-t-il en baissant le menton et en penchant la tête, la mâchoire serrée. On dirait que le conseil s'est mis d'accord. Jusqu'à nouvel ordre, je serai ton gardien.

— Mon gardien... mon ange gardien ? m'étranglé-je.

Je plaque ma main sur ma bouche pour étouffer mon rire. Il me regarde, impassible, et je pars en fou rire.

— Laissez tomber, c'est une mauvaise blague, me marré-je.

Ses yeux se tournent vers le ciel, implorant la patience. Il ferme les paupières et secoue la tête.

Lorsqu'il rouvre les yeux, j'ai retrouvé mon sérieux. Son attention se rive au sol, vers la mare de sang coagulé.

Sans réfléchir, je suis son regard et je suis aussitôt prise d'un relent. Une mouche est posée sur l'orbite de Frank, frottant joyeusement ses pattes avant. Je ferme violemment les yeux et frictionne le dos de ma main contre ma bouche. Seigneur.

— Ouais, laisse-moi m'occuper de ce type, et après on pourra dîner.

Une nouvelle vague soulève mon cœur, et mon estomac se contracte. Je fais non de la tête. Pas question que j'avale quoi que ce soit. Merci Frank, j'ai perdu l'appétit.

— Ne secoue pas la tête, jeune fille. Tu as entendu les vampires et Dr Ross : tu dois te nourrir. T'affamer ne mènera à rien. Dois-je te rappeler que tu es en pleine transition ? Tu dois mieux prendre soin de toi.

Il est sérieux là ? Il y a un type décapité... juste là.

— Je sais tout ça, je réponds en levant les mains au ciel, exaspérée. Mais je n'ai pas faim *maintenant*. Peut-être que je retrouverai l'appétit quand il n'y aura plus de cadavre à mes pieds.

Merde, l'odeur métallique du sang m'envahit ; elle s'est infiltrée dans mes vêtements, sous ma peau.

— Va dans ta chambre. On en reparle plus tard.

— D'accord.

Connard. Toute cette situation est surréaliste. À quoi s'attend-il ? À ce que je lui dise « passe-moi le ketchup » ?

Xander pousse la tête de Frank vers le reste de son corps. Je me renfonce dans mon siège pendant que j'observe la tête rouler. Elle se déplace dans un mouvement bizarre, en tanguant. *Ça doit être à cause de son nez.* Dès qu'elle s'arrête, les doigts de Xander se crispent et s'illuminent d'une lueur dorée. Des vagues de magie dorée jaillissent de ses mains.

J'empoigne Story et descends de ma chaise, sautant quasiment par-dessus l'accoudoir. Les yeux fixés sur lui, je recule de plusieurs pas en chancelant.

— Ça fait beaucoup pour aujourd'hui. La licorne, le dragon, le conseil, la tête décapitée..., marmonné-je en battant en retraite.

La révélation quant à la maladie de mon grand-père.

— C'est trop.

Xander ouvre la main au-dessus du corps. Un sifflement. Une lumière blanche aveuglante. Puis, Frankenstein a disparu.

Évaporé.

Plus jamais ce salopard ne me tripotera.

— Qu'est-ce que t'attends ? Va dans ta chambre, ordonne Xander sans me regarder tandis qu'il dirige sa magie vers la mare de sang.

J'inspire à fond. Ce type est-il tellement habitué à traiter avec des cadavres et des monstres, qu'il ne sait plus se comporter avec les gens ? À moins qu'il ne l'ait jamais su ou qu'il s'en contrefiche royalement ?

Je le hais.

Sans rien ajouter, je pivote et me tire.

Chapitre Vingt-et-un

Comme une gentille fille bien sage, je file dans ma chambre. Une part de moi, gamine et bornée, aimerait taper du pied et claquer la porte, mais je me contente de marcher à pas feutrés dans le couloir, Dexter trottinant à mes basques. On se faufile dans la chambre qu'on m'a attribuée. La porte se referme avec un clic discret. Il faudrait une serrure.

Oh, ça n'empêcherait pas l'ange d'entrer. Je n'ai plus qu'à espérer qu'il lui reste une once de décence et qu'il me fiche la paix.

J'ai besoin de temps pour encaisser. J'ai un peu mal au cœur.

— Pardon de t'avoir attrapée comme ça, Story, dis-je en la déposant délicatement sur le lit. Il m'a foutu la trouille.

— C'est rien. Je vais bien.

Je m'affale à côté d'elle, et Dexter saute sur le lit pour nous rejoindre. Je le caresse doucement.

— Bon, qu'est-ce que tu peux me dire ?

— La boîte à outils de ton grand-père est là, avec tes fringues, dit-elle en désignant les placards encastrés.

Je hoche la tête, soulagée. C'est déjà ça.

— Tout le reste est dans la chambre d'à côté. Il a laissé les gros trucs dans le garage, les meubles, ton lit...

Je balaie son inquiétude d'un geste. Ça n'a pas d'importance, tant que les affaires de mon grand-père sont en sécurité... Mais le sont-elles vraiment ? Rien ne sera plus jamais en sécurité.

— Oh, Tru, je ne comprends pas ce type. Quand tu étais inconsciente, il te portait comme si tu étais en cristal. Il était si délicat, si respectueux.

Story secoue la tête, puis elle bondit sur le lit en agitant les bras.

Dexter suit ses mouvements erratiques du regard en remuant la queue.

— N'y pense même pas, articulé-je silencieusement.

Je plante un doigt dans son ventre mou. Le chat pas-gros bascule sur le dos, allonge ses quatre pattes et lève le menton, attendant docilement que je gratouille son bidon tacheté de roux.

— Pendant des jours, il est resté à ton chevet. Il a utilisé sa magie d'ange pour te soigner. Il t'a sauvée, Tru. C'était tellement romantique.

La pixie pivote brusquement et revient vers moi en tapant du pied.

— Et maintenant que tu es réveillée, il devient un gros connard. Je pige pas.

— C'est parce que c'est un connard, je marmonne. Je t'ai raconté ce qu'il a fait.

— Noooon, gémit-elle. On aurait dit le prince charmant qui venait t'arracher au donjon d'une forteresse.

Elle se laisse théâtralement tomber en arrière. Je l'observe rebondir, puis se tourner sur le côté, la tête calée dans sa main.

— Il reste un connard, dis-je.

— Il s'est battu pour toi.

— Non, il s'est battu pour lui-même.

Story pousse un soupir exagéré et s'allonge sur le dos. Je l'imite et tourne la tête vers elle. Une patte griffue tapote ma main pour que je continue mes caresses.

— Écoute, tout ça, il l'a fait avant de savoir ce que j'étais. Sans le vouloir, j'ai fait passer l'ange pour un imbécile devant tous les conseillers et la guilde des chasseurs. Disons-le franchement, il aurait préféré que je crève. Pour lui, une Tru morte vaut mieux qu'une Tru hybride. Il peut pas me blairer de toute façon… Tu veux vraiment que je te répète comment il m'a dit que je lui filais la nausée ?

Je souffle et me frotte la poitrine. Dexter prend ça comme une invitation et saute pile sur l'endroit que je viens de masser. Je suffoque une seconde. Putain, il est lourd. Il est peut-être en surpoids finalement.

— Et pour couronner ce merdier, je me fais mordre par un métamorphe et mon hybridité éclate au grand jour. Une hybride qui faisait semblant d'être humaine et qui bossait dans son club. Qu'est-ce que tu crois ? Il essaie juste de sauver la face.

— Argh, t'es bornée, s'agace Story en balançant les jambes en l'air. D'accord, j'abandonne. J'arriverai pas à te faire changer d'avis. Mais alors, *on* fait quoi ? Parce que si tu crois que je vais te laisser gérer ce bordel toute seule...

Elle grogne, petite mais farouche.

— C'est quoi notre plan, Tru ?

— Miaou, fait Dex, comme pour approuver, avant de me cogner le menton avec sa grosse tête.

— Le médecin dit que je suis toujours malade. Les vampires pensent que je traverse une transition de sang-pur. Donc, en gros, je peux aller nulle part tant que j'ai pas recouvré la santé. On va devoir improviser. Ce qui est sûr, c'est que ces gens-là ne plaisantent pas. Ce métamorphe licorne a décapité Frankenstein juste parce qu'il m'avait croqué un bout de doigt. Un doigt qui, soit dit en passant, a cicatrisé en quelques minutes grâce à une potion. Ils font ce qu'ils veulent.

Qu'est-ce qu'ils vont me faire si je ne me tiens pas à carreau ?

Et surtout, c'est comment, de vivre avec un ange en colère ?

CELA FAIT QUELQUES SEMAINES MAINTENANT, et il ne s'est rien passé. Xander m'évite, et franchement, ça m'arrange. Apparemment, il a décidé d'être un gardien fantôme. Il m'a laissé reprendre le boulot au café, ce qui m'a permis de retrouver un semblant de normalité.

Enfin, normalité si on fait abstraction de mes nouveaux gardes, qui, comme on peut s'en douter, adorent m'accompagner au travail.

J'ai encore du mal à tout digérer. La vérité sur la mort de mon grand-père m'a retournée, et depuis, la culpabilité me ronge. Ce genre de révélation, ça vous change.

Heureusement, j'ai Story et Dexter. Story a été incroyable, et Dexter... Bon, d'accord, il est censé être un monstre félin faë, mais c'est *mon* monstre.

De toute façon, les chats sont déjà des créatures sournoises et dominatrices, alors je ne doute pas qu'ils finiront par prendre le contrôle du monde. Et nous, leurs esclaves dévoués, on les encouragera avec des petits bruits de bisous. Ou suis-je la seule à faire ça ?

Mes questions sur les licornes restent sans réponse. Tout le monde croit à la propagande. Je ne sais toujours pas si j'ai raison sur cette part d'ombre en moi qui viendrait de mon côté métamorphe. Je n'en suis pas sûre à cent pour cent... Mais ça sonne juste.

Sérieusement, quand on voit à quel point les métamorphes licornes sont retors, c'est un coup de maître qu'ils aient réussi à faire croire au monde entier qu'ils étaient des êtres de lumière.

Cela dit, je commence à comprendre que tout n'est jamais tout blanc ou tout noir. Le bien et le mal cohabitent en chacun de nous.

Parfois, j'aimerais pouvoir agiter une baguette magique et disparaître. Redevenir la fille invisible.

Mais au moins, pour l'instant, on a un toit sur la tête et un compte en banque qui se remplit petit à petit. Fini le garage humide et glacé. Ça allège un peu le poids sur mes épaules.

Je croyais que… je croyais que tout allait enfin s'arranger.

Puis les bleus sont réapparus.

Et *il* les a vus.

CHAPITRE VINGT-DEUX

— Je suis désolé, Tru, mais il y a des règles. Et là, il s'agit d'une affaire de vampire. Toi-même, tu as admis m'avoir caché des choses. On n'aurait jamais dû en arriver là. Comment veux-tu que je fasse mon travail de gardien si tu ne me fais pas confiance ?

Xander ajuste les manches de sa veste. Costume noir impeccable, chemise assortie. Il est à tomber.

Et bien sûr, il me surprend en flagrant délit de reluquage.

Rouge pivoine, je baisse les yeux vers le sol.

Argh, il faut que j'arrête de le mater. Je gigote, agacée. Pourquoi est-ce que mon corps me trahit sans cesse ? Chaque fois que je le vois, mon cerveau disjoncte, et... j'ai envie de lui sauter dessus. De l'escalader comme un arbre.

C'est humiliant, surtout vu ce qu'il pense de moi... *la gamine*.

— Ce qui va se passer aujourd'hui, c'est de ta faute. Tu aurais dû me dire plus tôt que tu n'allais pas bien.

Je fronce les sourcils. Qu'est-ce *qui va se passer aujourd'hui* ?

Ça pue.

La main large et chaude de Xander se pose sur ma nuque et il me pousse doucement dans le couloir en direction du portail. Pourquoi doit-il être aussi tactile ? Je me tortille pour me dégager, en vain.

Sa main sur moi n'arrange pas mon cerveau en court-circuit. Il croit que je vais m'enfuir ou quoi ? Ses doigts se resserrent légèrement en guise d'avertissement. OK, j'ai compris. Je cesse de gigoter.

— Je veux pas aller voir les vampires, râlé-je en traînant les pieds.

Xander, imperturbable, resserre sa prise sur ma nuque et me pousse en avant. *Doucement, l'ange.* S'il ne fait pas gaffe, il va m'écraser le nez contre une porte.

Tout ça, c'est ma faute. Je croyais être maligne. C'est Story qui a eu l'idée de vider les bouteilles de sang dans les toilettes, vu que personne ne voulait entendre mes inquiétudes. Ils refusaient d'écouter, alors j'ai menti. J'ai fait semblant de boire ce truc immonde.

Je ne sais pas comment Xander a découvert la supercherie, mais il l'a fait.

D'où cette joyeuse excursion.

J'imagine qu'aucun maquillage ne peut cacher mon teint blafard, mes cernes violacés, ni les horribles bleus sur mes bras.

Alors oui, j'ai dit la vérité à Xander... Je peux mentir par omission, mais pas à cet homme — et son foutu mojo angélique — droit dans les yeux. Sa réaction ? Il m'a immédiatement balancée au conseil des vampires. *Bien joué, Tru.* J'aurais mieux fait de la fermer.

Ne jamais faire confiance au mouchard céleste.

Évidemment, le vampire raisonnable de la bande, Atticus, est aux abonnés absents. Même s'il est mystérieux et difficile à cerner, je préférerais mille fois traiter avec lui qu'avec Lord Gilbert, alias le faux aristo snobinard.

Je ne suis pas d'humeur sociable et je devrais être au boulot, pas en train de jouer les diplomates avec des vampires. Et si Xander pense que je vais me laisser envoûter par Lord Luther Gilbert et me mettre à boire du sang comme si c'était la dernière tendance à la mode, il peut toujours se brosser.

Si Xander s'inquiète tant pour ma santé, on devrait plutôt aller voir un médecin.

À la place, on se retrouve devant une porte banale, à ceci près qu'elle est flanquée d'un clavier runique sophistiqué. Le portail. Les portails sont un réseau mondial permettant de se téléporter *instantanément* à un autre endroit, parfois même dans un autre *monde.* Il suffit de connaître le code de destination, de le taper, et hop, il ne reste plus qu'à franchir la porte.

Ces machins coûtent une fortune et je n'ai encore jamais rencontré quelqu'un qui possédait son portail personnel. Xander en a un chez lui. Quel frimeur.

Il ne prend même pas la peine de me répondre et, impassible, tape le code du portail. Ensemble, on traverse la porte magique.

L'énergie du passage me picote la peau, mais rien de désagréable.

— Ha ! Lord Gilbert n'a même pas son propre portail ! lâché-je toute contente, oubliant instantanément que j'ai été traînée ici contre mon gré.

On atterrit dans une ruelle.

J'imagine la fureur du vampire en voyant ses visiteurs débarquer comme des colis Amazon via une porte commune. Certes, une ruelle propre, mais quand même.

Je glousse.

Xander me jette un regard amusé.

— Sympa, non ?

— Ça doit rendre le faux aristo snobinard complètement dingue.

— Oh oui.

Il rit avec moi. Ses yeux sont sublimes : des reflets de miel et d'or, étincelants de gaieté et d'intelligence. Sa mâchoire forte est ombrée par la lumière... Ma bouche s'entrouvre.

Et il me surprend *encore* en train de le mater.

Je détourne précipitamment les yeux. Tiens, je reconnais l'endroit. Je suis soulagée qu'on ne soit pas dans une autre ville, ou pire, un autre monde.

Un peu plus haut dans la rue, il y a une boulangerie qui concurrence notre café. Leur gâteau au chocolat est à tomber. Je me demande si Xander me laissera en acheter une part après cette corvée.

Je pouffe de nouveau en arrivant devant un bâtiment bas et miteux, sur lequel s'étale en lettres criardes LE BAISER DU VAMPIRE. Quelle originalité. J'applaudis ironiquement. Un vampire propriétaire d'une boîte de nuit ? Quelle surprise ! Je me demande si Xander considère cet endroit comme un concurrent de Night-*Shift*. Vu la façade décatie, j'en doute.

— On le rencontre ici ?

— Il vit ici.

Ah. Pas de manoir somptueux pour Lord Gilbert. Il dégringole encore dans mon estime. Bon, il n'était pas très haut non plus. Ce n'est pas une question d'argent. Non, c'est le caractère de la personne qui compte. Et ce type est un tyran. Mais vu son snobisme à la con, on pourrait croire qu'il a de quoi justifier son titre de noblesse.

Je pouffe en découvrant ses gardes vampires en uniforme rouge pétant, plantés devant la boîte comme s'ils attendaient un bus.

Il a clairement tenté d'imiter les gardes de Buckingham Palace et c'est un désastre. Lord Luther Gilbert, ou l'art du paraître sans le moindre fond.

— Lord Gilbert nous attend, déclare Xander à l'un des gardes.

Le type hoche la tête, marmonne dans son micro et s'éloigne.

Les autres vampires nous fixent, regard noir, posture menaçante. Ça me hérisse tout de suite. Quel manque de politesse. Je me balance d'un pied sur l'autre. Xander pose à nouveau sa main sur ma nuque, et, d'un simple effleurement, il m'immobilise. Un frisson court le long de ma colonne. C'est quoi son délire avec le contact physique ? Je roule des épaules et me décale brusquement, délogeant sa main.

La porte s'ouvre à la volée, et un garde à l'allure de majordome sorti d'un film d'horreur nous fait signe d'entrer. Nous le suivons à l'intérieur du club.

On pourrait s'attendre à ce que le grand seigneur vampire nous invite dans ses appartements, qui doivent se trouver quelque part dans ce bâtiment. Mais non. On poireaute dans la boîte de nuit vide, plantés à côté du bar, en attendant qu'il daigne nous honorer de sa présence.

Xander reste silencieux, immobile, les mains croisées dans son dos et les jambes légèrement écartées, façon militaire. Je ne peux pas lui en vouloir. Mieux vaut éviter de toucher quoi que ce soit. Cet endroit est aussi crasseux à l'intérieur qu'à l'extérieur.

Je fronce les sourcils et lève un pied... Beurk, le sol est collant. Chaque fois que je bouge, les semelles de mes bottes couinent ridiculement. Amusée, je me mets à composer un petit air avec les crissements de mes pas.

Xander toussote.

Lord Gilbert fait son entrée dans la salle. Il hoche la tête vers son larbin, qui s'éclipse, obéissant comme un pantin bien dressé.

— Moins il y a de témoins, mieux c'est, déclare Gilbert en lissant son costume gris, bien trop chic pour ce décor. Bon, l'ange, tu peux me laisser avec elle. Attends dehors.

Pardon ? Je tourne des yeux suppliants vers Xander. *Me laisse pas avec cet abruti prétentieux.* Qu'est-ce que je fous ici ? Je suis à deux doigts de saisir le bras de Xander, mais il hoche la tête vers le vampire et s'en va.

Il m'abandonne avec ce type.

Super, tu parles d'un ange gardien, pesté-je intérieurement.

Je me laisse tomber sur un tabouret pendant que Lord Gilbert passe derrière le bar, ouvre le frigo et en sort une bouteille en verre qu'il secoue légèrement. Le liquide à l'intérieur clapote contre les parois. L'odeur me prend déjà à la gorge.

— Je suis très occupé, je n'ai pas de temps pour ces gamineries. On m'a informé que tu ne buvais pas. On t'a laissé beaucoup de libertés à cause de ta nature, et je ne te forcerai pas à boire au cou, mais il faut que tu boives. Ton refus est une insulte à notre espèce et un manque de respect envers toi-même. Tu ne fais même pas l'effort d'essayer. Si tu ne bois pas ce sang devant moi, je te le ferai avaler de force.

Il défait le bouchon métallique d'un geste sec, le sceau de sécurité saute.

Ah, tout s'éclaire. Voilà pourquoi je suis là. Mon cerveau est en bouillie, ma santé en vrac... Et qui de mieux qu'un vampire pour me forcer à manger ?

Lord Gilbert pose brutalement la bouteille sur le bar, et une goutte de sang m'éclabousse la main.

Je fixe le liquide qui s'étale sur ma peau en une traînée rouge vif.

Quand je relève les yeux, je croise son regard déterminé. Il est sérieux ? Les gens n'écoutent donc jamais ce que je dis ?

— N'ai-je pas été claire quand j'ai dit au conseil que le sang me rend malade ?

J'attrape un torchon miraculeusement propre sur le bar et me frotte vigoureusement la main. L'odeur rance du sang me retourne l'estomac.

Je balance le torchon au loin et me masse les tempes, exaspérée.

— Vous ne me forceriez pas, lâché-je d'un ton moqueur.

Il ne me forcerait pas quand même… Si ? Je me trémousse sur mon tabouret, me reculant légèrement. Les pieds du siège raclent le sol en grinçant. Vu le plancher collant, c'est un miracle qu'il ait réussi à bouger.

J'ai besoin de mettre le plus de distance possible entre moi et cette foutue bouteille. C'est comme agiter un paquet de cacahuètes sous le nez d'un allergique en criant : « Allez, juste une, qu'est-ce que ça peut faire ? »

Je ne plaisante pas quand je dis que le sang et moi, ça ne passe pas.

Ce type est un abruti.

— Bois le sang, gamine, gronde-t-il.

Il se penche en avant et pousse la bouteille vers moi.

— Je suis végétarienne. Le sang me rend malade.

Je la repousse du bout des doigts.

— Tu es quoi ? ricane Lord Gilbert, dédaigneux. Tu es une vampire. Une insulte à notre espèce, certes, mais je dois admettre que ton sang est pur.

— Je suis aussi une métamorphe licorne.

Je tâche de garder un ton posé. Je n'ai pas envie qu'on me traite encore de *gamine*. Merci, Xander, de m'avoir collé ce fichu complexe.

Une fraction de seconde, les yeux du vampire s'écarquillent de surprise. Oh, ma nature de licorne est une nouveauté pour lui. Intéressant.

Je baisse les yeux vers la bouteille et mes narines frémissent. Il s'en dégage une odeur putride. Il croit m'aider en me forçant à boire ça ? Je secoue la tête. S'il pense que je vais avaler cette immondice, il se fourre le doigt dans l'œil.

J'en ai marre de ces conneries. Fini les bonnes manières.

— Vous êtes un connard, lâché-je en me levant.

Ses épaules se raidissent, il dévoile ses crocs. Euh, j'aurais peut-être pas dû insulter un vampire psychopathe, mais merde, c'est lui qui a commencé. Je grimace et recule d'un pas.

Regardez-moi ça. Je l'énerve.

Bonne nouvelle : moi aussi, il m'énerve.

— Vous n'écoutez rien !

J'agite les bras et recule encore un peu.

— Je ne me rends pas malade exprès, espèce d'abruti. Vous croyez que j'ai envie d'être malade ?

Son regard glisse vers mon bras, constellé de bleus. Je tire sur ma manche pour le cacher.

— Le sang me rend malade.

Ses yeux virent au rouge et sa voix se fait basse, menaçante.

— C'est une obligation pour les vampires. Tu évites ce moment depuis trop longtemps. La seule chose qui nous empêche de te prendre maintenant, ce sont les autres conseils et ton jeune âge. Mais dès que tu passes la barre des dix-huit ans, c'est la fin de la récré. Ton ange gardien ne pourra pas affronter tous les vampires. Tous les méta-morphes. Ensemble, nous le réduirons en charpie.

Putain. Dit comme ça... Je ne peux pas m'empêcher soudain de m'inquiéter pour la sécurité de Xander. Je n'avais pas réalisé que la situation était aussi grave. J'ai été égoïste. Alors que je pestais que Xander était un gardien à deux balles, en fait, il était en train de me protéger de cette merde.

— Tu te sens en sécurité avec cet ange ? Imagine ta vie

une fois qu'on t'aura enfermée dans une cellule, gavée de sang de force. Quand on te fera *procréer*, car c'est bien la seule façon d'exploiter ton sang. Toi, ma fille, tu es déjà une cause perdue.

Procréer. Putain de merde.

Je ris pour m'empêcher de vomir. Un frisson de dégoût me secoue le corps. Je suppose que ça explique pourquoi je suis encore en vie. Je parie qu'il n'était pas censé me lâcher cette info. Je la note dans un coin de ma tête pour paniquer plus tard.

Putain, je le savais. Un calme pareil, c'est toujours mauvais signe.

— Tu affaiblis la lignée en refusant de boire. Ça s'arrête aujourd'hui. Tu as besoin de sang, gamine. Ta moitié vampire est en train de *crever de faim* et tu ne nous es d'aucune utilité morte.

Ma moitié vampire crève de faim.

— Assieds-toi, ordonne-t-il, crocs dehors.

Je ne bouge pas.

Je recule d'un pas, cherche la porte. Et soudain… mes pieds ne touchent plus terre. Mon dos heurte le bar.

Merde.

— Lâchez-moi, putain.

Au lieu de me lâcher, il me fracasse une nouvelle fois contre le bar comme si j'étais une vulgaire poupée de chiffon.

Aïe.

Il me tire brutalement vers lui et me coince entre ses jambes.

Mon cœur bat à tout rompre dans mes oreilles, et dans

ma tête, des dizaines de techniques d'autodéfense surgissent. Je connais les mouvements, j'ai l'entraînement... mais mon corps. Merde, je suis trop faible.

D'une main, Luther — ouais, on peut laisser tomber le Lord — m'agrippe la gorge. De l'autre, il récupère la bouteille sur le comptoir. Il me la colle brutalement contre les dents. Je pousse un cri de panique et serre immédiatement les lèvres.

— Bois, grogne-t-il.

Je secoue la tête, essayant de me dégager, mais sa main puissante sur ma nuque m'immobilise. De toutes mes forces, je tourne la tête de côté. La bouteille heurte ma joue.

Je prends le risque d'ouvrir la bouche pour siffler :

— Lâchez-moi, putain. Vous me faites mal.

Sa poigne sur ma nuque ne faiblit pas, son pouce s'enfonce dans ma mâchoire. Je plante mes ongles dans son poignet.

— Bois ce sang, il te sauvera la vie. Ton aversion est purement psychologique.

— Allez vous faire foutre, craché-je, venimeuse.

Il grogne, sa joue effleure la mienne.

— On dirait une gamine qui refuse de manger ses légumes.

Argh, gamine. Je me débats, ou du moins, j'essaie. Mais il me maintient contre lui comme un étau.

— Vous ne comprenez pas ! Vous êtes en train de faire une erreur !

— Tu ne serviras à rien si tu meurs.

— SI VOUS ME FORCEZ, JE SERAI ENCORE PLUS MALADE ! hurlé-je.

J'ai à peine fini ma phrase que je réalise mon erreur : il glisse un doigt entre mes lèvres entrouvertes, puis un pouce. Le vampire m'écarte la mâchoire de force.

Je lève des yeux affolés vers la bouteille de sang qui bascule.

Le liquide épais inonde ma bouche.

CHAPITRE VINGT-TROIS

J'ESSAIE de secouer la tête, de recracher le sang de ma bouche, mais le vampire me tient la mâchoire, gardant ma tête basculée en arrière et ma bouche ouverte. Je m'étouffe avec le sang qui éclabousse son visage. Une quinte de toux fait descendre le liquide dans ma gorge.

Oh merde, non.

J'avale.

Les premières gouttes me brûlent la gorge.

Ma gorge se resserre.

La bouteille vide s'écrase sur le bar, et Luther plaque sa main sur mes lèvres. Cet enfoiré me ferme la bouche, et ses doigts me pincent le nez.

Je ne peux plus respirer.

Le sang qui reste dans ma bouche coagule sur ma

langue. L'odeur rance envahit mes sens. Ma gorge refuse d'en ingurgiter davantage.

Des doigts effrayants me caressent délicatement le cou.

— Avale, me chuchote-t-il à l'oreille. Tout va bien se passer, avale.

Menteur.

Cette scène me rappelle la fois où j'ai donné à Dexter un comprimé pour le vermifuger. Merde, me voilà rétrogradée au statut d'animal de compagnie. *Pardonne-moi, Dexter.* Je me demande s'il avait besoin d'être vermifugé. C'est un monstre faë après tout. *Je peux m'estimer heureuse qu'il ne m'ait pas bouffée.*

Maintenant, cet imbécile croit que j'ai une aversion pour le sang... que c'est psychologique, psychosomatique. Mais il se plante. Des traits noirs ondulent dans mon champ de vision.

— Bon sang, tu vas boire, oui ?!

J'avale le sang.

Du sang froid et visqueux descend dans ma gorge. Mon estomac se retourne.

— Tu vois, ce n'était pas douloureux, dit-il d'un ton cajoleur.

Facile à dire pour quelqu'un qui ne s'est pas fait fracasser le crâne plusieurs fois contre le bar. Je devrais sans doute lui retourner la faveur pour qu'il comprenne.

Dès qu'il me libère, je file à l'autre bout de la pièce en toussant avant d'essuyer ma bouche du revers de la main. Une larme sillonne ma joue. Je suis incapable de le regarder. Une envie viscérale me hurle de rentrer chez moi, de m'enfoncer dans mon lit et de me cacher sous ma couette. Ou de le buter. Je ne serais pas contre lui passer les mains autour du cou. Mais ce n'est pas le moment. Mes genoux flageolent alors que je me dirige vers la porte.

— Ne pars pas. Je dois être sûr que tu ne feras rien de stupide. En attendant, tu n'iras nulle part. Pas avant que ton métabolisme ait ingéré le sang.

Il sort son téléphone, d'un air détaché. Il est si pragmatique. Ma conscience est à l'agonie. C'est comme s'il venait de... je me sens violée.

Tout en moi me pousse à fuir, mais l'idée qu'il me touche à nouveau me révolte.

Merde, je me sens si vulnérable. Dos au mur, j'enroule mes bras autour de moi en me repliant sur moi-même. Je cache mon visage pour qu'il ne voie pas les larmes qui s'accumulent au bord de mes yeux.

Je veux Story. Je veux mon chat. Je veux... *Xander*.

Moins de cinq minutes après avoir descendu la bouteille, mon corps se manifeste.

Cela débute par un tremblement. Mon corps se pétrifie avant de se mettre à convulser. Une douleur aiguë me transperce le ventre, comme un coup de poignard dans l'abdomen. La douleur est insoutenable. Ne tenant plus sur mes jambes, je me laisse glisser le long du mur, retombe sur la moquette sale dans un bruit sourd.

— Xander, gémis-je.

J'ai besoin de lui.

— Je te rappelle, achève Luther.

Je ramène mes genoux contre ma poitrine, et un gémissement s'échappe de mes lèvres. La bouche de Luther se retrousse, puis il secoue la tête. Il range son téléphone dans sa veste.

— N'en fais pas toute une histoire. Tu pourras partir dans une minute.

Ma peau fourmille, et le tremblement qui m'agite est si violent que mes dents claquent. Ma tête se renverse en arrière, heurtant le mur. Putain, mon crâne. J'aurai de la chance de sortir d'ici sans commotion.

Je tombe sur le côté et me roule en boule.

— Xander, dis-je à peine plus fort.

J'ai besoin de toi.

À l'extérieur, mes oreilles interceptent le bruit d'une bagarre. Un courant d'air file, ouvrant la porte. Une grande main chaude et familière tâte mon pouls dans ma gorge.

Il est revenu.

Mes paupières se ferment de soulagement. Le halo de lumière brille autour de moi. Le flot habituel de magie est réduit à un filet. Merde. Cela ne suffira pas à combattre la lutte qui se livre en moi. La magie qui se déchaîne en moi domine celle de mon ange qui ne peut rivaliser.

— Ses yeux saignent.

Je grogne lorsque Xander rejette ma tête en arrière. Maintenant qu'il le dit... c'est vrai que je sens une pellicule gluante sur mon visage.

— Ses oreilles aussi... Qu'est-ce que t'as foutu, vampire ?

— Je lui ai donné du sang, répond Luther, le visage sombre.

— Je ne vais pas mourir. Ne t'inquiète pas, je serai sur pied dans une minute, coassé-je.

Ma poitrine me brûle et je fais de la tachycardie. Je me dégage des mains chaudes de Xander et me remets sur le côté. Je tousse fort. Un liquide brûlant remonte dans ma gorge, puis un ruisseau de sang s'écoule de mon nez et de ma bouche. Je n'arrive pas à...

Des chaussures reluisantes s'approchent de ma tête.

— Eh ben, glousse Luther. Elle ne plaisantait pas quand elle disait que le sang la rendait malade. Comme c'est curieux.

Le vampire s'éloigne, amusé et indifférent au ravage qu'il a causé.

— Bonne chance, souhaite-t-il.

— Ross, Lord Gilbert lui a donné du sang, et elle a une réaction de rejet.

— De rejet, comment ça ?

Oh, doc' ! Ça alors... j'arrive à l'entendre. Il doit être sur haut-parleur. C'est de ta faute, monsieur Chemise Rayée, c'est toi qui m'as laissée avec ce vampire dérangé. Serait-ce arrogant de lui dire que je l'avais prévenu ? *Tu n'aurais pas dû révéler mon secret aux vampires.*

— Tu lui as fait boire une bouteille ? s'enquit Xander.

— Oui, répond Luther. C'est officiel : le conseil vampire ne la revendique plus. Elle est défectueuse et inutile. Tu as dix minutes pour la faire sortir de mon club.

La porte claque derrière lui.

Quel connard.

— Elle saigne des yeux et des oreilles, et elle a vomi plus que la bouteille avalée. Le sang est noir...

Une autre quinte de toux me secoue, me faisant recracher du sang. C'est comme si j'allais mourir.

— ... et il y a des morceaux dedans. Son pouls est rapide, et elle a de plus en plus de mal à respirer, continue-t-il en me caressant les cheveux. Ma magie n'a aucun effet, normalement je peux tout guérir. Pourquoi je n'arrive pas à te guérir ?

J'essaie d'inspirer, mais du sang continue de se coincer dans mon nez, et je n'arrive pas à... Mes poumons m'abandonnent, j'ai l'impression de me noyer. Ma poitrine irradie, mes yeux s'ouvrent en grand. Paniquée, je m'accroche à son bras. Pourquoi je n'arrive plus à respirer ? Putain. Je savais qu'il serait ma perte.

Le sang m'a toujours rendu malade, mais je ne pensais pas que ça me tuerait.

— J'arrive.

— Pas le temps... Tru ? Merde, elle respire plus. Qu'est-ce que j'ai foutu, putain ?

Mes mains retombent le long de mon corps tandis que Xander déchire mon haut jusqu'à mon ventre. Il déverse un liquide sur ma poitrine. Une fiole de potion vide atterrit à côté de ma main.

— Et la potion de guérison ?

— Aucun effet.

— Donne-lui ton sang, ordonne Ross.

— Hein ? Non ! C'est à cause du sang qu'on est dans cette merde... Je commence le massage cardiaque.

Les mains chaudes de Xander se placent sur mon plexus. Des bulles bouillonnent dans ma gorge, et ma poitrine s'agite.

— Xander, donne-lui ton sang, s'impatiente-t-il. Fais-moi confiance.

Un souffle étrange. Puis, je sens quelque chose de doux me chatouiller la gorge. Comme une plume. Des mains brûlantes me soulèvent de terre, et je suis à nouveau dans ses bras. Ma tête se renverse sur le côté et Xander me cale contre son torse.

Il pose délicatement une main sur ma joue et son pouce trace le contour de ma bouche ensanglantée.

— Bois.

Ah non, merci. J'ai bu assez de sang pour le restant de ma vie. En boire davantage ne va rien arranger. L'odeur de métal ensoleillé m'envahit. C'est le plus merveilleux, le plus délicieux... C'est quoi ce bordel ? Comment j'arrive à le sentir sans respirer ? Je n'en reviens pas... Après tout ce qui s'est passé, je *rêve* encore d'être dans ses bras, et maintenant que j'y suis... Non, ce n'est pas ce que je veux dire.

Pas ça.

Il berce mon visage et presse mes lèvres contre le creux de son coude.

La saveur qui pénètre ma bouche fait chavirer mes pupilles. Une lumière solaire, torride, saturée d'une magie dorée appartenant à Xander, inonde ma poitrine et caresse mon âme.

Je me sens comblée, baignée dans une source de chaleur, qui me procure un sentiment de sécurité.

Lorsqu'un hoquet me soulève, je réalise que mon nez est dégagé et que je respire normalement. Je ne suis plus agitée de tremblements. Je ne suis plus en train de mourir.

Youpi, vive moi.

Des plumes m'effleurent, et mes paupières se soulèvent progressivement. Une obscurité de velours m'enveloppe. Une douce main dégage mes cheveux de mon visage. Je cligne des yeux jusqu'à me concentrer sur son regard ambré, empreint d'inquiétude.

— Ça va aller, petite ombre. Tu vas t'en sortir. Prends-en autant que nécessaire.

Prends-en autant que nécessaire ? Mais de quoi ?
Oh...

Ma bouche est ventousée à sa peau. Une peau angélique chaude et illuminée. Un avant-bras musclé, pour être exacte. Mes dents... mes *crocs* sont plantés dans les veines de son coude. Je sirote le sang de l'ange comme si c'était un milkshake.

Oh merde.

Chapitre Vingt-Quatre

— Bon, ça fait vingt-quatre heures. On doit suivre le programme.

J'accueille l'ange, qui entre dans ma chambre en bougonnant. Il remonte les manches longues de son tee-shirt de façon obscène. Oh merde. Je détourne le regard. On ne suce pas les avant-bras…

— Tu dois manger.

… ou peut-être que si.

Double merde.

Ma bouche se remplit de salive, et je dois m'obliger à rester clouée au lit. Je sens le rouge envahir progressivement mes joues.

— Je n'ai pas faim, grommelé-je en fixant intensément mon téléphone.

Ouh, la menteuse.

Évidemment que je voudrais siroter la veine angélique trois étoiles Michelin. Je ne comprends pas vraiment ce que fait le téléphone dans ma main, mon cerveau a disjoncté. Mon cœur s'emballe dans ma poitrine, et j'ai comme une colonie de chauves-souris qui se tapent une rave party dans mon ventre.

— Je vais regarder la télé, commente cette petite traîtresse de Story.

Elle est au courant de ce qui s'est passé hier. Elle me lance un sourire en coin, puis se faufile hors de la chambre comme si elle avait le feu aux fesses.

— Allez, Tru. Tu sais que le sang d'ange est la seule option pour le moment. Tu veux vraiment te sentir mal ?

— On n'a pas d'autres anges volontaires ici ? demandé-je en zyeutant par-dessus son épaule. Personne ?

— C'est moi ton gardien, et tu es sous ma responsabilité. Dr Ross dit que mon sang te gardera en vie pendant ta transition.

— Dr Ross... Qu'est-ce qu'il en sait au juste ? C'est un médecin militaire, pas un spécialiste.

— Tu veux un spécialiste ? dit-il en arquant les sourcils.

— Non, ronchonné-je, abandonnant mon téléphone sur le lit et jouant nerveusement avec la fermeture éclair de mon sweat.

Xander passe sa langue sur sa lèvre désormais humide, réveillant les muscles qui sommeillaient dans mon bas-ventre.

— Montre-moi tes bleus.

Depuis que je me suis nourrie de lui... Je ferme brièvement les yeux avant qu'ils se renversent à nouveau. Putain, même mes pensées partent dans tous les sens depuis que j'ai bu son sang. Cela fait beaucoup à digérer, mais mon attirance pour lui s'est décuplée.

Avant de le goûter, je croyais que l'attraction était ingérable, mais *maintenant*, c'est de la folie furieuse. Cette nuit, j'ai rêvé de lui. Il pourrait me mettre un couteau sous la gorge, j'embrasserais sa joue en lui disant qu'il est à croquer. Voilà l'état dans lequel je suis.

Ça me fait flipper.

J'attrape ma libido par le colback et la secoue. *Arrête ça, petite dévergondée.*

Je vis mon pire cauchemar. Sans parler du fait que je sois forcée de vivre avec un type qui m'a foutu un vent monumental, alors que je ne l'avais même pas abordé. Prétentieux de mes deux. Et maintenant, on dirait qu'il est le seul capable de combler la soif *insatiable* de la vampire qui est en moi. L'ironie du sort me roule dessus allègrement. Il y a ce qui est consternant, puis ça. On a franchi un cap.

Bon, il voulait quoi déjà ? Voir mes hématomes. Je soupire en relevant ma manche pour lui montrer mon bras.

— Je n'ai pas de bleu, fais-je en agitant mon bras. Je vais bien.

— Exactement. Ça veut dire que mon sang fonctionne, regarde...

Il se frotte la nuque, et je contemple les muscles en action sous son tee-shirt. Ses pectoraux se bombent, et ses larges épaules étirent le tissu. J'essaie de m'éventer discrètement.

— Je sais que j'ai trahi ta confiance, et que mes actions t'ont blessée, mais crois-moi, ce n'était pas mon intention.

Ses beaux yeux sont pleins de douleur.

En cet instant, et pour la première fois, il a vraiment l'air d'un ange. Je peux lire son trouble et la culpabilité qui le ronge. Au fond, je le soupçonne d'être dans mon camp depuis le début, luttant pour me garder en vie.

Mince, ça veut dire que je dois m'excuser auprès de Story ? Pendant tout ce temps, elle s'est acharnée à le défendre.

Non.

— Je t'ai entendu quand je tapais un croc dans ton bras. Écoute, on va pas passer par quatre chemins. Si je te dis quelque chose, est-ce que tu pourrais essayer de...

Je m'interromps en levant un doigt impérieux, la tête penchée.

— Non. Est-ce que tu promets de me laisser le bénéfice du doute et de m'écouter avant de faire un truc stupide, comme me laisser avec un vampire dégénéré ?

— Je te promets de discuter avec toi.

— C'est ce que font les amis.

Je hoche la tête avec conviction et vire au rouge écrevisse en réalisant ce que je viens de dire. C'est mon gardien, l'homme que le conseil a choisi pour me faire rentrer dans le rang. Ce n'est pas mon ami, et je ne devrais pas me bercer de cette idée.

Argh. Pourquoi mes neurones grillent-ils dès que je suis près de lui ? Mes doigts s'entortillent sur mes genoux.

— Merci de m'avoir sauvé la vie.

Autant le dire tout de suite tant que j'ai ouvert la parenthèse « confessionnal ». Après, je pourrai faire comme si on n'avait jamais eu cette conversation et qu'il ne m'avait pas mis ses veines sous le pif.

— Admets au moins que mon sang te fait du bien, et que tu en veux plus. Mais je ne te forcerai pas.

Ouais, ça va, je connais.

Je repense aux morceaux qui sont sortis de ma bouche quand je vomissais. Je suis persuadée que c'était un organe, peut-être un bout de poumon. Un frisson me secoue.

Xander se rapproche, et je sens son parfum, le sang qui pulse dans ses veines. Une douleur tiraille mes crocs.

— D'accord, murmuré-je en tripotant ma fermeture éclair. Euh... ton bras...

Allez, dégaine ce délicieux avant-bras gorgé de sang qui n'attend que moi.

Il s'assied sur mon lit, et je me hisse à son niveau. Nos épaules se frôlent, et ma peau fourmille. Il passe autour de moi son bras musclé, qui fait trois fois la taille du mien. Je ne devrais pas autant apprécier qu'il m'enlace comme si j'étais précieuse, mais c'est plus fort que moi.

Mes mains tremblent d'excitation.

— Tu savais que mon sang n'est pas totalement rouge, comme celui des humains ? murmure-t-il, prenant une tonalité qui m'oblige à me rapprocher de lui pour l'entendre. Si tu observes une goutte, même l'œil humain verrait les minuscules paillettes.

— Je l'ignorais, soufflé-je.

Je ne sais pas pourquoi ma voix a adopté son intonation. C'est naturel, intime. Au fond, je sais ce qu'il fait ; il essaie de me mettre à l'aise, pour que je me détende.

Cela ne marche pas du tout. Mon cœur bat dans mes tempes. Je me sens nerveuse et légèrement transpirante. J'utilise mes deux mains pour soulever son bras, comme si c'était une bûche. Même s'il ne le laisse pas peser, il reste lourd. J'avale ma salive et retrousse les babines, avant de ramener son bras vers mon visage. J'en ai l'eau à la bouche.

Je baisse la tête et inspire son mélange de métal et de soleil qui me fait tourner la tête. Mes cils battent frénétiquement. Je me force à lever les yeux de son bras pour plonger dans son regard. Je dois être sûre, vérifier que j'ai sa permission.

Il confirme d'un signe de tête. J'ouvre alors la bouche pour lécher le creux de son coude à pleine langue. Un goût salé envahit mon palais. Putain, je l'ai léché. Je me tortille en sentant mon ventre se contracter.

À travers mes cils, je lui jette un coup d'œil, et son front est plissé comme s'il souffrait.

— Petite ombre, je ne suis pas une barre chocolatée, grogne-t-il. Vas-y.

Lécher, ça apaise la douleur, râlé-je intérieurement. Je crois qu'il y a un truc dans ma salive, ou alors c'est une excuse que je me suis trouvée. Et puis, merde. J'ignore combien de fois il faudra que je passe par là, alors autant laisser tomber la gêne et en profiter. Franchement, qui a la chance de lécher un ange ? Mon ventre exécute un salto, et j'obéis à mon instinct.

Je mords dans la chair.

Je gémis alors que le sang pailleté coule entre mes lèvres pour échouer sur ma langue. Waouh. Je n'ai pris que quelques gorgées. En prendre plus, ce serait de la gourmandise. Son sang nappe ma gorge, je sens déjà le pouvoir et l'énergie se répandre en moi.

Je lèche les deux petits trous laissés par mes crocs, qui, grâce à mon pouvoir ou à la capacité de régénération de l'ange, guérissent instantanément et disparaissent.

C'est comme si je ne l'avais jamais mordu.

— Merci. Ça va ?

— Tu en as bu assez ? demande-t-il d'une voix rauque.

— Oui... je crois. Ton sang est très puissant, il ne m'en faut pas beaucoup. Du moins, c'est ce que me dicte mon instinct, je n'en suis pas certaine. C'est nouveau pour moi tout ça.

Suivant mes nouveaux instincts, je me penche et dépose un baiser sur sa joue.

— Merci.

La couleur miel de ses yeux s'illumine comme si ses pupilles se dilataient, et le cercle noir, qui borde son iris et que je remarque pour la première fois, s'agrandit.

Il s'ébroue avant de détourner le regard.

Il veille à ne pas me toucher en se levant du lit, puis baisse sa manche. Je cligne des yeux plusieurs fois. Je dois être en train d'halluciner. Les joues de Xander ont changé de couleur.

Est-ce que... il rougit ?

— Bon, petite ombre, je ferais mieux d'y retourner.

Il ajuste la manche, m'adresse un signe de tête poli, puis sort de la pièce.

Intéressant... Je ne le dégoûte pas tant que ça finalement.

Chapitre Vingt-Cinq

— Je veux déménager, dis-je sans préambule en débarquant dans le bureau de Xander, talonnée par Dexter.

Je suis sûre que cette boule de poils essaie de me faire trébucher. D'un pas agile, j'évite une patte traîtresse. L'ange est assis derrière son bureau, noyé sous une montagne de paperasse. Il porte un pull noir à col rond qui met en valeur sa peau dorée et ses iris.

Ses yeux magnifiques se plissent de colère, et il secoue la tête.

— Non.

Puis il reprend sa lecture. Fin de la discussion.

Je croise les bras et pousse un grognement frustré. Ah, d'accord. Donc pas d'explication, pas de débat. Juste un non ferme et définitif. Je peux partir de là. Après avoir réfléchi à la situation jusqu'à ce que mon crâne menace d'exploser, j'en suis arrivée à une conclusion parfaitement saine et équilibrée : je ne peux pas vivre avec cet homme.

Le truc du sang, c'est trop intime. Ça me met mal à l'aise.

Je déteste cette sensation de perte de contrôle. J'ai l'impression qu'on m'a poussée d'une falaise et que je chute indéfiniment dans le vide, sans aucun moyen de me rattraper. Il faut que je fasse ce qui est bon pour moi et pour mes amis, assurer notre sécurité, avant de me crasher métaphoriquement.

Ses signaux contradictoires me rendent dingue, alors j'ai un plan. Un plan pour me sortir de ce cauchemar. Je dois reprendre le contrôle de ma vie. Ce plan n'inclut pas d'être la coloc d'un ange ultra sexy. Mais il y a un souci : ma fierté m'empêche d'admettre que j'ai un problème avec lui, avec le fait de boire son sang — son sang qui me sauve la vie.

Alors, autant faire d'une pierre deux coups. Je me balance nerveusement d'un pied sur l'autre avant d'opter pour le croisement de bras sous les nichons.

Mode badass activé.

— Écoute, Luther a...

Je souffle avant de lever les yeux au ciel. Il faut que j'arrête avec cette familiarité. Je ne suis pas copine avec ce vampire, et le nommer par son prénom est ridicule. Mais son nom complet l'est encore plus.

— *Lord Gilbert* a lâché un truc. Il a dit que les vampires attendaient que j'aie dix-huit ans pour me séquestrer et... — je marque une pause théâtrale —... me forcer à *procréer*.

Une lueur furieuse traverse le visage de Xander, puis disparaît aussitôt. Un calme surnaturel s'installe.

C'est tout ? Un peu décevant quand même.

— Attends un peu, me murmure Story à l'oreille.

Elle est perchée sur mon épaule comme un perroquet de pirate. Je fronce les sourcils. Qu'est-ce que... Puis je vois... Une veine palpite dans son cou. Ses mâchoires se serrent si fort qu'on dirait qu'il va se briser les dents. Xander reste assis derrière son bureau, aussi immobile qu'une statue. Nous attendons patiemment la réaction de l'ange. Même Dexter, qui se frottait de tout son long contre le bureau, s'est assis, sa tête rouquine inclinée, la queue enroulée autour de ses pattes. Il fixe l'ange.

— Miaou.

Comme si c'était un signal secret, Xander lâche d'une voix glaciale :

— Ça n'arrivera pas. S'ils te touchent, je les tuerai tous. D'accoooord.

Story me file un coup d'orteil. Je déglutis.

— Je pense que c'est plus trop d'actualité, vu que Lord Gilbert a officiellement retiré sa revendication quand il a cru que j'allais mourir... Or que nous apprend l'Histoire sur les vampires ? continué-je sur ma lancée, paraphrasant mon grand-père. Ils ont tendance à tuer d'abord et à réfléchir après. Ce qu'ils ne peuvent pas contrôler, ils l'éliminent. Et moi, avec cette histoire d'abomination, je suis convaincue qu'ils vont vouloir me tuer.

Je bats des mains en l'air, et sous l'impulsion encourageante de Story, je me lance :

— Et aussi... euh... y a l'autre truc. Pendant sa tirade du grand méchant, Lord Gilbert a laissé entendre que les métamorphes pourraient avoir les mêmes intentions. Pas de me tuer. Mais de... m'enfermer. Et...

Je prends une grande inspiration.

— … le truc de la procréation.

Je guette la réaction de l'ange avec appréhension.

— Aucun vampire ni métamorphe ne fourrera sa queue en toi, décrète Story.

Ma bouche s'ouvre sous le choc, et je me tourne vers elle, abasourdie.

— Où est passée ma mignonne petite pixie ?

— Les pixies vieillissent plus vite que les autres créatures, marmonne-t-elle en fixant ses orteils.

— Sans blague.

Elle a l'air vaguement repentante… jusqu'à ce que je capte son sourire en coin.

— Bref, je reprends en me retournant vers l'ange. Je pense que les métamorphes ont cette idée en tête.

Je tapote nerveusement ma cuisse tandis qu'il réfléchit.

Punaise, j'ai pas la patience d'attendre.

— Je veux pas t'embêter, Xander, mais tu es proche des métamorphes. Bordel, mes gardes du corps sont des métamorphes. Il faut que j'habite dans un endroit où ils ne peuvent pas entrer comme bon leur semble. Tu ne peux pas me surveiller en permanence, et honnêtement… je crois que tu es complètement dépassé par la situation.

Xander se masse les tempes et annonce d'une voix basse :

— Les vampires ont officiellement abandonné leur revendication cette nuit. Ce matin, le conseil des métamorphes a demandé une réunion.

Oh non. Merde, c'est déjà trop tard.

Story et moi avions anticipé. On a un plan B. Les faës et les sorcières n'ont aucun intérêt pour moi, ce qui ne laisse que les métamorphes. Et d'après nos calculs, l'horloge tourne. Ils vont me coller un gardien métamorphe, et une fois coincée dans leur système pourri, je serai foutue.

Ça passe ou ça casse.

— C'est quand, cette réunion ?

Combien de temps il me reste ?

— Ce soir.

Une boule se forme dans ma gorge, mon pouls résonne dans mes tempes. Cela ne me laisse pas assez de temps. Je secoue vigoureusement la tête. Il m'en faut un peu plus.

— Je bosse ce soir.

— Tru, c'est le conseil des métamorphes. Je crois qu'ils sont plus importants que ton petit boulot.

— C'est ma vie, Xander, rétorqué-je. Ils me verront au café demain soir, après la fermeture.

— Petite ombre, ne sois pas ridicule. Tu ne peux pas imposer ta loi au conseil, s'esclaffe l'ange.

Je redresse le menton et plante mon regard dans le sien.

Ha. Je ne peux pas ?

— Je pense qu'il est dans votre intérêt à tous que je sois... conciliante. Non ? Et puis, tu m'as fait une promesse, celle de m'écouter et de me faire confiance. Je te demande de l'honorer.

Rien. Aucune réaction. Son visage reste impassible, indéchiffrable.

Je mordille ma lèvre, mal à l'aise, avant de lâcher :

— J'imagine que les promesses d'un ange ne valent rien.

OK, Xander. Tu veux la jouer comme ça ? Très bien, sortons l'artillerie lourde.

— Ils me verront au café ou pas du tout. Sinon, il faudra me traîner jusqu'à leur réunion et, crois-moi, je ne compte pas me laisser faire. Alors, pourquoi ne pas choisir la facilité ? Qu'est-ce que ça peut bien te faire ?

Je lève le menton, le défiant du regard.

J'ai un plan, un bon plan. J'ai juste besoin d'un peu de temps et d'un lieu public pour le mettre en place.

— S'il te plaît.

— D'accord, petite ombre. Je vais voir ce que je peux faire.

Une fille hybride… non, *deux* filles et un gros chat faë paresseux, face au conseil des métamorphes. Qu'est-ce qui pourrait merder ?

C'est l'heure de mon examen médical hebdomadaire avec le docteur Ross. Avec Xander et cette histoire de sirotage de sang, le seul à savoir que je me sers de temps en temps de la veine de l'ange comme d'une buvette, c'est lui. Le pauvre, il n'est même pas spécialiste… Mais qui pourrait l'être face au merdier qu'est ma nature hybride ? Et Xander lui fait confiance, alors il est bien obligé de m'examiner.

J'attends son arrivée, installée dans l'orangerie de Xander, à l'arrière de la maison. Avec ses grandes fenêtres donnant sur un joli jardin clos, la pièce est baignée de lumière et de chaleur. Story, Dexter et moi y passons beaucoup de temps. J'adore la verrière au plafond. Les soirs de ciel dégagé, si je m'allonge sur le sol, je peux observer les étoiles directement au-dessus de moi.

— J'ai refait des tests.

J'éteins mon téléphone et le salue de la main, mais il ne quitte pas ses notes des yeux.

— Salut, Tru. Comment vas-tu ? dis-je en prenant une voix grave. Oh, je vais bien, merci Dr Ross. Et vous, toujours aussi occupé ? je réponds d'une voix aiguë.

Je souris, amusée, mais il secoue la tête avant de s'effondrer dans le fauteuil en face de moi, sans cesser de tapoter frénétiquement sur sa tablette. Ce truc semble littéralement greffé à ses mains.

— Je suis inquiet. Même avec le sang de Xander et la magie, tu ne guéris pas.

Je glisse sur le bord de mon siège, pose mes coudes sur mes genoux et cale mon menton dans mes mains. Encore des tests ? Chouette.

— D'accord... lâché-je prudemment.

— Des traces dans ton sang indiquent une transformation animale précoce, survenue durant l'enfance, ce qui est impossible si jeune. Pourtant, tu n'as montré aucun autre signe de transformation, aucun autre marqueur, et tu n'as aucune magie de métamorphe.

Ross tapote l'écran de sa tablette de l'index et fronce les sourcils.

— Ces données ne tiennent pas debout. Il va falloir que je prenne de nouveaux échantillons, une bonne vieille prise de sang à l'ancienne. Peut-être que ta nature hybride fausse la technologie magique.

Il frotte son œil gauche du talon de la main.

Je laisse échapper un gémissement et glisse contre le dossier du fauteuil, ramenant mes genoux contre ma poitrine. Je tire mon sweat-shirt jusqu'à mon nez et marmonne à travers le tissu :

— Vous n'avez pas analysé mon ADN ? Qu'est-ce que la base de données des métamorphes vous dit ?

J'ai besoin d'en savoir plus. Tout mon plan avec le conseil repose sur les infos que j'aurai en main. Si je passe à côté d'un élément clé, je suis foutue.

— Le conseil des métamorphes ne m'a pas donné l'autorisation d'accéder à leurs données.

— Quoi ?! Pourquoi pas ?

Ça n'a aucun sens. Dr Ross baisse imperceptiblement la tête. Je fronce les sourcils. Il se voûte un peu, non ? Je ne crois pas qu'il me mente... Je crois qu'il a honte.

Merde, j'ai besoin de ces résultats.

Mon estomac se serre, mon cœur cogne. Je fixe le docteur. Il me cache quelque chose. Qu'est-ce qu'il a foutu avec toutes ces analyses ?

Il y a un truc qui cloche.

Ce maudit conseil. Il me reste moins de vingt-quatre heures pour me bouger et sauver ma peau. Xander a réussi à leur faire accepter mon rendez-vous. J'ai besoin de cette preuve ADN. Pourquoi rien n'est jamais simple ? Je pensais que tout le monde voulait savoir d'où je viens, qui sont mes ascendants. Mais visiblement, ce n'est pas une priorité pour le conseil des métamorphes.

C'est inquiétant. Les sirènes d'alarme retentissent dans ma tête.

Qu'est-ce qu'ils essaient de cacher ?

Moi. Tout tourne autour de moi, et j'ai la désagréable impression que, si mon ADN identifie dans leur base une correspondance ancestrale, ça va foutre en l'air leurs plans.

Traitez-moi de rebelle ou de tête brûlée, peu importe. Je

vais tout faire pour balancer mon ADN dans leur base de données.

— Il vous faut une autorisation ?

Dr Ross ne lève pas les yeux de son écran et hausse les épaules.

OK. Il est temps de jouer cartes sur table. Je crois l'avoir déjà mentionné... Peut-être que oui, peut-être que non. Mais franchement, ce n'est pas dur à deviner, avec mes cheveux arc-en-ciel. Les métamorphes savent instinctivement reconnaître la forme animale des autres — enfin, sauf moi, parce que, de toute évidence, la métamorphe en moi est brisée. Je passe pour une humaine. Je sens l'humaine. Tout ce que les autres voient, c'est une humaine sans pouvoir.

— Je suis une métamorphe licorne. Vous savez à quel point c'est rare.

Je laisse tomber mes jambes au sol et attrape une mèche de cheveux pour illustrer mes propos, avant de pointer mes yeux du doigt.

— Les cheveux, c'est la licorne. Et mes yeux ambrés, c'est le mélange chelou avec mon côté vampire.

— Mais on n'en a aucune preuve. C'est juste ta parole et des suppositions, murmure Ross.

Pour la première fois depuis son arrivée, il me regarde enfin.

— Ouaip.

Je triture la fermeture éclair de mon sweat à capuche, puis la porte à mes lèvres pour mordiller le petit embout en plastique. Je gigote nerveusement sur ma chaise ; ce que je vais dire maintenant me met mal à l'aise. Je retire le manchon de ma bouche, mais garde les doigts crispés dessus.

— À propos des marqueurs dans mon sang... et de la transformation quand j'étais petite...

Je prends une inspiration tremblante. Pourquoi est-ce si difficile ?

Peut-être parce que j'ai tout refoulé au plus profond de mon inconscient.

Peut-être parce que je ne l'ai jamais dit à mon grand-père. Ni à personne, d'ailleurs.

Et sans doute parce que... j'ai peur que ce rêve ne soit pas un rêve, mais un souvenir.

— Je fais souvent le même cauchemar. Un homme, un homme terrifiant, me force à me transformer... et il utilise une scie pour couper ma corne.

Je baisse la tête vers ma main qui tremble toujours accrochée à la fermeture éclair. Putain, rien que d'y penser, j'ai des sueurs froides. Je ramène mes genoux contre ma poitrine.

Ross se lève brusquement et se met à faire les cent pas.

— La corne est la source du pouvoir d'une licorne. Contrairement aux autres métamorphes, toute leur magie est contenue dedans. C'est pour ça que tu n'as aucune magie de métamorphe, mais que tu présentes quand même des caractéristiques de la licorne, dit-il en désignant mes cheveux. Il faut que j'en parle à Xander. D'après ce que je comprends, sans ta corne, tu ne pourras jamais te transformer.

— Donc... l'avoir coupée a bousillé ma magie ?

Il passe une main dans ses cheveux et agite l'autre, qui tient la tablette.

— Oui. Même si c'est plus compliqué que ça. Tu es un prodige médical. C'est un miracle que tu sois encore vivante... sauf si c'est ton côté vampire, la force de sang-pur, et le sang de Xander qui te maintiennent en vie. Bon, réfléchissons à cette hypothèse. Les faës ont confirmé que la magie de ton grand-père t'a permis de survivre jusqu'ici. Mais je vais être franc avec toi, petite, un métamorphe coincé sous sa forme animale peut tenir des *décennies*. Certes, ils deviennent fous à mesure que la magie les ronge, mais ils survivent. En revanche, un métamorphe coincé sous sa forme humaine a deux, trois ans maximum. Et ton compte à rebours a déjà commencé.

Il se laisse retomber sur sa chaise et croise mon regard.

— La raison pour laquelle on n'a vu aucun changement dans ton état de santé, c'est que... Bon, c'est pas facile à dire, Tru, et ce n'est qu'une théorie.

Il lève les mains, arbore le masque professionnel du médecin.

— Ce n'est qu'une théorie, car ta nature unique rend toute prévision impossible, mais je pense que si tu ne peux pas te transformer, peu importe les soins qu'on te prodigue... tu vas mourir.

— D'accord.

J'enfouis ma tête sous mon sweat. Je comprends ce qu'il dit ; je pourrais mourir demain, la semaine prochaine... Je gonfle les joues et hoche la tête.

— Revenons à l'essentiel. Si j'arrive à convaincre un haut placé de vous donner accès à la base de données des métamorphes, vous accepterez d'y entrer mon ADN ?

Les yeux de Ross s'écarquillent. Je vois la surprise passer

sur son visage quand il réalise que je ne panique pas à l'idée de ma mort imminente.

Les créatures immortelles meurent aussi. Tout le monde meurt. La seule question, c'est : quand ? On se bat jusqu'au bout, c'est tout. Un homme extraordinaire a donné sa vie pour moi, et je ne le décevrai pas. Je mords ma lèvre et cligne des yeux pour chasser l'émotion. Je ne décevrai pas mon grand-père.

Alors voilà. Je me *bats*.

Dr Ross soupire, hésite, puis hoche lentement la tête.

— Si tu m'obtiens cette autorisation... Oui.

— Parfait.

Je lève un doigt et me saisis de mon téléphone resté sur le fauteuil.

En quelques secondes, je trouve le contact dont j'ai besoin et lance l'appel.

— Bonjour, puis-je parler au Général, s'il vous plaît ? Je m'appelle Tru Dennison, et j'ai besoin de son aide.

Chapitre Vingt-Six

Je me tords les mains, et Story me caresse la joue.

— Ça va aller, tu as fait tout ce que tu pouvais. C'est entre les mains du destin maintenant.

J'acquiesce. Merde, j'ai le trac.

— Ouais, soufflé-je.

Je sais qu'elle fait de son mieux, mais le destin n'a jamais été mon allié.

La clochette au-dessus de la porte retentit, et le premier des conseillers métamorphes entre.

Que le spectacle commence.

Il balaie le café du regard avec un air dédaigneux et se dirige vers une table que j'ai préparée exprès pour ce rendez-vous. À travers les grandes fenêtres du café, j'aperçois ses gardes du corps qui attendent dehors. L'un d'eux me fouille du regard, et je lui tourne le dos.

Le conseiller ne me considère pas une seconde, tandis qu'il essuie sa chaise avec un mouchoir brodé avant de s'asseoir en grommelant, résigné. Henry Phillips. Un métamorphe félin imposant et une véritable plaie.

Le métamorphe licorne est le deuxième à faire son entrée. Au moins, lui, m'adresse un signe de tête, appuyé d'un regard condescendant. Il s'installe sans préambule et salue le félin. Devant le café, le nombre de gardes s'est multiplié. Il y a désormais une joyeuse assemblée sur le trottoir.

À son tour, le dragon arrive. Au vu de sa taille et sa corpulence, on s'attendrait à l'entendre marcher, mais non. Tous ses mouvements sont silencieux. La clochette ne tinte même pas lorsqu'il ouvre la porte et se glisse à l'intérieur. Aussitôt ses yeux d'acier rencontrent les miens. Je le salue avec un sourire amical. Malgré sa réputation de terreur, je l'aime bien.

— Mademoiselle Dennison, dit-il à voix basse.

— Général, merci d'être venu.

Je lui indique la table réservée, minuscule pour lui. Je n'ose pas lui dire de s'asseoir. Honnêtement, je ne me vois pas donner des ordres à un vieux dragon. La grande chaise grince en signe de protestation alors qu'il prend place.

Puis entre le métamorphe rat, le conseiller Harrison. Il s'installe sans rien dire, mal à l'aise. Son langage corporel crie qu'il ne veut pas être ici.

Le dernier à pénétrer le café est le loup, qui passe le seuil comme si l'endroit lui appartenait, et ses yeux se posent sur moi avec une étincelle de colère. Charles Richardson. Un casse-tête et un vrai joueur. Il ne réfléchit pas à deux fois pour utiliser les gens comme des pions. Dommage qu'il n'ait pas compris qu'il s'aventurait sur mon terrain ce soir.

Tilly s'active pour servir des boissons aux métamorphes, puis je m'approche de la table.

— Bon, commence la licorne, nous sommes ici à ta demande, mademoiselle Dennison. J'ignore quelle était ton intention en changeant le lieu de rendez-vous, et bien que Xander ait insisté, nous ne cèderons pas aux caprices d'une enfant. Ce n'est pas toi qui décides ici.

On peut dire qu'il ne tourne pas autour du pot. Tant mieux.

J'opine du chef avec assurance. Je dois réprimer l'envie de lui coller mon poing dans la figure à travers la table. Mieux vaut s'abstenir ; ce serait une piètre façon d'entamer cette réunion grotesque. La fureur galope sur ma peau, tout mon corps est tendu.

Je me sens déjà emprisonnée.

— Nous avons décidé de nous passer de tes services, puisque les vampires se sont rétractés, annonce le félin en s'adressant à Xander. Dès ce soir, elle partira avec moi pour être sous ma protection.

Certainement pas. Putain, pour qui il se prend ? Si je connais son nom et son passé, c'est uniquement parce que j'ai cherché sur internet. On trouve tout quand on sait fouiller un peu. Cet inconnu s'attend à ce que j'obéisse et le suive sagement, sans s'être présenté. Heureusement qu'ils ne regardent pas dans ma direction, car je suis hors de moi. J'hallucine, je me fais traiter comme une gosse par une bande de snobinards écervelés.

J'étouffe la violence de mes sentiments, comme j'ai si bien appris à le faire depuis des années. Je me mords la lèvre pour veiller à la boucler. *Pas encore, Tru.*

Laisse-leur assez de mou pour qu'ils s'étranglent. Encore

un truc que mon grand-père disait. Je vais les observer pendant qu'ils s'enroulent la corde autour du cou.

— Pourquoi ça ? Pourquoi irait-elle avec toi, Phillips ? demande le dragon.

Le félin renâcle en gigotant sur sa chaise.

— La nature de cette hybride est rare. Nous voulons étudier son ADN. Les premiers examens sont très prometteurs. Je suis le mieux placé pour arriver à des conclusions. Elle procèdera à des examens plus poussés, biopsies...

Ah, me voilà un rat de laboratoire.

— ... une fois que nous aurons collecté toutes les informations, nous lui trouverons un compagnon, finit-il en hochant la tête vers la licorne.

Un rire sarcastique gronde dans la gorge de Xander.

— Un compagnon ? Et si elle refuse ?

Il se place devant moi, obstruant la vue des conseillers.

— Faut-il que je vous rappelle que Tru est une enfant ? Elle n'a que dix-sept ans.

Je lève les yeux au plafond et me décale. Et voilà qu'il gâche tout, *encore*. Il s'en sortait bien jusque-là. Mais non, il ne peut pas s'empêcher de se la jouer « rrrr » et protecteur. Il me fait passer pour une gamine. Je suppose que pour lui, c'est ce que je suis.

Cette pensée me démoralise. L'amour à sens unique, c'est une saloperie.

Non pas que j'aime ce grand mufle. Loin de là.

J'ai juste une relation passionnelle avec son sang, ça s'arrête là.

— Alors toute cette histoire de compagnon n'aura lieu que lorsqu'elle sera en âge de décider. En attendant, elle peut rester avec moi, jusqu'à ce qu'elle soit prête. Et je l'accompagnerai à chacun de ces examens.

À nouveau, il tente de se mettre devant moi, et je lui plante mon doigt dans les côtes.

— Arrête, soufflé-je.

— Cela ne te regarde plus, et son bien-être n'a pas d'importance, réplique le félin en reniflant encore.

Ce type aurait mieux fait de se moucher au lieu de nettoyer la chaise. Cette façon de renifler est dégueu.

— On prend ce que bon nous semble, affirme-t-il en agitant une main condescendante vers Xander.

Soudain, le café semble trop étroit pour contenir la vague menaçante d'énergie qui déferle de l'ange et du dragon.

— Depuis quand est-ce important ? Les femelles de nos jours gagnent en arrogance. Elles feraient mieux d'étudier le livre de Charles. Sa fille, Elizabeth, fait exactement ce qu'il lui dit, déclare la licorne. Celle-là apprendra à se tenir et à obéir, pour le bien de tous les métamorphes, ajoute-t-il en me désignant.

Un grondement monte de la poitrine du dragon et de celle de Xander.

— C'est important pour moi, et pour le peuple, sans l'ombre d'un doute, riposte-t-il. Vous ne la forcerez à rien. Ni elle ni aucune femelle. Que ce soit clair, conseillers, je ne le tolèrerai pas.

— Voyons, Général, cette fille ne vaut pas la peine qu'on se chamaille. Elle n'est personne. Nous agissons dans le cadre de la loi, et les lois ont un but, intervient le loup en m'adressant un sourire malveillant. Vous savez que vous ne pouvez pas vous mettre en travers de la puissance du conseil des métamorphes. Vous êtes peut-être fort, mais pas suffisamment.

Le loup, alias Charles Richardson, a déconné en beauté. De toute évidence, il n'a pas pris nos histoires au sérieux, car il a oublié de quoi le dragon d'argent était capable. Le rat, qui ne s'est pas encore exprimé, s'écarte de lui, écarquillant les yeux d'épouvante.

Mince, l'énergie ombrageuse qui émane du dragon serait plus efficace qu'une bouilloire. J'ai presque envie de me jeter à plat ventre sous une table. Avec son pouvoir, il pourrait le plier en deux. Mis à part le rat, ces bouffons sont trop imbus de leur personne pour se rendre compte du danger qui leur pend au nez.

— Nous lui trouverons un compagnon fort. Si elle n'engendre pas en moins d'un an, nous essaierons avec un autre métamorphe. Nous avons de bonnes procédures en place, explique la licorne sur le ton de la conversation.

Je tremble et me rapproche de Xander avant de lui attraper la main. Il se raccroche à la mienne, comme à une bouée de sauvetage, et me blottit contre lui, pour faire bonne mesure.

— Nous pourrons toujours la libérer dès qu'elle donnera naissance à un enfant. Bien entendu, l'enfant restera la propriété du père. Beaucoup de métamorphes dignes de ce nom ont besoin d'un héritier en mesure de se transformer. D'après nos premiers rapports, il y a soixante-quinze pour cent de chance pour que l'enfant puisse se transformer. Une excellente nouvelle. Il y a également une chance sur deux pour que l'enfant soit une femelle. *Une chance sur deux.* C'est du jamais vu. Depuis des années nous sommes au bord de l'extinction à cause du bas taux de naissance des femelles. Il semble que celle-ci soit immunisée contre tout ce qui entrave la reproduction des femelles métamorphes. Cela doit provenir du sang de vampire, déclare la licorne avec un signe de tête au félin. Je suis convaincu que le conseiller Phillips et son équipe médicale vous expliqueront.

— Écoutez, Général, c'est dans l'intérêt commun. Même vous ne pouvez fermer les yeux devant ça. Elle ne manquera à personne. Tout le monde s'en moque. En revanche, elle peut être un tremplin considérable pour l'ensemble des espèces — nos espèces — et je suis prêt à tout, même si ce n'est pas votre cas.

C'est bon, stop.

Je me libère de la main rassurante de Xander.

— Qu'est-ce que vous comptez faire au juste ? Me mettre en location, comme une chambre d'hôtel ? Vendre mon utérus au plus offrant ?

Mon intonation nonchalante dissimule le nœud qui serre mes cordes vocales.

Je suis fière de parler d'une voix aussi calme. La licorne tourne la tête vers moi et me regarde, comme s'il avait oublié ma présence parmi eux.

Toute cette conversation dépasse mes pires scénarios. *Bordel, quelle bande d'enfoirés...* Et dire que je me sentais coupable de ce que j'allais leur faire.

— Oui, confirme-t-il avec fermeté.

Je soutiens son regard, notant simultanément du coin de l'œil le mouvement de Xander qui esquisse un pas en avant. Je lève une main pour l'arrêter.

Je gère. Je dois me prouver à moi-même que je suis capable de me débrouiller.

— Pour que ce soit clair, est-ce là l'opinion de tout le conseil des métamorphes ? lancé-je à la table.

Trois des conseillers acquiescent, excepté le rat qui n'a pas quitté le Général des yeux. Je me demande même s'il a entendu un mot de ce que j'ai dit. Il est tétanisé.

— Les métamorphes sont tombés bien bas, déploré-je.

Mes yeux glissent vers la table derrière eux. Je reporte mon attention sur la licorne.

— Le fait que je sois une métamorphe licorne ne compte pas à vos yeux ?

— Tu n'es pas une licorne, crache-t-il, d'un ton haineux, colérique et teinté de mépris.

Je sens dans l'atmosphère le dégoût que je lui inspire.

— Ah non ?

— Non. Tu te fais passer pour une licorne avec tes cheveux multicolores, réplique-t-il en secouant la tête, les mains plaquées sur la table. Je connais tous les métamorphes licornes, et aucun d'eux ne s'abaisserait à forniquer avec une vampire pour engendrer une abomination comme toi.

Story, qui est restée perchée sur mon épaule, pousse un cri horrifié. Et je comprends sa réaction, ayant elle-même été qualifiée d'abomination par son clan en raison de sa nature hybride. Je lève ma main vers elle, tentant de la rassurer, et elle s'accroche à mon doigt. Les mots qui sortent de la bouche de ce type ne me font ni chaud ni froid.

— Oh, très bien.

Je hoche la tête, souris et laisse tomber ma main.

— Je vois où vous voulez en venir. Si je suis une telle abomination, en quoi est-ce une bonne chose de me passer de métamorphe en métamorphe ? Visiblement, je suis assez bien pour que le conseil approuve un viol collectif... Oups, désolée ! Comment doit-on appeler ça... ?

Je tapote ma bouche avant de le pointer du doigt.

— Un programme d'*élevage* approuvé par le conseil ? *Viol*, ça fait moche. Mais maintenant que vous êtes tous réunis autour de cette table, continué-je en dessinant un cercle invisible, sachez que je refuse. Et jamais je n'accepterai.

— Ne sois pas stupide, rétorque la licorne avec dédain.

— La personne stupide ici, ce n'est pas moi, contre-attaqué-je.

— Tu n'as pas le choix. Combien de temps allons-nous supporter ces simagrées ? Passez-lui les menottes et qu'on l'emmène au laboratoire.

— Personne ne la touche, menace Xander.

— Laissez-la parler, dit le Dragon au même moment.

— Pendant que vous faisiez tous les tests de compatibilité de mon utérus, avez-vous passé mon ADN dans la base de données ? demandé-je gaiement. Vous savez, l'ADN qui révèle mon arbre généalogique et le genre de métamorphe que je suis.

J'ai une terrible envie d'arracher la tête à ces connards.

— Vu vos tronches, j'en déduis que non. Je me trompe ? Non seulement ça vous était égal, mais vous ne vouliez pas qu'il y ait la moindre trace. Vous vouliez que je reste dans l'anonymat. Si je n'ai pas de famille, personne ne fera de grabuge pendant que je joue les poules pondeuses pour vous.

Je fais un signal à Tilly, qui s'approche avec des documents que j'ai préparés. Elle me les tend et, pendant une seconde, brave leur statut pour les toiser, avant de tourner les talons.

— Vous voyez où je veux en venir ? Je suis ravie d'avoir pris le temps d'enquêter sur l'ADN de mes ancêtres grâce à la base de données des créatures magiques, jubilé-je avec un grand sourire en leur distribuant une copie du rapport. Comme vous voyez, j'ai un parent ; j'ai surligné en rose pour que ce soit plus simple pour vous… D'ailleurs, j'ai tellement de chance que mon grand-père se trouve à cette table, achevé-je en frappant des mains.

Tout à coup, chaque métamorphe parcourt avidement les pages du rapport.

J'attends que la licorne arrive à la dernière page avant de lâcher ma bombe.

— C'est un plaisir de te rencontrer, papi Denby. Apparemment, je suis la fille de Ryan, fais-je en lui faisant coucou.

La licorne se décompose, et le rapport se met à trembler entre ses mains.

— C'est impossible. J'aurais perçu ta magie. Tu n'es pas une licorne, ce n'est pas possible, rugit-il, déchirant le document. Mensonge et falsification !

Cet homme, qui me donne la chair de poule jusqu'à la moelle, est mon grand-père. Sympa, la réunion de famille. On nage en plein délire quand même.

— Tu veux parler de la magie liée à ma corne de licorne ? La fameuse corne qui m'a été arrachée par *cet* homme quand j'avais six ans ? dis-je en balançant une photo de mon père sur la table.

— Tel père, tel fils, hein ? Je n'avais que six ans quand ton fils, ton cher Ryan, a utilisé sa magie pour que je me transforme précocement. Il a ligoté mes sabots et planté ses genoux dans ma nuque. Je hurlais de peur, mais ça ne l'a pas arrêté. Il s'est approché avec sa scie pour me trancher ma magie. Il a scié ma corne de mon front. Ma magie, mon âme. Il m'a privée de mon identité, bordel.

J'essuie rageusement une larme qui roule sur ma joue.

— J'ignore pourquoi il a fait ça. Lui seul pourra te répondre, mais c'est la raison pour laquelle je suis tombée malade alors que j'approche la majorité et que mon corps devrait se transformer naturellement. Le médecin a dit que j'allais mourir, car je ne peux pas me transformer sans ma corne. Je suis une bombe à retardement. En me retirant ma corne, mon père m'a condamnée.

Je pianote sur la table.

— Désolée, hein. Ça craint de découvrir que sa poule pondeuse ne survivra pas pour mettre à exécution ses plans dégueulasses, dis-je avec un trémolo.

Je ravale ma salive et redresse le dos.

— Alors papi, par curiosité, tu as toujours envie d'organiser une tournante pour ta petite-fille ?

Chapitre Vingt-Sept

La licorne continue de fixer le rapport réduit en charpie. Je crois que j'ai fait sauter un plomb dans son cerveau.

— Je dois vérifier... Ce n'est pas possible... Il t'a retiré ta corne..., balbutie-t-il.

— Ah, et ce n'est pas tout.

Mon pauvre Denby, je viens à peine de commencer. Eux ne voient qu'une ado de dix-sept ans, mais sous les apparences se cache une stratège redoutable. Et ça, je le dois à l'homme formidable qu'était mon grand-père. Je parle du faë, pas de cet enfoiré de licorne.

J'adresse un signe de tête à l'autre table, qui se trouve derrière eux, d'où la magie cesse de faire effet.

La potion d'invisibilité instantanée, qui m'a coûté une

blinde, se dissipe, révélant une femme dévastée et furieuse dans une tenue de haute couture.

Un chemisier blanc rentré dans une jupe marine souligne sa taille de guêpe, flattant sa silhouette élancée. Ses cheveux offrent une palette automnale — roux, rouge et jaune — ramenée dans un élégant chignon. Des éclairs multicolores dansent dans ses yeux furibonds, qui ressemblent à des arcs-en-ciel miniatures.

Elle quitte sa chaise, puis abandonne gracieusement sa table. Ses talons aiguilles martèlent le sol en rythme tandis qu'elle se dirige vers les conseillers.

Elle lève une main, qui s'abat violemment sur le visage de la licorne. La gifle résonne dans le silence pesant de la pièce. Une rougeur marque aussitôt la joue de la licorne, qui reste pétrifiée.

L'expression de choc qui lui paralyse les traits est... jouissive.

— Quand une petite insolente m'a appelée pour me faire part de ses inquiétudes, je lui ai ri au nez. Ce n'étaient que des rumeurs, des suppositions... Il n'y avait ni fondement ni preuve.

Elle se tourne vers moi, et je distingue une lueur de regret dans son regard. Elle déglutit, puis retourne à son compagnon.

— Je lui ai dit que c'était une menteuse et que je me présenterais ce soir pour lui prouver qu'elle avait tort.

Elle toise les autres conseillers, qui ne savent plus où se mettre.

— Je suis venue lui donner tort, la faire passer pour une imbécile. J'étais convaincue. Il était impossible que...

Elle secoue la tête, dépitée.

— C'était impossible que toi, mon amour, mon compagnon à la morale exemplaire, tu séquestres une enfant pour abuser d'elle. Il était inconcevable que tu te comportes comme ça... comme un vampire.

Sa voix se brise. Elle ravale la boule dans sa gorge et s'humecte les lèvres avant de reprendre.

— Je sais que, par moments, notre espèce a failli... mais pas toi.

Elle plaque sa main sur sa bouche, horrifiée.

— Je lui ai dit que tu étais un être d'intégrité, de compassion et de loyauté. L'homme que j'aime et avec qui j'ai partagé des siècles ne ferait *jamais* une chose pareille à une femme. Encore moins à une enfant.

Elle tousse, et ses poings se contractent le long de son corps.

— Elle m'a agacée, alors je suis venue ce soir pour l'humilier, continue-t-elle en m'adressant un regard. Ce que j'ignorais, c'était qu'elle était ma petite-fille. Et je crois qu'elle-même ne le savait pas quand elle m'a appelée.

Je confirme d'un signe de tête. Les documents me sont parvenus une heure plus tôt, avant la réunion. C'était écrit, le destin... Elle était la seule compagne avec du cran que j'ai trouvée.

Mais j'ignorais que les conseillers iraient aussi loin, étalant sans vergogne leurs plans machiavéliques.

— Non, j'ignorais qu'elle était notre petite-fille. Je l'ai découvert en même temps que toi. Malgré tout, j'ai dû rester là...

Elle indique la table avant de pointer un doigt rageur vers son compagnon, en le regardant de haut.

— ... à t'écouter déballer des horreurs. Tu n'es pas

l'homme que j'ai épousé, tu es répugnant. Avant qu'elle te donne les résultats de son ADN, j'étais déjà prête à la protéger… de toi et de tes acolytes. Mais maintenant que je sais qu'elle est de mon sang… La récré est finie pour vous. Les temps ont changé. Le conseil des métamorphes est dépassé, obsolète et, surtout, immoral. Je ne resterai pas les bras croisés à te regarder nous détruire, nous et notre espèce. Combien de nos femmes doivent mourir ? Tru a raison. Notre espèce est tombée bien bas.

Elle se tourne vers le dragon pour s'adresser à lui.

— Général, vous devez faire le ménage, faites appel à la guilde des chasseurs et aux chiens de l'enfer. Cela ne s'ajoute-t-il pas à ce dont a souffert votre pupille ? Quand la vérité éclatera au grand jour, ce sera l'anarchie. Vous devrez vous tenir prêt. Si le conseil refuse de céder le pouvoir, prenez-le *de force*.

Je reste interdite en voyant le dragon acquiescer.

— Ann, je t'en prie, nous pouvons en parler, je…

— Non, le coupe-t-elle. Et Denby, ne t'avise pas de rentrer à la maison. C'est terminé.

Elle croise mon regard, laissant libre cours à ses larmes qui reflètent celles qui ruissellent sur mon visage. Elle prend ma joue dans sa paume.

— S'il te plaît, mon enfant, pardonne-moi, m'implore-t-elle en séchant mes larmes de son pouce.

— Il n'y a rien à pardonner, je réponds d'une voix enrouée. Vous êtes venue, quelle qu'en soit la raison. Je ne savais pas que ce serait aussi terrible, je suis désolée. J'ai semé la pagaille dans votre vie.

Lorsqu'elle se penche vers moi, un mélange d'herbe et

de tournesol m'emplit les narines. Son odeur. Je me sens rassurée.

— Ce n'est pas ta faute. J'ai été aveuglée par mon optimisme. Maintenant que j'ai recouvré la vue, la réalité me crève les yeux ; et ce n'est en rien ta faute, dit-elle en soupirant de chagrin. Rien n'arrive par hasard. J'ai perdu un compagnon, mais j'ai trouvé une petite-fille incroyablement intelligente et forte.

Elle m'embrasse le front.

— On se parle demain, dit-elle avant de baisser d'un ton. Publie toute la vidéo.

Je hoche la tête. Elle sourit à Story et lui caresse affectueusement le menton du bout du doigt.

Les talons de ma grand-mère claquent, la clochette signale sa sortie du café, et la porte se referme doucement sur elle.

— Une vidéo ? souffle le loup, qui est le premier à sortir de sa torpeur.

— Ah, vous avez entendu. Oui, monsieur Richardson...

— Conseiller, me corrige-t-il entre ses dents.

D'après mes sources, il n'est qu'un remplaçant, et cela ne fait qu'une semaine qu'il occupe ses nouvelles fonctions. Je n'aimerais pas être à sa place.

— Plus maintenant, répliqué-je avec un sourire triomphant en agitant le doigt vers le plafond. Des micro-caméras ont enregistré tout ce que vous avez dit ce soir. Si vous faites attention, vous apercevrez une douzaine de caméras disposées tout autour de nous.

Les caméras magiques et high-tech se sont révélées très efficaces. Heureusement que Grand-père les gardait dans la réserve miniature.

— Donne-nous l'enregistrement, ordonne le félin en se levant d'un bond et en contractant ses bras massifs.

— Sinon quoi ? riposté-je. Qu'est-ce que vous allez faire ? Asseyez-vous.

— Alors comme ça, tu crois pouvoir publier la vidéo ? Petite garce insolente, tu n'en feras rien. Enfermons-la, exige le loup.

— Vous n'avez toujours pas compris, Charles ? dis-je en secouant la tête comme une maîtresse qui réprimande ses élèves. Ma vie était en jeu, je ne pouvais rien laisser au hasard. Dès que ma grand-mère a donné son accord, l'enregistrement de cette réunion a commencé à être diffusé sur internet. On est maintenant en direct. Faites coucou à vos fans.

— Qu'as-tu fait ? Tu vas déclencher une guerre civile, couine le rat.

Je hausse les épaules.

— Ce n'est pas mon problème, mais celui du conseil. Je présume qu'il vous reste à peu près cinq minutes pour trouver un endroit sûr...

Puis j'ajoute d'une voix sombre :

— Les chiens de l'enfer arrivent.

Chapitre Vingt-Huit

— Le Général et les chiens de l'enfer traquent tous les métamorphes corrompus. Ils vont finir par me trouver, et je n'ai ni la force de fuir ni celle de me battre.

J'éloigne le téléphone de mon oreille et fixe l'écran. Les mots de mon grand-père résonnent dans ma tête. Ce n'est pas ma faute. Tout repose sur lui, sur ses actions, ses intentions. Je n'y peux rien si ses décisions pourries lui explosent à la gueule.

Est-ce qu'il attend de moi que je l'aide ? Que je le sauve ? Il est peut-être mon grand-père biologique, mais il n'est pas ma famille.

— Le Conseil a pris beaucoup de mauvaises décisions, dis-je avec diplomatie.

Sérieusement, ils ont poussé le pays tout entier au bord du gouffre. Les créatures étaient déjà en ébullition après le suicide — ou plutôt la mort inexpliquée — de cette jeune métamorphe, et maintenant, avec ma vidéo explosive...

Punaise, le timing ne pouvait pas être plus parfait.

— Je suis surprise que tu ne sois pas déjà mort.

Ma poitrine se serre à mes propres mots horribles. *Bon sang, Tru. T'étais obligée d'aller aussi loin ?* Je devrais m'en foutre d'être sympa ou non. Mais la gentillesse n'est pas une faiblesse et je refuse de perdre mon humanité sous prétexte que je suis liée, par la génétique, à ce monstre.

— Je dois te voir en personne, ce soir.

Je grogne et me frotte le visage.

— Très bien. Viens chez Xander. Je t'enverrai le nouveau code du portail par texto.

— Il y a une sorcière qui possède plus de pouvoir qu'elle ne devrait. Depuis dix ans, sa puissance ne cesse de croître.

On est dans le salon ultra-luxueux de Xander, assis l'un en face de l'autre. Quand le métamorphe licorne a dit qu'il voulait me parler... Je n'imaginais pas que ce serait ça le sujet.

— La magie grise ne nous concernait pas. Mais il y a quelques années, j'ai découvert qu'elle ne se servait ni de potions ni de sortilèges. Elle tire son pouvoir d'un collier d'os, murmure-t-il en haussant les sourcils d'un air lourd de sens. Un collier d'os multicolore.

— Multicolore ?

— Arc-en-ciel.

Putain.

Mon cerveau cale. Je reste figée, le regard vissé à lui. *Os multicolore.*

— Tu insinues que ce collier est fait de corne ?

Les mots se brisent sur mes lèvres sèches. Je hausse les sourcils à mon tour, le cœur au fond de la gorge. Je déglutis péniblement.

— Ma corne ? murmuré-je.

— Oui.

Waouh. Je plaque une main contre ma bouche et secoue la tête. Les implications de cette révélation me frappent de plein fouet. C'est énorme. Papi licorne a lâché une bombe.

Merde, peut-être qu'on se ressemble plus que je le pensais... C'est flippant, non ? Je me gratte la nuque. Putain, donc il y a une possibilité que cette sorcière ait ma corne. Mon estomac se retourne, et je lâche un souffle nerveux.

C'est ma première piste, et bien que je ne fasse pas confiance à ce type, je sais que je dois au moins vérifier. Je n'ai pas le choix. Mon côté métamorphe est en train de mourir. Je ne mentais pas en disant aux métamorphes que, sans ma corne, je suis une morte en sursis. Même avec le sang d'ange de Xander et sa précieuse magie de guérison, ça ne suffira pas.

Le métamorphe licorne reste silencieux. Il m'observe, patient, pendant que mes émotions défilent sur mon visage. Il me laisse réfléchir.

Est-ce un piège ? Je plisse les yeux. Denby — mon grand-père, ha, j'arrive toujours pas à m'y faire — pose un objet sur la table en verre, avec une précaution infinie.

— Voici la preuve de ma bonne foi.

Un frisson de pure magie m'enveloppe. Je la ressens

dans tout mon corps. Elle résonne en moi, vibre dans mes oreilles. Un bourdonnement sourd pulse dans ma poitrine, par vagues presque douloureuses. Il me faut une seconde. Je cligne des yeux. Oh non. L'air me manque. C'est... une corne de licorne. D'un bleu-vert profond, elle fait *à peu près la longueur d'un katana*, environ soixante centimètres, mesure mon cerveau pragmatique. L'entraînement aux arts martiaux sert même dans les situations les plus improbables.

C'est sa corne.

Je détourne enfin mon regard de l'objet et fixe mon grand-père.

Il voit mon choc.

— Je ne peux pas accomplir cette mission moi-même. Ma position me l'interdit, et vu le contexte actuel, ça déclencherait une guerre avec les sorcières. Une guerre que nous ne gagnerions pas. Cela fait des années que les licornes la surveillent. Qu'elles attendent une opportunité. Mais tant que le propriétaire de la corne ne se manifestait pas, nous ne pouvions pas intervenir.

Il hausse les épaules.

Je pensais que son teint blafard venait de la situation politique, des émeutes, de la traque du conseil des métamorphes. Mais non. Il est pâle parce qu'il lui manque la source de sa magie.

— Je crois, ma petite-fille, que la corne que cette sorcière détient t'appartient. C'est ton bien. Tu as tous les droits, juridiques et moraux, de la récupérer. Mais il te faut de la force et du pouvoir. Je sais que sans ta propre corne, tu te meurs.

Il désigne de la tête la corne posée sur la table.

— C'est la seule façon dont je peux t'aider, ajoute-t-il

avant de rire doucement. Je sais que mettre ma propre corne en jeu ne suffira pas à gagner ta confiance. Quoi que tu penses de moi, je ne suis pas stupide. Je sais que mes actes sont impardonnables. Mais...

Sa voix se brise. Il passe sa langue sur ses dents, puis inspire lentement, comme si parler lui faisait mal.

— Mes actes ont brisé le cœur de ta grand-mère. J'ai toujours été un homme mauvais. J'ai fait tout ce qu'il fallait pour arriver en haut. Mais ta grand-mère ? Elle est la lumière de ma vie. Et j'ai tout gâché, dit-il en secouant la tête. Alors s'il te plaît, accorde-moi cette faveur... Laisse-moi être l'homme qu'elle a toujours cru voir en moi.

Ses doigts tapotent la table en verre, puis glissent lentement vers sa corne, comme attirés malgré lui. Il ramène brutalement sa main en arrière.

— J'aimerais aussi réparer les erreurs de mon fils.

Un silence tombe entre nous, rythmé par les vibrations sourdes de sa corne.

— Quand tu seras prête, je suis sûr que ta grand-mère t'aidera à en apprendre plus sur ta mère et sur cette branche de ta famille. Tu lui ressembles tellement, dit-il d'une voix rauque.

Je me racle la gorge.

— Oui, j'aimerais bien.

— Laisse-moi t'aider. Je te fais confiance, dit Denby avant de soulever sa corne avec un respect presque religieux. Je remets ma vie entre tes mains.

Ces choses ne s'enlèvent pas comme ça.

Je frissonne.

Pour préserver ma santé mentale, j'ai refoulé le souvenir du moment où on m'a arraché ma corne. Ma main ne peut s'empêcher de frotter mon front. Mais la vérité s'est infiltrée dans mes rêves. La nuit, je me souviens de ce jour-là. Je revis la douleur. L'agonie. C'était comme si on me brisait tous les os en même temps.

J'étais une petite fille.

Mon grand-père tient dans ses mains son pouvoir, sa magie, son *âme*.

Je hoche la tête en signe d'acceptation et ouvre la bouche, prête à prononcer un beau discours sur mon engagement et mes efforts à venir, mais avant que je puisse dire quoi que ce soit, Denby tourne son poignet et la corne fonce droit vers mon visage.

Je pousse un couinement involontaire et bascule en arrière dans le fauteuil, mais il suit mon mouvement. L'extrémité plate de la corne percute mon front. Une onde de puissance explose dans la pièce, soufflant mes mèches en arrière, accompagnée d'une lumière blanche aveuglante.

Je cligne des yeux très vite en étouffant un gémissement. Quand ma vision revient enfin, le monde n'est plus le même.

Je sens mon sang circuler dans mes veines. Il brûle de *puissance*.

L'air lui-même a un goût.

Tous mes sens sont décuplés, cent fois plus aiguisés. Je me sens... invincible.

Non. Pas invincible. Je me sens comme une métamorphe licorne. Je me sens comme une vampire.

Je ravale la boule dans ma gorge en réalisant la gravité de ce que mon père m'a fait. Ce qu'il a détruit. Comment a-t-il pu me faire subir ça en connaissant le sentiment d'être entier ? Même si cette magie n'est pas la mienne, elle fusionne avec moi.

Je cligne des yeux rapidement. Je ne vais pas pleurer, pas ici, pas maintenant. Je vais enfouir mes émotions et je m'en occuperai quand j'aurai le temps.

Je me concentre sur mon grand-père avec cette nouvelle vision. Elle me révèle tout ce que j'ai manqué jusque-là, chaque détail. Denby est d'une pâleur cadavérique. La douleur pèse sur ses traits, tire les coins de ses yeux.

Je comprends son sacrifice mieux que personne. Même si ce n'est que temporaire, le temps que je récupère ma corne auprès de la sorcière. Chaque seconde que je perds le fait souffrir. Sans sa magie, son corps dépérit lentement.

C'est un sacrifice énorme.

— Merci, soufflé-je.

Un mot dérisoire face à un tel don de la part de cet homme. Je l'ai cru maléfique. Chaque fois que je l'ai croisé, il m'a prouvé sans l'ombre d'un doute qu'il n'était pas un homme bien. Mais même lui est capable de rédemption. C'est peut-être un monstre, mais un monstre avec une famille. Ma grand-mère et peut-être... peut-être moi ?

— Je te promets de faire tout ce qui est en mon pouvoir pour récupérer ma corne et te rendre ce qui t'appartient.

Il hoche la tête.

— Je le sais. Je connais la réputation du faë qui t'a élevée.

Son expression change et son côté sombre transparaît.

— Récupère ton âme, enfant de mon enfant, et tue cette sorcière. Punis-la. Fais d'elle un exemple pour protéger les dernières licornes. Que tout le monde sache ce qui arrive aux créatures qui volent la magie. Tu dois le faire, quel qu'en soit le prix, ajoute-t-il le regard encore plus dur.

J'opine.

— Oui, Grand-père.

Alors que nous nous dirigeons vers le portail, Denby glisse un morceau de papier dans ma main.

— Ils t'arrêteront si tu leur en laisses l'occasion. Te protéger ne fera qu'accélérer ta mort.

Sa voix est si basse que même avec mes nouvelles oreilles de super-métamorphe, j'ai du mal à l'entendre. J'opine et fourre le papier dans ma poche.

Denby ouvre la porte du portail et s'appuie lourdement contre le cadre.

— Le tueur à gages faë a fait un travail remarquable pour te protéger, dit-il avant de déglutir. Et pour t'élever... Tru, je sais que c'est difficile à croire, mais personne ne connaissait ton existence. Tes parents t'ont cachée au monde entier. Il n'y a jamais eu la moindre rumeur sur l'existence d'une hybride métamorphe-vampire.

Il secoue la tête, puis poursuit.

— À l'époque de ta conception, ton père menait cette... double vie dont nous n'avions aucune idée. Pour ce que ça vaut... Je suis désolé.

— Ouais, bon... euh... merci. À bientôt.

Avec un sourire crispé, il recule et disparaît dans le portail.

Quand je retourne au salon, Xander se détache du mur.

Cet enfoiré s'était caché avec sa magie d'ange pour éviter d'être détecté par Denby.

— Je ne l'aurais jamais cru si je ne l'avais pas vu de mes propres yeux.

Mon cœur bondit et je manque de porter la main à ma poche, mais je me fige en réalisant que Xander parle de la corne prêtée qui s'est fusionnée à mon front. *Putain Tru, t'auras jamais une carrière d'espionne.*

— Je sais, chuchoté-je.

— Comment te sens-tu ?

Je lève les yeux vers Xander, et même lui semble diffé-rent à mes nouveaux yeux. Il est encore plus beau. Son visage devient flou alors que mes yeux se remplissent de larmes.

— Entière, soufflé-je. Je me sens entière, forte, normale.

C'est la première fois de ma vie que je me sens normale. Enfin, ce que je suppose être la normalité. Ma main trem-blante monte vers mon front, mais je m'arrête en plein mouvement. Mes poings se ferment et retombent le long de mon corps, mes ongles s'enfoncent dans mes paumes. Me frotter le front est... Merde, je sais que la corne ne se déta-chera pas, mais pour l'instant, il vaut mieux ne pas toucher cet endroit.

L'émotion me submerge.

— Ça fait...

Ma voix s'étrangle.

— Ça fait beaucoup à encaisser, termine Xander.

Je hoche la tête, gênée.

Je renifle.

Xander soupire. Puis il s'approche. Son torse en béton se colle contre mon dos, et il me serre dans ses bras.

— Tu... tu me fais un câlin ? m'étonné-je.

Xander grogne une réponse indistincte. Je m'abandonne contre lui. Mon corps entier tremble sous le poids des émotions que j'essaie d'étouffer.

Ces derniers mois ont été un peu trop intenses. Je suis passée d'un cercle de deux... à juste moi, toute seule. À lutter contre le monde entier, convaincue que j'étais en train de mourir à petit feu. Et maintenant je suis vivante, plus vivante que jamais, et j'ai plus de créatures dans mon cercle qui s'agrandit rapidement, plus de responsabilités que jamais. Et ça me terrifie.

Je déteste le changement.

Je le gère mal. Je renifle et lève la tête vers le plafond. Je suis arrivée jusqu'ici par mes choix, et je ne regrette rien.

J'aime Dexter et Story.

Putain, j'aime même cet abruti d'ange.

Je ne veux pas revenir à cette solitude étouffante. À cette lente agonie, cette sensation de mourir à petit feu. Je ne veux pas redevenir cette fille à qui il manque un morceau de son âme. Je suis foutue. Ça fait quoi, vingt minutes ? Et pourtant, je me sens plus complète que jamais. Et c'est terrifiant.

Maintenant, je sais ce que j'ai perdu. Et je suis mille fois plus terrifiée.

Qu'est-ce qui se passera si j'échoue ? Si je déçois mes amis ? Si je me déçois ? Et si... si je ne récupère pas ma corne ? Parce que je vais devoir rendre celle-ci à Denby Jones. Je tente d'avaler ma terreur, mais trop d'émotions remontent, débordent, m'étouffent. Un sanglot m'échappe.

Merde, je ne veux pas retourner dans les ténèbres. Je ne veux pas et je ne pense pas pouvoir le supporter. Mais je sais que je vais le faire parce que je n'ai pas le choix. Un sourire triste étire mes lèvres, et un petit gémissement s'échappe de ma gorge serrée. Je ne peux faire que ce qui est juste.

Xander me fait pivoter face à lui. Puis il s'assied sur le fauteuil et m'entraîne avec lui dans sa chaleur. Mes jambes retombent de part et d'autre de ses hanches, et je m'accroche à lui. Ses bras puissants m'enveloppent, il plaque ma tête contre son torse. Une main tiède trace des cercles dans mon dos, tandis que l'autre se referme doucement sur ma nuque.

— Tu devrais être fière de toi. Tu as défié le conseil des métamorphes et tu as gagné. Tu aurais pu t'enfuir. Le Général t'aurait aidée.

Il repousse une mèche rebelle derrière mon oreille et appuie son menton sur le haut de ma tête.

— Moi aussi, j'aurais tout fait pour te cacher.

Je ne suis pas du genre à aimer les câlins. Les contacts physiques, c'est pas mon truc ; moins il y en a, mieux je me porte. Mais là, je ne peux pas m'empêcher de me blottir contre lui. Je respire son odeur du mieux que je peux malgré mon nez bouché.

— Quand tu m'as demandé de te faire confiance pour organiser cette rencontre, j'avais des doutes.

Xander secoue la tête. Son menton râpe légèrement mes cheveux avec sa barbe naissante.

— Mais tu as réussi. Bon, d'accord, tu as peut-être causé un chaos national et quasiment anéanti le conseil des métamorphes à toi seule, mais... tu l'as fait. Et tu as aussi donné aux autres créatures une raison de te craindre.

Il effleure mon bras nu du bout des doigts.

— Et maintenant, tu as la corne de ton grand-père, son pouvoir, et avec ça, tu vas partir en quête de ce qu'on t'a volé. Je ne doute pas un instant que tu vas récupérer ta corne.

Ses lèvres effleurent le sommet de ma tête. Puis, d'une voix plus basse, plus intime, il ajoute :

— Mais ça, c'est un problème pour demain. Alors, si tu as besoin d'un moment pour pleurer, pour évacuer tes émotions, sache que je ne te laisserai pas tomber. Je te tiens. Je suis là, petite ombre.

Je m'accroche à lui, et les larmes que je retiens depuis une éternité jaillissent et trempent sa chemise.

Chapitre Vingt-Neuf

Je suis submergée par la vague de magie qui émane du magasin ; elle est plus intense que la dernière fois. Pendant une seconde, le monde tangue et des points noirs piquent mon champ de vision. Pour ne pas défaillir et garder l'équilibre, je m'agrippe au chambranle. Mes fesses cognent la porte en bois, et je grimace lorsqu'elle s'écrase contre le mur.

Merde, je crois que je l'ai bousillée. *Super, Tru... Pas sûr qu'on s'y prenne comme ça pour demander de l'aide à quelqu'un.*

Je secoue la tête et cligne frénétiquement des yeux pour reprendre mes esprits. Une fois que je suis certaine de tenir sur mes jambes, mes ongles relâchent l'embrasure dans laquelle ils sont plantés ; à coup sûr, j'ai laissé des traces de griffes dans le bois. Mes jambes peinent à me soutenir. Bon sang, il va falloir que je m'habitue au pouvoir de cette corne.

Même sous ma forme humaine, c'est compliqué. Je n'arrive pas à marcher droit.

Mon estomac se noue. *Putain, j'arrive pas à croire que cet après-midi, je vais essayer de me transformer.* Je chasse cette vision de ma tête. Ce n'est pas le moment de penser à ce problème, on verra ça plus tard.

Les guiboles flageolantes, je pénètre dans le magasin. Une adolescente — plus jeune que moi, apparemment — se détourne en maugréant de l'étagère qu'elle est en train de ranger. Elle me toise de haut en bas en essuyant ses mains sur son tablier.

— Les métamorphes femelles sont rares par ici, dit-elle, cinglante, un sourire mauvais sur les lèvres.

Je chancèle comme si elle m'avait giflée.

Elle soupire dédaigneusement, puis me tourne le dos pour retourner à son étagère qu'elle continue de remplir de jarres. *Mais quelle idiote !* Évidemment qu'elle perçoit la magie de licorne. Je n'ai même pas réfléchi aux autres créatures capables de déceler la magie en moi.

Non, je n'ai pas réfléchi *du tout*, encore moins en échappant à la vigilance de mes gardes. Je n'avais pas le cœur à expliquer à Xander que je refusais qu'il traque la sorcière pour moi. Après la séance câlin d'hier, ses mots me reviennent : *Ne t'inquiète pas pour la sorcière. Je vais m'en occuper. Laisse-moi quelques jours.* J'ai interprété ça comme : *Arrête de réfléchir, tu vas te faire mal, ma jolie. L'ange baraqué va régler tous tes problèmes à ta place.* Il peut se toucher, oui.

Mes yeux glissent vers la fenêtre et la rue vide. Heureusement que c'est le petit matin, j'aurais pu tomber sur un mâle métamorphe, me battre avec un de ces idiots que

Xander a tenu à engager pour veiller sur moi. Me faire kidnapper pour ma propre sécurité foutrait sacrément ma journée en l'air.

J'imagine que je vais devoir réévaluer la situation, car pour l'instant, je ne peux plus masquer ma nature. Ma corne plantée sur mon front ressemble à un gyrophare magique.

Je me perds dans le flot précipité de mes pensées. Comme je ne dis rien, la fille se tourne et continue de râler dans son coin :

— ... surtout quand ces métamorphes n'ont aucune manière et pensent qu'il est normal de faire sauter la porte d'entrée.

Elle me décoche un sourire pincé.

Heureusement que le regard ne tue pas, sinon je serais déjà six pieds sous terre. Je me frotte la nuque, ne sachant par où commencer.

— Écoute, excuse-moi. J'ai pas voulu bousiller ta porte, j'ai pas fait exprès. J'ai juste été étourdie par la magie du magasin. Je n'ai pas l'habitude de graviter dans un concentré de magie ; j'ai eu le vertige.

Elle plisse les yeux d'un air dubitatif.

— Je paierai les réparations, assuré-je, bredouille.

— Heather, ne sois pas malpolie, lance Jodie en sortant de l'arrière-boutique. Tru, c'est ça ? Tu es une amie de Tilly, tu avais ramené la pixie pour la soigner.

Je me détends légèrement quand j'aperçois son visage amical, ignorant soigneusement l'ado en crise.

— Comment va-t-elle ?

— Oh, Story ? Super, merci de demander.

Je lui souris de toutes mes dents, ravie de changer de conversation.

— Elle vit toujours avec toi ?

— Oh oui ! C'est ma meilleure amie, expliqué-je en hochant vigoureusement la tête. Elle bosse au café avec moi. Tilly lui a offert un poste de décoratrice de gâteaux. Elle est vraiment douée.

J'ai laissé Story au café avec les gardes. Elle travaille sur un énorme gâteau pour une jeune mariée qui en veut toujours plus. Un étage de plus, un million de fleurs en plus... Story est aux anges, alors que moi... Pour la faire simple, j'ai envie de coller mon poing dans la figure de cette nana. Alors pendant que Story escalade le gâteau Everest, je me suis dit que, puisque les rues sont vides et les stores de magasins baissés, je pourrais me faire la belle et passer faire un coucou à Jodie... lui poser quelques questions sur une certaine voleuse de corne.

— C'est merveilleux, répond-elle.

Puis, son sourire faiblit et elle incline la tête, intriguée.

— Je suis persuadée que tu étais humaine la dernière fois que tu es venue ici. C'est bizarre...

À nouveau, Heather soupire avec mépris. Ses boucles blondes rebondissent lorsqu'elle rejoint Jodie.

— Tu ne regardes jamais les infos ou quoi ? Tout le pays part en vrille. Les métamorphes se rebellent et le conseil se fait décimer, et c'est sa faute. C'est elle, l'hybride qui est passé à la télé, m'accuse-t-elle en pointant son doigt vers moi. Tu sais... la bâtarde métamorphe-vampire.

— Heather ! s'offusque Jodie.

— Ouaip, c'est moi.

Je plante mes mains dans mes cuisses et m'empresse de

porter mon attention ailleurs. Une bâtarde, hein ? Mieux vaut que je me concentre sur le fil qui pendouille de mon haut.

— Qu'est-ce qui t'arrive ? Tu es infecte aujourd'hui. Nous avons toutes les deux perdu un ami, je sais que tu es en colère et en deuil, mais ça ne te donne pas le droit d'être désagréable et cruelle, la réprimande-t-elle.

Si Heather ne fait pas attention aux conneries qu'elle débite, elle risque de se retrouver sans dents. Oh, et puis, merde. Je me dirige vers la porte en haussant les épaules. Je trouverai mes infos ailleurs. Je n'ai pas envie de rester pour m'en prendre plein la gueule par une ado imbuvable convaincue de la suprématie des sorcières ni de l'écouter se faire remonter les bretelles.

Cependant, les paroles de Jodie percent la cuirasse de ma colère. *Nous avons toutes les deux perdu un ami, je sais que tu es en colère et en deuil.* Je suis bien placée pour savoir que le deuil retourne les gens...

— Désolée pour votre ami, marmonné-je.

— Tru, ne pars pas sans ce que tu es venue chercher. Je suis désolée, elle n'aurait pas dû t'insulter. Heather, tu me déçois énormément.

Je tourne la tête vers l'ado qui flanche et dont les yeux s'embuent.

— Vraiment désolée, Tru, poursuit Jodie.

— C'est rien.

— Non, ce n'est pas rien. S'il te plaît, laisse-moi te préparer un thé dans l'arrière-boutique. Si tu as bravé le chaos ambiant, tu dois avoir une bonne raison. Et je dois me faire pardonner la mauvaise conduite de ma nièce.

Elle lui lance un regard noir avant de lui parler sur un ton plus dur :

— Toi et moi, jeune fille, nous allons avoir une conversation. Ne prévois rien les prochains jours, tu es privée de sorties. Maintenant, excuse-toi.

— Désolée, ronchonne-t-elle.

Jodie plisse les yeux, mécontente. Je l'entends mentalement lui dire : *attends qu'on soit toutes les deux, ma petite.* Heather ne sait plus où se mettre.

— Viens avec moi, Tru.

Jodie se dirige vers l'arrière-boutique, où elle avait soigné Story.

Je lui emboîte le pas docilement. Je ne veux pas en rajouter, elle fiche la trouille quand elle s'énerve. Je me laisse retomber sur une chaise. Jodie virevolte dans l'arrière-boutique, préparant tout ce qu'il faut pour le thé. Le regard vitreux, je laisse mon ongle suivre les rainures du bois de la table en repensant aux paroles de Heather. *Tout le pays part en vrille. Les métamorphes se rebellent et le conseil se fait décimer, et c'est sa faute. C'est elle, l'hybride qui est passé à la télé.*

Je ne m'attendais pas à prendre aussi cher. Je pensais que la colère serait dirigée contre le conseil, et non contre moi. Le monde entier... *N'exagère pas, Tru. Le monde entier ?* OK, le *pays* entier part en sucette. Les métamorphes parlent de changements drastiques, de nouvelles lois. Ils comptent virer le conseil actuel pour le remplacer par une assemblée.

Ce qui est génial. Par contre, ce qui l'est moins, c'est le buzz que ma vidéo a fait. Tout le monde en parle. Mon visage fait la une des infos. Ça me donne de l'urticaire dont je ne suis pas près de me débarrasser.

Étrange, non ? Quelle que soit sa peur, on y est confronté, tôt ou tard.

Dans ma tête, je croyais que le pire qui pouvait arriver était qu'on expose ma nature hybride sur la place publique, avant de me faire massacrer... ou que je passe à la télé et sur les réseaux pour la folle qui aurait perdu la tête, avant de me faire massacrer. J'ai encore du mal à croire que mon plan machiavélique contre le conseil a été de me dévoiler au grand jour sur la chaîne nationale, pour dénoncer leurs manigances.

Je me suis piégée toute seule. C'est moi qui ai concrétisé ma *peur*, qui l'ai matérialisée dans la réalité. En une nuit, je suis devenue le phénomène des réseaux.

Youpi.

Et c'est aussi affreux que dans mon imagination. C'est dingue de se dire que tout le monde sait que j'ai renversé le conseil des métamorphes et le monstre que je suis — mi-métamorphe, mi-vampire. Jamais je ne pourrai me détacher de cette image. La trace sur internet est indélébile.

Et comme si ma vie n'était pas assez merdique, des créatures à travers le globe me désignent comme *la cheffe des rebelles*.

Ouais, la cheffe des rebelles qu'ils disent...

Abrutis.

L'enregistrement vidéo a sérieusement compliqué ma chasse à la sorcière. C'est dur de ne pas se cogner la tête contre la table en constatant l'étendue du fiasco.

Je suis une imbécile... Non, c'est un peu trop dur. Cela me permet de prendre un recul bienvenu. Je n'avais pas tous les éléments en main, or je ne peux faire face qu'aux problèmes qui sont devant moi.

Mais quand même... je me suis tiré une balle dans le pied en montrant la photo de mon père !

Inutile d'être Einstein pour savoir que deux plus deux égalent quatre. Je n'ai plus que quelques jours pour régler cette histoire, car si la sorcière s'enfuit... je perdrai sa trace à tout jamais. Il faut que je me bouge. Alors je vais rester sagement assise, sourire, siroter mon thé et obtenir les réponses que je suis venue chercher.

— Du sucre ? demande Jodie en déposant un charmant service sur la table.

Je m'attendais à une tasse, toute simple. Pas tout le tralala.

— Peu importe, merci. Je fais pas de chichis.

J'observe mes ongles. Je ne suis pas ce qu'on appelle une buveuse de thé. Après avoir travaillé aussi longtemps dans un café, on devine quelle boisson je préfère.

Elle s'assied en face de moi et pose les coudes sur la table. Le menton calé dans sa main, elle m'observe. Le silence s'étire entre nous.

Elle a l'air ouverte à la discussion, sincère et... j'oserais même dire gentille. Cette femme m'inspire confiance.

— Raconte-moi tout...

Je me lance alors dans le récit de mon histoire.

Chapitre Trente

APRÈS AVOIR VIDÉ MON SAC, je réchauffe mon visage à la vapeur d'une nouvelle tasse de thé en écoutant Jodie révéler tout ce qu'elle sait sur la sorcière.

— Elle s'appelle Karen Miller, les sorcières ont posé un mandat d'arrêt contre elle. La bonne nouvelle, c'est qu'elle n'a pas de sabbat. La mauvaise, c'est qu'elle n'a pas de sabbat parce qu'elle a massacré toutes les sorcières de son assemblée.

Jodie tressaille en parlant, comme si l'horreur de ses propres mots l'effrayait.

— Au fil des années, sa cruauté a empiré. Karen Miller a un ego de la taille d'un petit pays.

Elle lâche un petit rire, mais on sait toutes les deux qu'il n'y a rien de drôle dans cette situation.

Je prends une gorgée de thé, hantée par l'envie de poser une question sur la corne. *Ma corne.*

— Elle possède un artefact de licorne...

Artefact.

Je me mords la langue pour ne rien dire que je pourrais regretter. Jodie ne fait qu'énoncer des faits. Je ne peux pas être impolie ou injuste avec elle. Mais c'est dur de ne pas répliquer.

Cette sorcière s'est fait un *collier* avec ma corne. Elle utilise ma magie pour faire du mal aux autres.

Les sorcières auraient dû la neutraliser depuis des années. Mais la moitié d'entre elles sont pacifistes, amoureuses de la nature et incapables de faire du mal à une mouche, tandis que l'autre moitié ne veut pas se salir les mains. Je peux comprendre, car la magie des sorcières repose sur l'équilibre et la nature.

À condition de faire abstraction de la magie des lignes telluriques qui sert à créer les portails. Ou des potions capables de faire fondre un visage... oh, et si on ignore les barrières de protection meurtrières... En fait, je ne comprends pas pourquoi les sorcières n'ont rien fait.

Peut-être qu'elles ne peuvent pas.

Superbe pensée, franchement. Ça me donne envie de me chier dessus. Moi, une gamine de dix-sept ans, je vais affronter une sorcière que des êtres plus âgés et plus expérimentés que moi fuient comme la peste.

Qu'est-ce qui pourrait merder ?

Je remercie Jodie pour les infos et le thé, puis je quitte la boutique de magie, l'esprit en ébullition, et je retourne lentement vers le café.

Peut-être que je devrais juste me planquer dans un coin et laisser l'ange se battre à ma place. *Ha ! Pas mon genre.*

Il est peut-être temps de ressortir les acquis de mon entraînement de tueuse. Les enseignements de mon grand-père et les ténèbres en moi rendraient son assassinat plus facile.

Aussi facile que de respirer.

Mais tuer quelqu'un ne devrait jamais être facile. Je refuse de me perdre là-dedans. Alors, je vais m'abstenir. Pour l'instant.

Peut-être qu'un jour je n'aurai pas le choix, et je devrai mettre mes compétences à l'épreuve, mais je n'en suis pas encore là.

Qui sait si mon père ne lui a pas simplement vendu ma corne pour se faire du fric ? Bien sûr, elle n'aurait jamais dû acheter une corne de licorne — c'est la partie d'un être vivant, bordel ! Je shoote dans un caillou qui atterrit dans le caniveau. Mais si elle ignorait ce qu'elle avait entre les mains... est-ce que je peux vraiment lui tomber dessus en mode tueur à gages ? Elle n'est pas innocente. Mais peut-être qu'elle n'est pas coupable de ce crime contre moi. Non, l'honneur d'avoir commis l'innommable revient à mon père.

Une rage sourde me brûle le ventre. Je dois me retenir de frapper le mur que je longe. Qui sait quels dégâts ma nouvelle force pourrait causer ?

Mon père.

Chez les licornes, la possession d'une corne coupée est un crime odieux, mais je ne suis pas vraiment une licorne.

Je déteste Karen Miller, mais pas au point de la tuer.

Capturer plutôt que tuer est certainement une variante

intéressante des règles de mon grand-père, mais capturer la sorcière maléfique va être bien plus compliqué que de simplement l'éliminer.

Je m'engage dans la ruelle en direction de l'arrière du café, et quand j'arrive près de nos poubelles, je ramasse un morceau de carton par terre qui a dû en tomber. Un bruit furtif fuse. Un son familier, presque reconnaissable. Une brèche dans l'air. Puis, une lame d'argent rase mon visage et se plante dans le mur de briques à côté de moi. D'instinct, je plonge derrière la poubelle.

Putain. Ce bout de carton vient de me sauver la vie.

Quelqu'un a lancé la lame. Elle est enfoncée jusqu'à la garde dans la brique, au milieu d'une fissure qui s'étire en toile d'araignée. Il faut une sacrée force pour réussir cet exploit.

Je tends l'oreille. Quelqu'un bouge. Je roule sur le côté, évitant un autre couteau. C'est marrant. Le tueur a perdu son effet de surprise, alors je me redresse d'un bond. Je ne vais pas rester planquée derrière une benne en attendant qu'il m'embroche. C'est dans ma nature de me battre.

— Tu manques d'entraînement, ironisé-je.

Le tueur à gages dévoile ses crocs. Un vampire. Je riposte en lui montrant mes propres dents et mes petits crocs.

Puis je me jette sur lui.

Il écarquille les yeux de stupeur.

— Ha, tu ne t'attendais pas à ça, hein, buveur de sang ?

Je pivote, croche mon mollet autour de son cou et me laisse tomber en arrière, l'entraînant au sol avec moi.

— Je vais te tuer, sale abomination, grogne-t-il.

— Ouais, ouais, fais la queue.

Je roule sur le dos, et alors que son cou est toujours coincé entre mes cuisses, j'empoigne une touffe de ses cheveux et verrouille ma jambe. Le salopard attrape une lame en argent dans un étui sur sa jambe et avant que je puisse parer le coup, il me la plante dans la cuisse. La douleur est indescriptible, atroce. J'étouffe un cri qui veut s'échapper et l'utilise pour alimenter ma hargne.

Je lui tords violemment la tête vers la gauche… puis vers la droite.

— À gauche, ça dévisse… à droite, ça visse, chantonné-je.

Son cou craque sous mes mains et son corps s'affaisse contre moi. Bon à savoir : cette petite comptine fonctionne aussi bien sur les vis que sur les vertèbres cervicales.

Malheureusement, les vampires transformés n'ont pas besoin de respirer, donc impossible de l'étouffer. Je n'avais pas d'autre choix que de lui briser la nuque. Je ferme les yeux une seconde, puis, avec un grognement, je le repousse. Le type n'est pas mort, mais il va certainement se sentir tout comme quand il se réveillera.

Ma jambe est poisseuse et me fait un mal de chien. Il y a un peu trop de sang sur le sol à mon goût, mais je garde le couteau planté dans ma cuisse. Il fait office de bouchon. Je penche la tête en contemplant la lame en *argent* enfoncée dans ma chair. Le contact de l'argent est censé me brûler, me vider de mes forces… Honnêtement, ça ne diffère pas d'une blessure classique.

C'est une bonne surprise. Apparemment, l'empoisonnement à l'argent ne marche pas sur moi. Est-ce le cas pour tous les métamorphes licornes, ou bien est-ce ma drôle de nature hybride qui me file ce petit bonus ? Je vais garder cette information pour moi.

Je me relève péniblement et jette un regard noir au vampire toujours inconscient. Il en a encore pour cinq ou dix minutes dans les vapes, selon son âge. J'en profite pour tapoter mes poches à la recherche de mon feutre noir. Aujourd'hui, je devais mettre à jour l'ardoise des promos au café, donc je l'ai forcément sur moi... Je souris, m'accroupis et me penche au-dessus du vampire.

J'arrache le capuchon du feutre avec les dents.

— Oups, dommage que je n'aie pas de papier. Bon, où vais-je écrire...

Je choisis l'endroit parfait et, la langue légèrement sortie comme une enfant en pleine concentration, j'écris sur le front du vampire : *Envoie encore quelqu'un après moi, et je le bute.* Puis, avec un sens artistique très relatif, je dessine sur sa joue droite une queue avec une paire de couilles poilues. Et pour finir, j'écris sur sa joue gauche : *Il se bat comme une merde.*

Satisfaite de ma gaminerie, je hoche la tête, rebouche mon feutre et le range. Puis je fouille tranquillement les poches du vampire. Jackpot : cinq couteaux et quelques boules de potion de luxe. Je les confisque avec plaisir.

En laissant échapper un grognement douloureux et quelques insultes bien senties, j'agrippe ma jambe meurtrie et me relève. Je sors mon téléphone et prends quelques photos du vampire et de la scène. Sans oublier un gros plan de sa tronche taguée pour Story. Elle va adorer mon œuvre d'art.

Sifflotant joyeusement malgré la douleur, je clopine jusqu'à la porte arrière du café, en veillant à ne pas remuer cette saloperie de couteau toujours fiché dans ma pauvre cuisse.

Chapitre Trente-et-un

En équilibre sur une jambe, appuyée contre la porte arrière du café restée ouverte, j'attends que le vampire se réveille. J'essaie de ne pas bouger ma cuisse perforée, mais le sang continue de dégouliner, s'infiltrant dans ma chaussette.

Je ne sais pas comment arrêter l'hémorragie. Il faudrait faire un garrot, mais je ne veux pas risquer de bouger la lame, et pour l'instant, le couteau en argent fait office de bouchon.

Une goutte de sueur glisse le long de ma nuque. Je serre les dents pour supporter la douleur. Ma jambe est en feu, et j'ai les mains glacées.

Une boule de potion malfaisante, qui appartenait au vampire, roule dans ma paume. Je l'utiliserai contre lui s'il a envie de jouer les revanchards. Dans l'autre main, je tiens mon téléphone. Mon pouce flotte au-dessus du numéro de Xander, prêt à l'appeler à la rescousse.

Le vampire mordu ne tarde pas à se réveiller. Il doit être vieux pour récupérer aussi vite d'un cou brisé. Les humains transformés en vampire suite à une morsure gagnent en puissance avec l'âge... jusqu'à ce qu'ils se décomposent. Quand il reprend connaissance, il bondit sur ses pieds, trébuche et doit s'appuyer contre le mur pour retrouver son équilibre. Il se frotte la nuque. Puis il capte l'odeur de mon sang. Ses narines frémissent, et il tourne brusquement la tête vers moi.

Nos regards se croisent. Je lui adresse un sourire narquois et murmure d'un ton sinistre :

— Un ange vient te chercher. À ta place, je détalerais.

Je compose le numéro de Xander, puis je fais rouler la boule de potion entre mon pouce et mon index. Le liquide à l'intérieur capte la lumière.

L'ange décroche à la deuxième sonnerie.

— T'es blessée ? demande-t-il aussitôt.

Il sait que je ne l'appellerais pas pour rien.

— Ouais, pas qu'un peu. Un tueur à gages m'a planté un putain de couteau dans la jambe.

Je l'entends soupirer à mes mots.

— J'arrive... reste en ligne. Ton agresseur est toujours là ?

Le vampire détale.

Je souris.

Mon messager est parti faire son rapport à son maître.

— Il s'est enfui, je réponds en toute honnêteté.

Je glisse la boule de potion dans ma poche et m'appuie contre le mur pour descendre jusqu'au sol ; je plie le genou de ma jambe valide et m'accroupis avec précaution. Ma veste racle les briques et mon haut remonte légèrement. Je grogne.

— Où es-tu ?

— Derrière le café.

En fond sonore, j'entends une porte claquer et un moteur rugir.

— Où sont tes gardes ?

— Devant la porte d'entrée, j'imagine.

— Reste en ligne.

Le téléphone bipe, il m'a mise en attente. Je roule des yeux et raccroche. Je garde ma jambe blessée pliée et m'affaisse pour que la plaie soit plus haute que mon cœur.

Au-dessus du café, le ciel est chargé de nuages gris. Une vieille toile d'araignée accrochée à la gouttière danse sous la brise glaciale. J'ai attendu avant d'appeler à l'aide, car je savais que s'ils attrapaient le vampire, il serait mort. Cela ne m'aurait pas arrangée. Je voulais qu'il reparte. Qu'il serve de message d'avertissement.

Mon grand-père disait toujours qu'il y a de l'honneur à mourir en guerrier. Les tueurs à gages sont orgueilleux et bavards. Se faire battre par une ado, se réveiller sans le savoir avec la tronche taguée comme un mur de lycée, puis se taper l'humiliation ultime quand les photos font le tour du net ?

Si d'autres tueurs veulent s'en prendre à moi, ils y réfléchiront sûrement à deux fois.

Risquer sa vie, ça fait partie du boulot, mais échouer et perdre sa réputation en devenant la risée de tous ? Ça va les rendre nerveux. La réputation, c'est tout pour eux.

Je n'ai pas de preuve, mais je suis certaine que le conseil des vampires est derrière cette tentative d'assassinat.

À peine une minute plus tard, un garde métamorphe loup surgit par la porte arrière, l'air paniqué et sur les nerfs.

— Ça y est, je suis avec elle... Oui, elle a bien un couteau en argent planté dans la cuisse... Non, elle ne l'a pas enlevé... Oui, monsieur, il y a beaucoup de sang.

C'est pour ça que je dois apprendre à me transformer. Si je pouvais changer de forme, il n'y aurait aucun besoin de retirer ce foutu couteau. La lame tomberait au sol au cours de la transformation. À part un trou et du sang sur mon pantalon, personne ne saurait rien et ça éviterait tout ce cirque.

Story panique et me braille dans l'oreille qu'elle savait que j'allais filer en douce et que je suis une abrutie finie. Tilly tient le café toute seule. Je lui ai dit de ne surtout pas sortir. La pauvre dryade perdrait toutes les fleurs de ses cheveux si elle me voyait avec un couteau planté dans la jambe et du sang partout. Alors, j'ai minimisé : *C'est juste une égratignure. À demain, Tilly.*

Ignorant les remontrances de Story, j'ouvre mon appli photo. Quand je lui montre les clichés de mon œuvre d'art sur la tronche du vampire, la pixie, hilare, manque de tomber de mon épaule.

Les deux gardes, eux, ont l'air beaucoup plus alertes que ces derniers jours... et légèrement verdâtres. Je culpabilise un peu. Story a raison : s'ils ont des ennuis, c'est à cause de ma fugue. Mais je la ferme.

Je fourre mon téléphone dans ma poche au moment où

la bagnole hors de prix de Xander s'arrête dans un crissement de pneus. La portière s'ouvre d'un coup et un ange furieux et inquiet fond sur moi tel un prédateur.

— Pourquoi t'as raccroché ? Je t'avais dit de rester en ligne !

Je hausse les épaules.

Ses yeux couleur miel me passent au scanner, des pieds à la tête, avant de s'arrêter sur ma jambe.

Il grogne, et je couine de surprise quand ses énormes bras me soulèvent du sol pour me porter comme une jeune mariée, légère comme une plume. Il me serre doucement contre lui.

Story voltige au-dessus de nous, les mains jointes sous son menton. Elle soupire. La maudite pixie kiffe ce moment.

— Je vous parlerai plus tard, gronde Xander en direction des gardes du corps alors qu'il se dirige vers la voiture. Sans perdre une seconde, il ouvre la portière arrière et, sans bouger ma jambe blessée, ce qui tient de l'exploit, il s'installe avec moi sur ses genoux, en gardant ma jambe allongée sur les sièges en cuir.

La portière claque. La voiture a des vitres teintées, ce qui crée une bulle intime. Si ma jambe ne me faisait pas un mal de chien, je rougirais, mais vu que la moitié de mon sang est en train de coaguler dans la rue, d'imbiber mon pantalon, ma chaussette et de couler dans ma botte... il ne m'en reste plus assez pour produire une rougeur décente.

— Je vais foutre du sang partout sur tes sièges, finis-je par dire.

— Je me fous des sièges.

Xander m'attire doucement contre son torse, sa main

effleurant la peau ensanglantée autour du couteau. Je frémis.

— Chut, t'es en sécurité. Ne bouge pas, je vais juste...

D'un geste sûr, il saisit mon pantalon et, d'un coup sec, il le déchire jusqu'en haut de ma cuisse.

Waouh, c'était sexy... Tais-toi, Tru. T'es grave.

— Pourquoi t'es sur Terre, au juste ? Certainement pas pour gérer une boîte de nuit, lâché-je.

Xander relève les yeux de ma jambe et fronce les sourcils. Ouais, mauvais timing pour jouer la curieuse, j'admets. Mais tant qu'on y est... J'accentue ma moue et écarquille les yeux de façon comique.

— Night-*Shift* est un excellent investissement.

— Mais tu fais quoi d'autre ? demandé-je, la lèvre tremblante. S'il te plaît, j'ai besoin d'une distraction.

— Je fais le lien entre nos mondes. J'évalue les menaces.

— Merde... je suis une menace ?

Les yeux dorés de Xander pétillent d'un amusement à peine contenu, et un coin de sa bouche tressaute.

— Toi ? Tu es surtout une emmerdeuse.

Son doigt effleure doucement ma mâchoire, relevant mon visage vers lui. Puis, sans prévenir, son énorme avant-bras nu se dirige droit vers ma figure. Je l'attrape à deux mains avant qu'il ne me refasse le portrait.

— Waouh, préviens avant !

— Petite ombre, tu dois boire. Pendant que tu te nourris, je vais retirer le couteau de ta cuisse, éliminer l'argent de ton système et te guérir. Tu vas souffrir le martyre, mais je dois le faire tout de suite, avant que la peau autour de la plaie ne pourrisse. L'argent provoque une nécrose rapide chez les métamorphes. Je ne sais même pas comment tu tiens encore debout.

Dois-je lui dire que l'argent ne semble pas m'affecter ? Mouais... Si je me trompe, j'aurais l'air d'une conne.

Je hoche la tête. De toute façon, je ne vais pas dire non à un cocktail angélique, et le couteau doit dégager de ma cuisse.

— Merci de prendre soin de moi, murmuré-je.

— Bois, ordonne-t-il doucement à mon oreille.

Sa voix grave me file la chair de poule. J'attire son avant-bras contre ma bouche, mes doigts s'enfoncent dans sa peau. Je ferme les yeux et inspire profondément. Ma langue s'étire, effleure sa peau, glisse le long de ma veine favorite. Je m'arrête une seconde pour savourer son goût, ce mélange de soleil et de métal qui envahit mes sens.

Puis je mords.

Son sang extraordinaire envahit ma bouche. J'avale deux grandes gorgées... puis Xander touche la lame. *Putain, elle doit être plantée dans l'os.* Comme le poignard qui s'était fiché dans le mur de briques. Je grimace. Brrr, quelle horrible image.

— OK, à trois. Un...

J'aspire une nouvelle gorgée de sang.

— Deux...

J'ôte mes crocs et plaque ma jambe contre le siège.

— Trois.

Un hurlement m'échappe alors que la douleur explose dans ma tête. J'écrase mon visage contre son torse tandis que sa magie dorée inonde ma plaie.

La douleur disparaît en quelques secondes, mais son écho persiste et mon cœur cogne encore. J'enfouis mes mains entre nous pour cacher leur tremblement. Le couteau tombe au sol dans un bruit métallique, et Xander me berce doucement.

— Tu es guérie, petite ombre, murmure-t-il.

Je me blottis contre lui.

Rester lovée pendant des heures ne me dérangerait pas, mais je ne peux pas. Alors, dès que je me sens assez forte, je me redresse. Xander m'attrape par le menton, et son pouce caresse distraitement ma lèvre inférieure. Ses yeux se plissent.

— Maintenant, raconte-moi ce qu'il s'est passé.

Ah, merde.

— Eh bien... euh... j'ai ramassé un bout de carton...

Chapitre Trente-Deux

Heureusement, le jardin de Xander est entouré d'un mur d'enceinte très haut. Dexter slalome entre mes jambes, tandis que Story, tout sourire, est assise sur un pot de fleurs violet, tapotant des pieds contre le vernis éclatant.

— Alors, on va vraiment le faire ? s'enthousiasme-t-elle en frappant dans ses mains.

— J'imagine, ouais.

Je suis moins surexcitée qu'elle. Je fronce le nez et me gratte l'arrière du crâne.

— Je n'ai jamais assisté à une transformation de métamorphe... alors je garde mes fringues ou je les enlève ?

Je pince l'élastique de mon jogging du bout des doigts.

Story hausse les épaules.

— J'en sais rien.

Je hoche la tête.

— Bon, je vais tenter habillée alors.

Je m'échauffe, sautille sur place, roule les épaules et secoue les bras.

— Allez, c'est parti.

Je me sens forte. Je suis comme le boxeur Rocky dans le film, quand il grimpe les escaliers en courant et lève le poing en mode *Eye of the Tiger*.

POW-POW.

Je peux conquérir le monde. Après le coup de couteau et la guérison de Xander, je pète la forme. Je grimace et un frisson nerveux me parcourt l'échine. Bon, je ne suis plus en train de mourir, c'est déjà *génial*. Incroyable. Je pousse un soupir et essuie mes paumes moites sur mon jogging gris.

Merde, j'ai la trouille.

Allez, Tru, tu peux le faire.

Je fronce les sourcils et me frotte le front. Bon, d'accord, je sais que la corne ne sort pas de mon crâne d'humaine, mais je ne peux pas m'empêcher de le toucher. Et je réalise à quel point j'avais mal au front... jusqu'à ce que la douleur passe. Ça va me prendre du temps pour m'y habituer.

— Bon, testons la mécanique, marmonné-je.

Story lève un pouce en l'air un peu maladroit. Je lui rends un sourire crispé avant de gratter du bout de ma basket la mousse accrochée à son pot de fleurs. Je n'ai aucune idée de ce qu'une jument à corne est censée faire. Ma forme animale ne m'aidera pas à pister ni à combattre une sorcière surpuissante. Ce n'est pas comme si je me transformais en une bête discrète et agile. Un cheval, ça prend de la place.

Mais la règle numéro 1 des métamorphes, c'est d'apprendre à se transformer en animal, puis à retrouver sa forme humaine. C'est comme ça qu'on guérit, alors il me faut apprendre.

Je serais franchement naïve de croire que je vais retrouver cette sorcière sans me faire amocher. C'est inévitable. Cela dit, je ne vais pas non plus débarquer devant Karen Miller et crier en pointant un doigt accusateur : *Hé toi ! Rends-moi ma corne !* Non. J'ai un plan beaucoup plus subtil.

Et vu la trouille qui commence à poindre, je ferais mieux de m'activer. Bon, on va voir ce que ça donne en gardant mes fringues. Peut-être que je vais devoir me taper un sprint à poil jusqu'à la maison après, mais... ouais, il vaut mieux prévoir des vêtements de rechange. Je grignote ma lèvre. Si je retourne les chercher, je risque de me défiler.

Tant pis. On verra bien.

Techniquement, je ne devrais pas encore être capable de me transformer ; je suis trop jeune. Mais je sens la magie de métamorphe bouillonner sous ma peau. Peut-être que c'est à cause de ma nouvelle corne. Ou peut-être que, maintenant que le pouvoir de licorne circule dans mes veines, mon corps se souvient de ce que mon père m'a fait subir quand j'étais gamine. Et il sait quoi faire.

Je ferme les yeux et laisse l'énergie jaillir hors de moi. L'air se réchauffe et, comme un personnage de Star Trek en pleine téléportation, mes molécules se dispersent... puis... se réassemblent dans mon autre forme.

C'est magique.

Je me tiens sur quatre pieds, non, quatre *sabots*. Je baisse les yeux, mais le simple mouvement de ma tête et de mon cou me déséquilibre complètement. Mes jambes flageolent et mon corps entier penche dangereusement sur la gauche. Ouh là. Je verrouille mes genoux. Je ne tombe pas. Bon. Je prends une grande inspiration.

Oh putain, c'est flippant.

Je ne bouge plus d'un poil et me contente de faire rouler mes globes oculaires vers le sol pour examiner mes pieds. Oh, joli ! Mes sabots sont irisés, comme l'intérieur d'une coquille de nacre. Et ce que je peux voir de mes jambes — mes antérieurs, c'est ça ? — est blanc.

Cette fois, je stabilise bien mon gros corps avant de relever la tête tout doucement. Ma tête et mon cou semblent avoir un impact direct sur mon équilibre. Je déglutis, et tout, de ma langue à ma gorge, semble bizarre. Pourquoi ça ne vient pas naturellement ? Rien n'est instinctif.

Je bouge la tête et je remarque un truc qui bat devant mes yeux. Oh non, c'est quoi ce bordel ? *Ne panique pas, Tru.* Même si mon cœur s'affole et que l'adrénaline pulse dans mes veines, je m'oblige à regarder la chose qui vole, presque en louchant. J'incline lentement la tête, très lentement... Et le *tissu* vole légèrement au vent. Je cligne des yeux. Est-ce que c'est... ma culotte ?

Je pouffe.

Oui, ma culotte s'est enroulée autour de ma corne d'emprunt. Ha, mes propres fringues ont failli me donner une crise cardiaque. Je baisse les yeux : le reste de mes vêtements est intact au sol, sans aucune déchirure. Pratique. Peut-être qu'à l'avenir, je devrais me décaler avant de me transformer, histoire d'éviter d'embrocher mes fringues. Je souris.

Dexter traverse le patio en pierre calcaire avec nonchalance, totalement indifférent à la présence d'une licorne dans le jardin. Il bondit sur mon tas de fringues, les renifle et les gratte jusqu'à ce qu'elles soient disposées à son goût. Puis, cette petite canaille s'installe au milieu du tas, ferme les yeux et offre sa tête aux doux rayons de soleil d'automne.

J'inspire un bon coup, puis je secoue vigoureusement ma corne de haut en bas. Ma culotte tombe droit sur Dexter. Avec un miaulement outré, il roule sur le dos et attaque le tissu à coups de griffes et de crocs. *Ouais, tu l'as tuée, Dex.*

Curieuse, je tourne la tête pour examiner ma robe qui se révèle d'un blanc immaculé. La couleur est si pure que j'en brille presque. Et je suis immense. Si je tends le cou, je peux voir au-dessus du mur de trois mètres de haut qui entoure le jardin.

Bon, voyons comment je bouge maintenant. Je lève un antérieur et fais un minuscule pas en avant. Waouh, avancer sur quatre pattes, c'est une sensation étrange. Je jette un coup d'œil vers Story pour voir sa réaction ; elle me fixe, la bouche grande ouverte.

— Oh mon Dieu, Tru, couine-t-elle en pointant un doigt tremblant derrière moi.

Je fronce les sourcils. Bizarre. Elle a buggé ou quoi ? Il n'y a rien derrière moi, je l'aurais senti. Je suis trop fascinée par mon corps de licorne pour chercher ce qui la terrifie.

Je remue les fesses... euh... ma croupe ? Quel que soit le terme, ma queue fouette entre mes pattes arrière. Elle a la même couleur arc-en-ciel que mes cheveux humains.

Story continue de pointer frénétiquement son doigt en direction de ma croupe.

Ouais, je sais, Story. Je suis fabuleusement belle. Je remue les oreilles — ooh, sensation étrange. Elles pivotent, puis se plaquent contre mon crâne. Je souris, découvrant mes grandes dents.

Dès que j'aurai le temps, j'irai dans un endroit dégagé où je peux me transformer et galoper, prendre mon temps pour apprivoiser cette nouvelle forme... Mais mes pensées exaltées s'arrêtent net. Non, je ne le ferai pas. Mon cœur se serre. Je ne peux pas. Cette magie n'est pas la mienne, elle m'a été prêtée par un homme rongé par la culpabilité. Je gratte nerveusement le sol de mon sabot. À moins de récupérer ma propre corne magique, je ne pourrai pas gambader dans un champ de fleurs sauvages, brouter l'herbe fraîche et les trèfles. Je ne veux pas savoir ce que ça fait d'être entière et libre, de sentir le vent s'engouffrer dans ma crinière, mes sabots labourer la terre...

Parce que le perdre ensuite me briserait en mille morceaux.

Non, j'ai appris à me transformer, et c'est suffisant pour récupérer ma corne. Et si j'échoue ? Je lève les yeux vers le ciel, et mes paupières picotent dangereusement. C'est pour ça que je sais que Denby Jones, mon grand-père biologique, ne me ment pas au sujet de la sorcière. Il m'a donné son vrai nom, de vraies infos. Et Jodie l'a confirmé. Cet homme fait un sérieux acte de contrition. Je l'ai ajouté à ma liste de personnes que je refuse de décevoir. Quel que soit l'enfer que je vais traverser, Denby Jones récupérera sa corne.

Une pixie montée sur ressorts attire mon attention.

— Tu as... tu as..., hoquète Story, incapable de finir sa phrase.

J'ai quoi ?

C'est à ce moment-là que je vois une plume.

Mes sabots dérapent, et avec ce mouvement brusque, je sens soudain un poids dans mon dos. C'est quoi ce bordel ? Je tourne la tête et, grâce à mon long cou, je vois… Non, pas possible. Je vérifie. Et tout mon corps tressaille.

J'ai des ailes.

J'écarquille les yeux et me redresse brusquement, regardant Story qui piaffe d'excitation. Malheureusement, je ne suis pas en train d'halluciner.

Un petit couinement m'échappe, suivi d'un hennissement paniqué qui résonne dans tout le jardin.

La porte du cellier s'ouvre à la volée et Xander surgit, une épée à la main. Dans un réflexe absurde, je lève une patte comme pour l'arrêter. Nous fixons tous les deux mon sabot en l'air. Je le repose discrètement au sol.

Xander scrute le jardin. N'identifiant aucun danger, il fait disparaître son épée dans un nuage de fumée blanche avant de poser les yeux sur moi. Son regard de miel s'adoucit, mais ensuite ses pupilles s'agrandissent en découvrant mes nouveaux appendices.

Il contourne mon flanc, les yeux fixés sur mon dos. Mes omoplates me démangent.

— Intéressant, commente-t-il.

Sans déconner.

Je n'ai jamais eu d'ailes avant. Petite, je n'en avais pas. Euh, les licornes n'ont pas d'ailes. De toutes les bizarreries qui auraient pu m'arriver, il a fallu que ça tombe sur ça. Mon enfoiré de grand-père maléfique a-t-il trafiqué ma corne ? Suis-je maudite ?

Je dois être maudite. Je respire de plus en plus vite.

Putain, je fais une crise de panique. Les licornes peuvent-elles faire des crises d'angoisse ?

Et là, ça fait tilt.

Le sang d'ange. J'ai bu le sang de Xander. Et voilà le résultat.

Merde, le sang d'ange m'a donné des ailes.

Chapitre Trente-Trois

Je trifouille dans la boîte à outils de mon grand-père, la tête et le buste plongés dedans, à la recherche de ce qu'il me faut. Il est grand temps d'aller chasser la sorcière. Je me suis laissé quarante-huit heures pour récupérer ma corne.

— Tu as presque tout pris sur ta liste. Il ne manque plus que les potions pour neutraliser les éventuelles barrières.

Je tourne le bassin et attrape une dernière boule de potion.

— Ça y est ! me réjouis-je en me tortillant pour m'extraire de la boîte.

J'ouvre la main et laisse rouler les trois potions sur le tapis, qui vont rejoindre la pile d'équipements magiques. Le sol de ma chambre est un champ de bataille, mais je me retrouve dans mon bordel.

Assise au bord du lit, Story balance les jambes en cochant les éléments de la liste sur son calepin.

— Commençons par ce truc ringard, lance-t-elle en désignant quelque chose sur le sol avec son stylo miniature.

Elle doit parler du collier magique. Je m'écroule par terre et cherche le collier dont elle parle. Vers mes pieds ! Sans me déplacer, j'arrive à le coincer entre mes orteils et à le ramener vers moi. Le gris foncé du bijou imite la couleur de l'argent. J'espère qu'il ne va pas déteindre sur ma peau en me laissant des marques vertes.

Elle secoue la tête, affichant une mine dégoûtée quand je l'extirpe de mes orteils. Ben, quoi ? Mes pieds sont propres. Je me le passe autour du cou en lui faisant une grimace.

— Sympa le diffuseur au jus de chaussettes, lâche-t-elle.

J'agite mes orteils sous son nez.

— Hé, je pue pas des pieds ! D'ailleurs, ça sent quoi le jus de chaussettes ? À la limite, le fromage...

Story a un haut-le-cœur.

— Je me suis transformée. Mes pieds sont parfaits et aussi lisses que le cul d'un troll.

— T'as déjà touché le cul d'un troll ?

— Pas du tout, fais-je en secouant vivement la tête.

Le collier couleur-douteuse se cale sur mon cou, juste sous ma clavicule. Dès qu'il entre en contact avec ma peau, il s'active. Je sens la magie vibrer discrètement sur ma peau. Ravie de constater qu'il n'a pas besoin d'une incantation.

Story s'envole et virevolte autour de moi.

— Ce n'est pas parfait, mais ça semble faire l'affaire. Ça dissimule ton énergie de métamorphe et la filtre ; au moins, elle n'est plus aussi criarde, constate-t-elle en me tournant autour à m'en donner le tournis. Une simple humaine à moitié métamorphe.

— Top, merci, Story. C'est un vieux sortilège, mais tant que ça marche, ça me va.

Je suis convaincue que Jodie aurait eu un collier plus puissant à me proposer. Tant pis, fallait y penser quand j'étais là-bas. J'étais tellement obsédée par ma quête d'informations sur la sorcière possédant *soi-disant* ma corne et sur l'urgence de me tirer... Je n'ai pas réfléchi plus que ça.

J'ai tout ce qu'il me faut, c'est le principal. *Merci, Grand-père*, car je ne remettrai pas les pieds dans cette boutique à moins d'y être traînée par les cheveux. J'ai conscience que l'impolitesse de Heather n'est pas du fait de Jodie, mais j'ai la rancune tenace et cette gamine est sur ma liste noire. Pour y retourner, ce doit être une question de vie ou de mort.

J'ai passé ma vie à éviter de me faire remarquer, il n'est pas question que cela commence aujourd'hui. *Ouais, parce qu'avoir sa tête placardée sur tout internet, c'est se la jouer discrète peut-être ?* Je lève les yeux au ciel.

Avec précaution, je retire le collier, puis je me mets à quatre pattes pour emballer soigneusement mon kit magique. J'ai les nerfs à vif, et je dois m'empêcher de replier mes bras sur mon abdomen pour contenir mon trac. Je gonfle les joues. Putain, ça devient sérieux. Je laisse retomber mes bras et continue de ranger mes affaires pour les trouver facilement.

Story coche sa liste comme un sergent, notant l'emplacement de chaque objet. C'est elle qui va assurer la communication, alors si j'oublie quelque chose, je sais que mon amie maniaque du contrôle saura où tout se trouve.

Elle est épatante. *J'ai tellement de chance de l'avoir*, pensé-je en glissant un regard oblique à la pixie, qui agite son crayon pour que je me dépêche. J'accélère, et lorsque j'ai fini, je me frotte le nez en m'accroupissant.

— On est tout bon ?

— Je crois. J'imagine qu'on saura vite s'il te faut quelque chose, dit-elle avec un sourire nerveux.

— Espérons de ne pas en arriver là, acquiescé-je. Merci de ton aide.

Story vole jusqu'à moi, atterrit sur mon épaule et pose la main sur mon cou.

— Ça va aller, Tru. D'après ce que tu m'as dit, t'en es pas à ton coup d'essai ; t'es partie en éclaireuse des centaines de fois avec ton grand-père. Tu peux y arriver les yeux fermés.

Je pousse un long soupir et fais rouler mes épaules.

Que le spectacle commence.

J'abandonne Story dans la chambre et me précipite dans le couloir pour accéder au portail de Xander, en utilisant le code que Denby m'a donné. J'inspire à fond lorsque je le traverse. Le portail me téléporte à l'arrière d'un parking déployé sur plusieurs étages. Apparemment, je me trouve dans une zone commerciale très fréquentée. Il ne me faut que quelques minutes de recherche active pour comprendre où je suis. Je ne connais pas cette ville, mais j'ai passé quelques heures à potasser Google Maps, pour mémoriser le parcours entre le parking et l'adresse de la sorcière. C'est à vingt minutes à pied.

Je porte un manteau d'hiver, qui m'arrive aux chevilles, sur une veste zippée et un treillis noir. Mes poches sont pleines à craquer ; il y en a tellement que je suis étonnée de ne pas tinter comme une cuisine ambulante. Si la mission de reconnaissance dérape, je dois être équipée pour me faire la malle en un seul morceau. Le collier dissimulateur bourdonne sur ma peau. J'enfonce les mains dans mes poches, et mes doigts en fouillent le contenu. La casquette vissée sur la tête, je me voûte et marche avec un peu plus d'assurance.

Ma couverture du jour ? Distributrice de flyers pour un restaurant indien. Quand j'arrive dans la rue de la sorcière, j'ignore les papillons qui s'affolent dans mon ventre. Aussitôt, j'ouvre le portail et remonte l'allée de la première maison pour glisser un prospectus dans la boîte à lettres.

Ça se présente plutôt bien.

Maison suivante.

Mes yeux enregistrent les environs pour repérer quelles maisons sont vides et lesquelles ne le sont pas. Qui sont les curieux du quartier ? Je sursaute lorsque la fenêtre à côté de moi grince, dévoilant une femme collée à la vitre. Je lui fais un coucou embarrassé. *Éviter la mémé du numéro six.*

Les boîtes aux lettres se referment contre ma main lorsque je glisse le flyer à l'intérieur. D'emblée, j'éprouve une aversion pour celles qui ont une brosse interne et celles à clapet. Elles sont sans doute écologiques, mais chaque fois que j'essaie de glisser la pub, j'y laisse littéralement ma peau. Soit la boîte à lettres se referme sur ma main, soit je dois pousser le dépliant resté coincé dans la brosse.

Je continue mon chemin. Si les facteurs n'ont pas des mains en béton, j'ignore comment ils font.

En arrivant à la maison de Karen Miller, je saisis la brochure déjà pliée et bourrée de micro-caméras dernier cri qui coûtent hyper cher, et sans une once de magie. J'espère que la sorcière ne les repèrera pas. Je les ai programmées pour qu'elles se déploient dans plusieurs pièces. La batterie a une autonomie d'une semaine.

Sauf que je n'ai pas une semaine devant moi. Je dois en finir au plus vite. Cependant, je ne peux pas affronter la sorcière sans avoir jeté un œil à l'intérieur de sa maison.

Je prends un gros risque. En esquissant un pas sur le perron, mes mains tremblent. Je dois prendre une grande inspiration pour glisser le prospectus dans la boîte à lettres.

Allez, mes petites caméras.

Je me tourne et m'éloigne, gardant la même allure d'ado flemmarde. *Il n'y a rien à voir par ici.* Puis, je passe à la maison suivante, l'air de rien, comme si mon cœur ne jouait pas la samba dans ma cage thoracique.

Je crois que je vais vomir.

Mon visage se crispe, et je baisse la tête. Mes oreilles guettent le moindre signe signalant que j'ai été repérée. Je continue mécaniquement ma distribution, attendant qu'on m'attrape... que quelqu'un sorte de la maison de Karen Miller en braillant que j'ai mis des caméras de surveillance dans la brochure. Mais rien.

Mon cœur bat à un rythme effréné. Cependant, plus je m'éloigne de chez elle, plus il m'est facile de respirer. Je termine ce côté de la rue avant de traverser pour m'attaquer aux maisons d'en face.

Lorsque mon cœur retrouve un rythme normal, libéré de la panique, j'analyse ce que j'ai perçu sur le pas de sa porte. Karen Miller a disposé une puissante barrière de sang. Il faut se faire reconnaître par la barrière pour entrer — ce qui est mission impossible — ou avoir un contact physique avec la sorcière.

Youpi.

Je prête une attention particulière à la maison d'en face, attachée à une triade de maisons bâties dans un style Art déco. Hélas, les deux autres ont perdu de leur superbe, contrairement à celle qui se situe en face de chez la sorcière, et dont le toit est resté pratiquement plat. Je souris en voyant l'écriteau À VENDRE, puis me fends d'un rictus en le dégageant pour insérer ma brochure. La maison est vide. C'est parfait.

Je finis en scannant une dernière fois la ruelle. Sans faire de bruit, tel un fantôme, je quitte le quartier, retournant vers le portail temporel.

Sur le chemin, je fais sonner Story.

— Comment se déroule l'opération ? l'interrogé-je.

Je me masse le poignet droit, qui devrait guérir d'ici quelques minutes. Je n'ai pas besoin de me transformer, car ma nature de vampire ne combat plus la licorne en moi. Je guéris comme une sang-pur.

— Les caméras sont en place. Ça tourne. Elle prend son petit-déj seule devant sa télé.

Je soupire de soulagement.

— Tru, continue-t-elle, elle porte un gros collier.

— Putain, je suis stressée. C'est bien… très bien. Merci, Story. Je rentre à la maison, on se voit tout à l'heure.

— À toute.

Chapitre Trente-Quatre

Le vent fouette les mèches de cheveux devant mon visage. J'enfonce un bonnet en laine sur ma tête et me penche au bord du toit. Mon souffle forme un petit nuage de vapeur. Il caille sévère ce soir et le givre scintille comme des diamants sur toutes les surfaces. Quand le moment viendra, il faudra que je sois rapide, ce qui est impossible si mes membres sont engourdis par le froid. Pour ne pas finir en glaçon, j'ai sacrifié une précieuse potion de chaleur. Elle me maintient au chaud.

C'est la deuxième nuit que je passe à surveiller sa maison. Hier, j'étais trop agitée pour me contenter d'observer les caméras depuis chez moi. Alors dès que la nuit est tombée, je suis revenue ici et j'ai grimpé sur le toit plat de la maison Art déco. J'aurais pu m'introduire à l'intérieur, mais avec le matos que j'utilise ce soir, il me fallait un champ de vision dégagé. Pas de fenêtres. Pas d'obstacles.

Story est restée à la maison pour gérer Xander et surveiller les caméras à l'intérieur de la maison. Elle me préviendra au moindre changement. Je veux garder mon attention entière sur ce qui se passe ici. À côté de moi, Dexter observe la rue silencieuse, la tête posée sur ses pattes, la queue battant doucement l'air. Je lui lance un regard noir.

Je ne peux pas le ramener. Pas ce soir.

J'ignore comment il m'a suivie. J'ai traversé le portail, marché vingt minutes jusqu'à la rue de Karen Miller en prenant soin de contourner la maison de la mamie foui-neuse du quartier. Puis, j'ai sauté par-dessus la clôture de la maison d'en face pour ne pas faire grincer le portail... et une boule de poils me talonnait. J'ai failli me faire dessus.

Un miaulement plaintif m'a fait baisser les yeux vers le sol, et là j'ai vu *Dexter*.

Je n'ai même pas remarqué que ce satané chat me suivait. Alors je l'ai ramassé et — adieu la dignité féline — l'ai fourré sous ma veste avant de grimper le long de la façade pour me percher sur ce toit plat.

Alors que je vérifie mon matos pour la troisième fois, je me répète en boucle que ce n'est pas un chat normal et qu'il saura se débrouiller. Mais sa présence me rajoute un stress inutile.

Saleté de chat.

— Elle se prépare, Tru, annonce Story à mon oreille. Livraison de potions magiques à minuit.

Comme on n'a pas trouvé de sort de communication compatible avec sa taille, on utilise nos portables. Je lève la main et tape deux fois sur mon oreillette, préférant rester silencieuse. Elle comprendra à ce signal que j'ai entendu.

Je plonge la main dans la lourde boîte à outils de mon grand-père — que j'ai trimballée jusqu'ici parce qu'elle fait partie de mon plan de génie — et j'en tire un tapis en mousse roulé serré que j'étale sous moi. J'extirpe ensuite mon arme de choix : une carabine à verrou, modifiée pour tirer des fléchettes à grande vitesse.

Mon grand-père était un expert des tirs à longue distance. Et il possédait plusieurs armes conçues pour éliminer. C'est une pièce d'exception et mon joujou préféré.

Les créatures n'utilisant pas d'armes à feu, elles sont très rares. Si on me chope avec ce fusil, je risque de me faire descendre sur-le-champ. Je hausse les épaules ; la nécessité fait loi. Je ne vais pas aller taper la sorcière sur l'épaule en mode : « Salut, tu viens avec moi ? ». Ce serait le moyen le plus rapide de finir avec le visage fondu par un sort bien dégueulasse.

Ce soir, je suis équipée de fléchettes anesthésiantes. Une seule suffira à l'endormir jusqu'à ce que je lui administre l'antidote. Pas de trace, pas de bruit.

Karen Miller est une sale bonne femme. Hier, on a découvert qu'elle gardait un vampire dans son sous-sol. Je me couche à plat ventre sur mon tapis en mousse, mon corps aligné avec le fusil. Ce toit est parfait. Un petit mur Art déco me camoufle sans gêner mon angle de tir. Grâce à nos observations et aux bribes de conversations captées, on sait que la victime lui sert *d'ingrédient* pour ses sortilèges. C'est un jeune vampire récemment transformé. Terrifié et en sale état. On pense qu'il est là depuis un moment, probablement depuis sa transformation. Elle le prive de nourriture pour l'affaiblir, histoire qu'il soit docile. Ça me donne envie de la tuer à petit feu.

Du coup, cette mission n'est plus seulement une capture, c'est aussi un sauvetage.

J'ajuste le fusil sur son bipied, cale ma joue contre la crosse et règle la lunette avec soin. C'est étrange, mais dès que je prends position, ma respiration s'apaise. Je suis concentrée. Mes inquiétudes s'évaporent. Seule compte l'attente. Ce soir, le vent est faible. Pas assez pour dévier la trajectoire de ma fléchette.

— OK, elle sort. Elle est à la porte, annonce Story à mon oreille.

Karen Miller apparaît.

J'inspire à fond, puis retiens mon souffle alors qu'elle verrouille la porte. Je presse lentement la détente du bout du doigt.

La fléchette se fiche dans la nuque de la sorcière.

J'attends, l'observant à travers la lunette. Elle chancèle. Satisfaite, je me lève d'un bond et remballe vite le fusil et le tapis dans la boîte à outils. J'attrape la corde qui m'a servi à la hisser ici et la descends en douceur jusqu'au sol.

Puis je ramasse Dexter, qui attend patiemment, et le zippe sous ma veste avant de descendre le long de la façade. Je récupère la corde, l'enroule autour de mon bras et attrape la boîte à outils.

Je traverse la rue à toute berzingue.

La sorcière tombe à genoux, puis s'effondre dans l'encadrement de sa porte, à moitié dedans, à moitié dehors. Elle essaie de rentrer. Je l'attrape par la cheville et tire sur sa chaussette. Beurk. La peau de sa jambe velue me fait grimacer. Mais grâce au contact direct avec sa chair, je peux tromper sa barrière de sang et entrer chez elle. Je traîne son corps à l'intérieur sans ménagement.

Je referme doucement la porte derrière nous. Dexter miaule, alors j'ouvre ma veste et le libère. Il file renifler le salon.

— Évite de toucher à ses saloperies magiques, je l'avertis.

Il secoue la queue et disparaît.

Je baisse les yeux vers la sorcière et la retourne sur le dos. Elle a l'air tellement... normale. Une femme d'âge moyen, les cheveux blond foncé tirés en chignon, habillée comme une mère de famille bien sous tous rapports. Un manteau d'hiver hors de prix. Si je la croisais dans la rue, je penserais qu'elle est prof ou qu'elle se rend à une assemblée de sabbat. Je ne me dirais pas : *Oh, voilà une horrible sorcière qui tue des gens* et qui trafique des potions illégales. Je la fouille méthodiquement, vide ses poches et balance le tout dans un sachet plastique de preuves.

Une fois fini, mon regard se pose sur son cou. Le détachement professionnel que je ressentais jusque-là vole en éclats. Je déglutis, la gorge sèche. Mes mains tremblent. *Boum, boum,* mon cœur cogne alors que je me penche sur elle et défais les deux premiers boutons de son manteau.

Je glisse ma main à l'intérieur. Et je la sens. Une vibration familière. Mes doigts picotent en rencontrant la surface lisse du collier... ma corne. Je reconnais son pouvoir — et *elle me reconnaît.*

Un petit rire de surprise m'échappe. Mon pouvoir, ma magie de licorne vibre joyeusement sous mes doigts, crépitant d'énergie. J'en ai presque le bras engourdi.

Je cligne des yeux pour chasser la brume humide de ma

vision et réalise que je suis tombée à genoux. Avec une infinie précaution, je retire le collier du cou de la sorcière et sans réfléchir, je le passe autour du mien.

Je ne sais pas comment lui rendre sa forme d'origine. Il doit bien exister un sortilège pour reconstituer la corne. Peut-être que je dois juste me transformer en tenant le collier ? Ma main se pose doucement dessus et je ferme les yeux, savourant l'instant. J'ai réussi.

D'accord, d'accord.

J'ouvre la boîte à outils et fouille pour récupérer un petit accessoire bien pratique : un détendeur d'oxygène avec une autonomie de douze heures. J'ajuste l'embout sur le nez et la bouche de Karen Miller, puis je la retourne et lui attache les poignets avec des colsons. La fléchette devrait suffire à la garder inconsciente, mais avec une sorcière aussi vicieuse, je ne veux prendre aucun risque. Je claque un bracelet anti-magie à son poignet.

Je me place derrière elle, l'assieds et lui passe une corde autour du torse. Puis, avec un grognement d'effort, je la prends sous les bras, la soulève de sorte que ses jambes pendent au-dessus de la boîte à outils. Tout en souriant, je fourre la sorcière inconsciente et son appareil respiratoire dans la boîte à outils magique de mon grand-père.

Sans forcer, je pousse son corps jusqu'à ce qu'il disparaisse. Puis j'attache solidement la corde pour pouvoir la ressortir facilement.

Meilleure idée de tous les temps pour transporter un corps. Je récupère mon sac à dos, referme le couvercle rouge et m'époussette les mains. Je jette un regard amusé à la boîte à outils qui a l'air si inoffensive.

— La sorcière est dans la boîte, j'annonce à Story, toujours en ligne.

— Ouais, j'ai vu. C'était carrément chelou. Comment ton cerveau peut-il pondre des idées aussi saugrenues ?

Je hausse les épaules et laisse la boîte près de la porte d'entrée.

Il est temps de libérer le vampire.

Chapitre Trente-Cinq

Je sors du couloir, ignorant les marches qui mènent aux chambres. *Merci, petites caméras de surveillance.* La maison est vide, à l'exception de l'*invité* enchaîné au sous-sol. J'entre dans le salon par la porte d'où Dexter disparaît. Mes bottes s'enfoncent dans la moquette épaisse.

C'est une maison belle et ordinaire.

La magie grésille dans l'air. Une forte odeur de vanille et de magie putride investit mes narines, me signalant la tonne de sortilèges en place pour garder l'intérieur propre.

Je scrute la pièce et me déplace prudemment, car je ne veux pas écarter la possibilité de quelque piège concocté pour les intrus. Le salon est accueillant, un peu trop crème à mon goût. Le canapé en cuir donne envie de se vautrer dedans ; il doit coûter une blinde. La pièce débouche sur une fabuleuse cuisine — crème, encore — remplie d'appareils électroménagers sophistiqués.

À l'instar de son style vestimentaire, la demeure de Karen Miller est un trompe-l'œil efficace, empêchant quiconque de voir au-delà des apparences. Lorsque j'ai passé en revue les enregistrements des caméras, je m'attendais à trouver des têtes baignant dans des jarres, fièrement exposées comme dans un musée. Mais non, tout était normal.

En parlant de têtes en bocal et d'attirail de sorcière maléfique, je bifurque vers le côté de la cuisine, où j'aperçois une porte étroite et discrète. C'est là qu'elle garde son laboratoire de torture. Sans l'aide des caméras, je n'aurais pas su que c'était son placard à horreurs, car il se fond dans la cuisine, caché à la vue de tous. J'abaisse la poignée et la porte s'ouvre. Je tombe sur une barrière dorée classique qui ondoie en haut de l'escalier conduisant au sous-sol. Je pousse un soupir. Cette barrière ne bloque pas l'entrée, mais empêche quiconque se trouve en bas de sortir.

Je fouille dans la poche gauche de ma combinaison et mets la main sur la potion que je cherche. Je la porte au niveau de mes lèvres et murmure l'incantation, avant de la jeter sur la barrière qui vacille. Petit à petit, la potion l'absorbe. Le doré se ternit, noircit, avant de s'écailler et de tomber en lambeaux. Je me penche à l'intérieur et allume la lampe en marquant une pause.

— Putain, ça va être un film d'horreur.

— RAS, m'informe Story dans l'oreillette. Juste le vampire.

Ouais, juste le vampire. J'ajuste le sac à dos noir sur mon épaule, puis esquisse un pas.

Je pousse un cri lorsque Dexter surgit de nulle part. Il me dépasse avec grâce, en frottant sa caboche contre ma jambe, puis dévale l'escalier.

— Merde, Dexter ! m'étranglé-je.

Mon cœur s'emballe, et je m'agrippe la poitrine. Mes doigts caressent ma corne.

— Miaou.

— Petit merdeux.

Au moins, la terreur rousse est devant moi et ne pourra plus me surprendre. C'est parti pour le sauvetage du vampire affamé et potentiellement furax. Qu'est-ce qui pourrait foirer ?

Je descends les marches.

Je suis d'abord assaillie par l'odeur. Celle de pourriture, plus forte que d'ordinaire. Un vampire malade, qui n'a pas pris de douche depuis un bail. Je sens le relent chatouiller ma glotte et me filer la gerbe. À plusieurs reprises, je déglutis, m'efforçant de respirer par la bouche alors que je descends en faisant grincer le bois des marches.

À mesure que je progresse, la vague de magie qui m'envahit grandit. Ce doit être la magie des licornes avec la corne de mon grand-père et celle autour de mon cou. Des gouttes de sueur coulent le long de mon échine. Si je n'avais pas besoin des objets dans mes poches, je retirerais mon manteau.

Le sous-sol est immense et s'étend sur toute la surface de la maison. Des étagères s'alignent étroitement les unes à côté des autres, remplies d'ingrédients de sortilèges interdits. Je me dirige droit vers la silhouette renfoncée dans un coin. Son corps a pris un angle bizarre, qui ne lui donne même plus l'air d'une personne.

— Salut... je m'appelle Tru, tenté-je d'une voix douce et rassurante. Je me suis occupée de la foldingue à l'étage, je suis venue te sortir d'ici.

Le corps tressaille, et une voix caverneuse me répond :

— Écoute, j'ignore qui tu es, mais ça ne prend pas. Fous-moi la paix et dis à cette salope de sorcière d'aller se faire foutre.

Eh ben, ça, pour une surprise... Même après l'enfer qu'il a enduré, il a encore la niaque. Étrangement, je suis fière de lui.

— Bon, t'as faim ?

Je fais glisser mon sac de mon épaule et défais la fermeture éclair.

— J'ai toujours faim, lâche-t-il d'une voix douloureuse, transpirant le désespoir.

— J'ai ce qu'il te faut.

Je sors une bouteille de sang, la secoue et retire le bouchon. Il relève brusquement la tête dès qu'il capte l'odeur.

Deux yeux rouges sur un visage squelettique suivent mes mouvements avec avidité. Ses crocs s'allongent instinctivement, fendant sa lèvre inférieure. Je me penche vers lui, et il m'arrache la bouteille des mains. Un frisson me parcourt quand je vois l'état de ses poignets. Les cicatrices sont vilaines.

— Je suis vraiment là pour t'aider, assuré-je en m'accroupissant devant lui, les muscles tendus, prête à me carapater. Doucement... bois pas si vite, tu vas te rendre malade.

Il ne m'écoute pas et s'étouffe. Un filet rouge s'accroche sur sa bouche et son menton.

— Je retire tes chaînes ?

Il acquiesce, la bouche pleine de sang.

J'ai conscience de jouer avec le feu, car ce jeune vampire pourrait péter les plombs, mais… je ne sais pas… Il m'inspire confiance, bizarrement.

Je dégaine la clé que j'ai piquée dans la poche de la sorcière et fais sauter les menottes. Avec mille précautions, je retire le métal qui mord ses poignets meurtris. C'est insoutenable. Je lui adresse un sourire contrit, car la peau s'est reformée par-dessus le métal qui s'est incrusté dans sa chair. Il doit souffrir le martyre. Mais il ne semble pas prêter attention à la douleur, occupé à boire à grandes goulées. Lorsque la bouteille se vide, il la broie, cherchant à recueillir avec sa langue la moindre goutte de sang retenue par le plastique. J'attrape une autre bouteille, la secoue, l'ouvre, et la lui tends.

— J'ai encore cinq bouteilles avec moi. Alors, essaie de boire doucement cette fois.

Il boit, puis s'affale contre le mur, repu.

— C'est quoi ton nom ?

— Justin.

— OK, Justin. On a le temps de remonter et de faire un saut à la douche si tu veux.

Je lui montre mon sac plein de vêtements.

— Tu peux te laver et enfiler des fringues avant qu'on parte. On peut te ramener chez toi ou dans un endroit sûr. C'est toi qui décides.

Il croise mon regard.

— Je veux simplement t'aider, insisté-je. Je crois pas que ce soit malin, ou même juste, de laisser un vampire comme toi sans défense dehors.

Il laisse retomber sa tête, l'air abattu.

— Je ne vais pas y arriver, souffle-t-il.

Merde. Dexter apparaît et se frotte contre ma jambe avant de s'asseoir devant le vampire nu. Ignorant le sang qui dégouline de sa bouche, il va se frotter contre lui en ronronnant.

— Je te présente Dexter.

— Miaou.

— Tu as amené ton chat ? demande-t-il, interloqué. C'est ton compagnon ?

— Non, c'est mon emmerdeur. Je ne suis pas une sorcière. En fait, je suis une hybride métamorphe-vampire, expliqué-je en levant les yeux au ciel.

Justin tend la main en tremblant, puis caresse la fourrure de Dexter.

— Il est tellement doux, marmonne-t-il.

— C'est vrai.

En l'observant caresser affectueusement Dexter, il me faut une seconde pour savoir que ça ira pour Justin.

— La raison pour laquelle on est là... euh, Karen Miller a quelque chose qui m'appartient, et je suis venue la récupérer. En faisant du repérage dans sa maison, j'ai vu que tu étais enfermé ici et j'ai voulu te libérer.

Justin repose la tête contre le mur, le regard tourné vers le plafond.

— Je ne crois pas me doucher ici, même si je sais que je schlingue, dit-il avant de parler plus bas. Et si elle revenait ?

Je lui souris gentiment pour répondre à ses mots empreints de terreur.

— Cette garce ne reviendra pas.

À cet instant, je prends conscience de la réalité. Je n'ai jamais eu l'intention de livrer Karen Miller aux sorcières.

Impossible.

Je ne peux pas prendre ce risque. Elle est le mal incarné.

Mais si je ne peux pas la leur livrer, cela fait-il de moi un assassin ? Suis-je prête à aller jusque-là ? Mes yeux glissent vers la silhouette décharnée de Justin. Elle l'a séquestré au sous-sol pendant un temps infini. Je vois les ravages sur son corps. Le tableau d'un abus abominable, dont les dégâts physiques se résorbent, grâce au sang.

J'étais incapable de la tuer uniquement pour moi-même. Cependant, j'ai regardé les enregistrements, je l'ai entendu pleurer. Et maintenant, je le vois de mes yeux éveillés.

Je ne suis ni une sauveuse ni une tueuse.

Mais il semblerait qu'aujourd'hui je sois les deux.

JUSTIN TITUBE DANS LA DOUCHE, puis s'habille. Je lui ai proposé d'appeler un taxi pour qu'il le dépose au portail ou de marcher. Il a opté pour la deuxième option, puisqu'il n'a pas mis le nez dehors depuis un moment.

— Prêt ?

— Je crois, ouais. Va falloir que je m'habitue, dit-il en mettant maladroitement un pied devant l'autre.

Il semble aller vraiment mieux. C'est la magie du sang sur les vampires transformés, sans oublier une bonne douche et des fringues propres. Bien qu'il ressemble à un vampire et à un... un mort, il n'a plus l'air d'un zombie ambulant.

Son visage est plus rond ; dans l'ensemble, il semble moins émacié. Ses cheveux noircis par la crasse sont en fait d'un auburn foncé.

Je m'accroupis au niveau de la boîte à outils et remballe tout ce qui ne me sert pas, y compris les micro-caméras. Je tente d'ignorer la sorcière dans les vapes, affalée au fond de la réserve qui respire comme Dark Vador.

— Tu as un endroit où aller ? De la famille ?

Il regarde ses pieds en faisant non de la tête.

— Non, je n'ai nulle part où aller. Une femelle vampire m'a transformée sans mon consentement... Je lui ai tapé dans l'œil, dit-il, écœuré.

— C'est moche.

Il hausse les épaules, les yeux rivés par terre.

— Elle m'a transformé sur un coup de tête, alors j'imagine que je suis enregistré comme un rebelle en plus. Quand j'ai refusé de me mettre avec elle, parce que les femmes ne m'attirent pas... Putain, elle a vrillé, dit-il avec un rire amer. J'aurais dû jouer le jeu et m'assurer un endroit où aller avant de la repousser. Elle n'y est pas allée de main morte en me cognant... Quand je me suis réveillé, j'étais menotté dans le sous-sol. Elle m'avait vendu à la sorcière. Depuis, je n'ai pas bougé.

Ses yeux dérivent distraitement vers la cuisine et le sous-sol.

— Ça doit faire des mois... des années... J'en sais rien, merde.

Il se frotte la nuque.

— Je suis désolée qu'elles t'aient fait subir ces atrocités.

Je me relève, et, sans réfléchir, je fais un mouvement vers lui.

Il sursaute.

L'expression de frayeur qui traverse son visage me brise le cœur. Je recule pour respecter son espace personnel, gardant les mains bien en vue.

— Écoute, je n'ai pas encore dix-huit ans, et je suis sous la tutelle d'un ange, confessé-je en roulant des yeux. Je lui raconterai tout quand nous aurons le temps.

Je pousse un soupir nerveux. Lui révéler cette information est risqué, mais... je suis mon intuition.

— Mon amie Story, Dexter et moi vivons dans sa maison. Il s'appelle Xander, expliqué-je, mal à l'aise. Mais en plan B, on a loué un deux-pièces. Je suppose qu'on peut appeler ça un refuge. Ce n'est pas grand-chose, mais c'est sûr, propre...

Je m'arrête un instant, pose la main sur mon oreille, en levant un doigt pour lui indiquer d'attendre.

— Je vais vérifier avec elle... Story ? C'est aussi chez toi. Je sais qu'on n'a pas encore déménagé, mais ça te gêne si Justin reste là-bas le temps de se remplumer ?

Je l'entends inspirer à l'autre bout du fil.

— Bien sûr que non. J'allais te le proposer. Il a besoin de nous et d'amis.

Je souris.

— T'es la meilleure, merci.

Je lance un sourire chaleureux à Justin.

— Ma coloc, Story, est d'accord. Tu es le bienvenu.

— Vous m'hébergez ? Chez vous ? Pourquoi... ? dit-il, incrédule.

Il plisse le regard, et je lis la méfiance sur ses traits. *Ça semble trop beau pour être vrai.*

— Parce que j'ai connu la solitude et la peur. Je sais qu'intérieurement, tu es dévasté, mais tu n'es pas brisé. Je ne vais pas te lâcher. Tout ce qui t'arrive m'arrive à moi aussi. On va affronter ça ensemble.

Je hausse les épaules.

— J'ai le sentiment que c'est la bonne chose à faire.

Je traîne des pieds en fixant le sol. Au café, nous avons un comptoir où les clients peuvent acheter un café ou une part de gâteau à un étranger. C'est trois fois rien, mais c'est beaucoup pour ceux qui n'ont rien du tout.

— Tu me le revaudras quand tu seras en état.

— D'accord, murmure-t-il.

Je replace le couvercle de la boîte à outils et la soulève. Elle semble identique. C'est fou de se dire qu'il y a une sorcière à l'intérieur. Les dimensions miniatures sont fantastiques.

Proposer à Justin de vivre avec nous a bousculé mon programme, comme je ne voulais pas déménager de chez Xander avant d'avoir résolu cette question de tutelle. Mais il a vécu seul, dans un sous-sol, torturé par une sorcière... Je ne sais pas si Justin est prêt à vivre seul. Il a peut-être besoin de quelqu'un à qui se confier.

Je devrais appeler ma grand-mère licorne. Sans doute peut-elle se charger de ma tutelle. Je dois vivre ma vie. Selon la loi, les humains sont indépendants dès l'âge de seize ans. C'est vraiment pas juste... Mais en y pensant, il est logique que les créatures aient deux fois plus de contraintes.

Au moins, je sais que Xander est un chouette type avec une morale inébranlable. Seulement, je ne trouve pas juste de lui imposer une autre personne sur qui veiller sous son propre toit.

— On y va, on discutera sur la route… Dexter ! appelé-je.

Le chat contourne le canapé en trottinant et me lance un regard indigné signifiant *inutile de me hurler dessus, l'humaine.*

J'ouvre la porte d'entrée et m'engage dans le jardin. La nuit est encore froide, et l'air glacial. J'inspire à pleins poumons pour purifier mes narines de l'odeur entêtante de vanille et de magie. Je suis ravie d'avoir quitté cette maison.

Ça s'est passé comme sur des roulettes, pensé-je avec un sourire de triomphe. À peine cette pensée voit le jour que la situation se corse. La boîte à outils tressaute contre ma jambe tandis que le bruit de véhicules en approche me parvient. Je tourne la tête, et une douzaine de voitures freinent en dérapant sur le bitume.

Trois d'un côté et trois de l'autre. La rue est bloquée.

Putain, Tru.

Justin est sur le point de sortir, et je lui fais signe de retourner à l'intérieur.

— Reste derrière la barrière, Justin.

Je laisse tomber la boîte, trifouille dans ma poche, et jette une potion classique de barrière sur le mur du jardin. Cela devrait me laisser le temps de parler à Justin et d'attraper des armes.

Je lance un regard à la maison. Ou peut-être est-ce le moment de battre en retraite et d'appeler la cavalerie. Je sursaute en voyant deux vampires bondir d'une voiture et sprinter dans ma direction. La barrière leur met un stop ; elle ondule, vacille. Je n'ai que quelques minutes.

— C'est pour moi ? demande Justin, les yeux exorbités de peur.

— Non.

Enfin, pas que je sache. C'est forcément pour la sorcière, à moins que...

Lord Gilbert sort de la voiture et s'engage sur le trottoir. Il réajuste sa veste de costard et me lance un rictus arrogant.

Ce snobinard de sang-pur...

Chapitre Trente-Six

— J'ai eu ton message, m'informe Lord Luther Gilbert.

Ses lèvres se fendent d'un rictus tandis qu'il rabat une mèche de cheveux. Ah, bien ; j'ai bien fait de lui renvoyer le tueur à gages.

— Suis-nous sans faire d'histoires, m'intime-t-il en s'avançant d'un pas menaçant.

C'est qu'il fait flipper le lord.

— Story, t'as vu ça ? C'est ce connard de Lord Gilbert.

— Ouaip, les caméras tournent encore. Retourne dans la maison.

Je sais reconnaître quand je suis dépassée par le nombre. Je recule d'un pas et repousse la boîte à outils du pied vers la porte. Cela ne me dérange pas de partir en courant.

L'angoisse monte lorsque quatre vampires s'élancent contre la barrière.

— Euh non, Luther, sans façon.

Le pseudo aristo fulmine quand je l'appelle par son prénom. Oups.

— Si tu ne traverses pas cette barrière, tu nous contrains à saigner le voisinage, Tru.

Il se lèche les lèvres en ricanant.

Automatiquement, mon cerveau s'arrête sur la mamie du numéro six. Je dois inspirer à trois reprises pour calmer le volcan de rage qui menace d'exploser dans ma tête. Je hais ça, et je le hais, *lui*.

— Tu sais que je ne peux pas les laisser blesser ces gens, chuchoté-je à Story. Si quelque chose m'arrive, protège notre nouveau pote.

Je donne un coup de pied dans la boîte pour qu'elle franchisse le seuil.

— Fais attention, je t'aime, dit-elle.

— Moi aussi.

Je retire l'oreillette, la range dans ma poche et balance mon téléphone à Justin qui le rattrape au vol.

— Joli ! dis-je avec un faible sourire. Ma meilleure amie, Story, est en ligne. Reste à l'intérieur jusqu'à ce qu'elle te dise de bouger. Ne sors pas, Justin. Sous aucun prétexte.

— Je peux t'aider, propose-t-il courageusement.

— Pas aujourd'hui. Mais merci. Promets-moi, quoi qu'il se passe, de rester derrière la barrière.

La barrière de sang de la sorcière le protégera.

Il hoche la tête.

J'enlève mon manteau que je laisse tomber par terre ; rien de ce qui se trouve dans les poches ne m'aidera, il ne fera que m'encombrer. J'ai une douzaine de couteaux à lancer et quelques vilaines potions. J'ai également des armes fabuleuses coincées dans la réserve de mon grand-père, mais je n'ai pas le temps de les prendre. Je vais devoir faire avec les moyens du bord.

Les vampires sortent de leurs voitures. Je les compte mentalement. Je dois faire mumuse avec vingt emmerdeurs.

Youpi.

Je suis foutue.

J'active mes épaules et mes poignets pour m'échauffer. On dirait que mes principes vont être mis à rude épreuve, car si c'est ce que je crois, je ne peux pas me planter. Je vais devoir les tuer.

— Si tu as reçu mon message, ça veut dire que tu as eu mon avertissement. Je ne viens pas avec vous. Pour la deuxième fois, je t'avertis : si tu insistes, toi et tes sbires allez finir dans un cercueil…

Ha ha ! *Un cercueil.* Je ris comme une sadique en visualisant la scène. Très cliché pour un vampire.

Il n'y a que vingt vampires.

Je déglutis et je sers si fort les couteaux que mes mains me font mal. J'intime à mes doigts de se détendre un peu.

— Miaou.

Dexter se frotte à ma jambe. Mon cœur loupe un battement et me retombe dans l'estomac.

Oh non, merde.

Des larmes d'inquiétude emplissent mes yeux. J'ai envie de me gifler. Quelle conne ! J'aurais dû l'enfermer dans la maison. *Pitié, faites que mon chat ne soit pas blessé,* supplié-je l'univers.

— Tu as amené ton chat ? se moque Luther.

— Oh non, ce n'est pas un chat, répliqué-je.

Je baisse le regard vers le trouble-fête à poils que j'aime de tout mon cœur. Au fond de moi, je lui hurle dessus. *Allez, c'est le moment, mon pote. Transforme-toi en monstre faë ou tire-toi à l'intérieur.*

— Tuez-les, ordonne Luther d'un geste dédaigneux.

Dès qu'il lance son ordre, mes couteaux sont entre mes doigts. Sans attendre, je les lance sur lui. La barrière ne les arrête pas tandis qu'ils filent dans sa direction. J'attends de voir s'ils atteignent leur cible, le cœur battant.

Un vampire se dresse devant Luther et une de mes lames se plante dans sa jugulaire, et une autre dans son cœur. Je défaillis.

Oh.

Du sang jaillit, et le vampire s'effondre. *Je crois qu'il est mort.*

Luther essuie les taches rouges qui ont éclaboussé son costume et lance un regard méprisant au vampire à terre.

— Il t'a sauvé la vie…, coassé-je.

Je l'ai tué.

Lord Luther Gilbert enjambe son sauveur comme si sa mort ne valait rien. L'air hautain, il me tourne le dos et ouvre la porte de la voiture.

Il compte partir.

Une douzaine de vampires l'encerclent, formant une muraille vivante… ou morte. Pendant ce temps, quatre vampires martèlent sans relâche la barrière du jardin. Je secoue la tête et plonge une main tremblante dans ma poche.

Son attitude face au sacrifice de ce vampire me révolte. Ce connard s'est plus inquiété pour le pressing.

Il va voir... J'attends le moment opportun, puis jette une potion sur lui. Elle atterrit en plein milieu de son dos où le liquide se répand. Je regarde, surprise, la magie ronger sa veste hors de prix.

Il pousse un cri horrifié et bat des bras. Paniqués, ses hommes se ruent vers lui pour lui retirer sa veste. Pendant tout ce temps, le lord couine comme un porc. La veste empoisonnée finit par terre.

Ouais, c'était vicieux. J'aurais sûrement dû en profiter pour lancer un autre couteau, mais il n'aurait pas traversé le mur de vampires. Je voulais simplement le provoquer, et éviter de tuer quelqu'un par mégarde. Si le sang-pur tient davantage à son trois pièces... soit. Je flinguerai son trois pièces.

La barrière vacille. Avec deux lames logées dans mes paumes moites, je traverse le jardin en courant et saute par-dessus le mur. Dès que je touche le sol, un vampire me charge. J'attrape son bras et le tords. *Crac.* Un gémissement lui déchire la gorge.

Putain, ça se pète comme une brindille. Je fronce les sourcils, perplexe. Ce n'est pas normal.

Reste concentrée, Tru.

Je reporte mon attention sur le moment présent. Utilisant son corps comme une barre de pole dance, je tourne autour de lui pour envoyer mon pied dans la figure d'un autre vampire qui effectue un vol plané dans la rue.

Je reste hébétée. Honnêtement, on aurait dit une scène d'action d'un mauvais film... *Comment j'ai fait ça ?* Oh, la double corne magique me rend sacrément balèze.

Je note.

J'entends Luther partir en voiture, et tous les vampires convergent vers moi en se cognant les uns contre les autres.

— Ça vous gêne pas que votre chef se fiche de la mort d'un des vôtres ? lancé-je en parant un coup de poing. Qu'il se préoccupe plus de son costard ?

Je m'efforce de trouver de l'espace, mais c'est inutile ; ils sont partout.

— Il se tire pendant que vous restez là à mourir.

Un poing me fonce en plein visage. Je l'intercepte et renvoie un direct dans son rein. Je bloque deux autres coups, mais un crochet traverse ma garde. Ma tête vole sur le côté, et ma lèvre se fend. Ma jambe droite réagit automatiquement, le shootant au visage.

— Notre maître ne traite pas avec la vermine. C'est un sang-pur.

Un vampire me frappe à la tempe, puis on m'attrape par-derrière. Un autre dégaine un couteau en argent et me le plante dans la jambe. Une grimace me déforme les traits.

Encore ?!

Putain, pourquoi doivent-ils me poignarder la même jambe ? Ils le font exprès ou quoi ? Son sourire mauvais dévoile ses crocs alors qu'il retire la lame. Je ravale un cri de douleur. Mon sang macule ses mains et s'égoutte de la lame pendant qu'il choisit un nouvel angle, visant cette fois le cœur.

Il croit que je suis faite comme un rat.

Sans réfléchir, je me transforme. Mon corps entier fourmille, et ma silhouette épouse celle de la licorne.

Génial, je peux me transformer après avoir été poignardée avec de l'argent !

Tout le monde autour de moi se fige, désemparé. Je

frime en agitant mes sabots. Sans perdre les vampires de vue, je vérifie un truc.

Ouf. Pas d'ailes. Heureusement. Sinon ils les auraient prises pour cible. Manifestement, elles n'apparaissent pas forcément lors de ma transformation. Plutôt cool. À pratiquer.

Mes assaillants ne sont plus tentés de m'attaquer, pourtant... ils ne semblent pas impressionnés par ma superbe licorne.

En fait, ce n'est pas moi qu'ils regardent.

Ils ont le regard braqué derrière moi, épouvantés. Je plisse le nez, déçue. Je manque perdre mon équilibre en sursautant de frayeur lorsqu'un *rugissement* résonne dans la rue.

Me voilà aussi tétanisée que les vampires. Mon cœur tambourine dans mes oreilles. Je tourne doucement la tête et roule l'œil droit pour inspecter. Mes genoux tremblent.

Ma mâchoire se décroche, et mes sabots jouent des castagnettes alors que je fais volteface.

Le rugissement vient de... de Dexter. Il s'est changé en un monstre félin.

Que la partie commence !

Waouh, c'est une version gigantesque de lui-même. Je plisse les yeux sur ses dents qui sont monstrueuses.

À nouveau, il pousse un rugissement.

— Beithíoch ! s'époumone un vampire.

Dexter se jette sur lui et lui arrache la tête. Je cligne des yeux, choquée. Il saute sur le suivant.

Oh mon Dieu, ils n'ont pas le temps de s'enfuir, il les déchiquète un à un à la vitesse de la lumière. *Je dois l'aider.* Merde, je n'ai même pas appris à marcher sous ma forme animale. Alors que je m'apprête à reprendre forme humaine, un vampire se cogne dans mes postérieurs. Mon corps agit d'instinct. Je rue, faisant tomber les vampires derrière moi comme des dominos. Je le piétine ensuite avec mon antérieur droit. Mes dents claquent, me rappelant que j'ai une corne. Pourquoi je n'embrocherais pas tout le monde, tiens ? Et je me mets au travail. Ma queue multicolore entre en action, claquant dans l'air tel un fouet. Ce nouveau corps est génialissime.

Un vampire vient vers moi. Je me cabre avant de me laisser retomber de tout mon poids sur lui. Il se prend une demi-tonne sur la caboche, qui se brise comme un œuf au plat. C'est *badass* d'être une licorne.

Il ne faut pas longtemps pour décimer les vampires. Pour être honnête, le mérite revient à Dexter. La rue est redevenue silencieuse. L'épuisement transparaît dans mes flancs, qui se soulèvent à chaque inspiration. Je m'éloigne des vampires et reprends forme humaine. Avec tristesse, je cherche mes vêtements qui sont introuvables, perdus dans une mer de cadavres.

C'est horrible. Toutes ces vies perdues...

Le collier de licorne... ? Paniquée, je tâtonne mon cou, constatant qu'il est toujours là. Quelque magie de sorcière lui aura permis de ne pas tomber en miettes pendant ma transformation. Et voilà, ma théorie sur ma corne qui reprendrait place sur mon front en me transformant tombe à l'eau. Mes épaules s'affaissent de déception.

Dexter est assis sur une pile de... Je tousse et ravale la bile qui monte dans ma gorge. Mieux vaut eux que nous. Mais bordel, cette nuit a été interminable.

Je me frotte doucement le visage et examine ma jambe.

Aucune douleur. Au moins, la transformation a guéri ma blessure. J'entends un grondement animal, puis détache mes yeux de ma jambe.

— Dexter, t'as pas intérêt à te lécher les pattes... Beurk !

Je dois détourner le regard pour ne pas dégobiller tandis qu'il fait sa toilette.

Un coup de tonnerre éclate au-dessus de moi. Non... Un battement d'ailes. Avant que ma pupille se verrouille, un petit corps bleu s'écrase contre mon visage et s'étale sur mon nez.

— Oh mon Dieu, j'ai cru qu'on arrivait trop tard ! Tu es vivante. Tu les as tous éliminés et... Waouh, Dexter est énorme ! s'écrie Story en continuant de câliner mon nez.

— Qu'est-ce que tu fiches ici ?

— Je n'allais pas te laisser combattre seule.

Mon nez me chatouille. Je dois retenir ma respiration pour ne pas lui éternuer dessus. Maudite poussière de fée.

— *On* ? lâché-je en penchant la tête.

Elle a dit : *j'ai cru qu'on arrivait trop tard.*

Elle recule légèrement en volant et me presse les joues, un sourire nerveux sur les lèvres.

— Story...

— Euh, moi et... Xander.

Ah, le fameux coup de tonnerre.

Quand Xander m'aperçoit, nue comme un ver, il renverse la tête en arrière, adressant quelques mots à la voûte étoilée. Puis il se dirige vers moi d'un pas souple. Il saisit l'ourlet de son pull marine qu'il retire en un seul mouvement, révélant un bloc de muscles que je ne parviens pas à quitter des yeux... jusqu'à ce qu'il me passe son pull sur la tête. Adieu, vue céleste.

Son odeur de métal et de soleil s'infiltre dans mes narines. J'inspire à fond, m'imprégnant de lui à m'en étourdir. Des mains habiles tirent machinalement le pull jusqu'à couvrir mes fesses. Son pull entre en contact avec des parties de mon corps que lui ne touchera jamais. Mon ventre se noue de plaisir et de douleur.

Reprends-toi, ma vieille.

Je veille à ne regarder ni lui ni ses muscles saillants, préférant river mon attention sur Justin. Dieu merci, il m'a écoutée ; il n'est pas sorti. Il pointe le nez par l'embrasure, et lorsqu'il rencontre mon regard, il ouvre la porte en grand. Sa tête effectue un aller-retour entre Xander et moi. Il fixe l'ange avec la même expression de merlan frit que moi. On se croirait dans un dessin animé, où les personnages bavent littéralement devant une jolie fille.

— Ne la regarde pas, le menace Xander comme s'il peinait à parler.

Il se place devant moi, obstruant le champ de vision de Justin.

— Je crois que c'est toi qu'il regarde, commenté-je.

Je contourne l'ange et lance un clin d'œil complice à mon nouvel ami vampire qui articule en s'éventant : *Putain, c'est qui lui ?* Ouais, je sais ce que ça fait.

Mon ange gardien, je lui réponds silencieusement.

Voir sa réaction ne m'étouffe pas de jalousie ou de rage. Au contraire, l'aperçu de sa personnalité me fait plaisir.

Xander reporte son attention sur moi, les pupilles luisantes.

Oh-oh, il est en colère.

Story vole vers Justin, m'abandonnant à mon sort.

— Tru, qu'est-ce que tu n'as pas compris dans « je vais m'occuper de la sorcière » ?

Je garde la tête baissée, en tripotant les manches de son pull qui retombent mollement sur mes poignets. Il se rapproche, relève mon menton, m'obligeant à affronter ses iris obscurcis par l'inquiétude.

— Explique-moi ce qu'il s'est passé avant l'arrivée des chasseurs.

Je prends une inspiration et me laisse aller contre lui. Mon front repose à même son torse dur comme la pierre.

— Je suis désolée.

Il grommelle quelque chose avant de me soulever dans ses bras. Rapidement, il contourne les corps gisant au sol et me dépose sur la pelouse, qui a été épargnée par le sang et les tripes.

Il s'empare de mon manteau.

— Enfile ça, tu meurs de froid, dit-il d'une voix bourrue.

Avec l'aide de Story et de Justin, je lui raconte ce qui s'est passé.

Dès que nous achevons notre récit, il sort son téléphone.

— Atticus.

Oh, le chef du conseil des vampires.

— Peux-tu m'expliquer pourquoi j'ai sous les yeux une douzaine de vampires morts appartenant à la maison de Gilbert ?

— Vingt, le corrigé-je à voix basse.

— Vingt vampires ont attaqué Tru ce soir, sans être provoqués... Oui, ça a été filmé. Atticus, si tu ne tiens pas en

laisse cet enfoiré arrogant, je lui arrache la tête. C'est clair ?
Viens nettoyer son bordel, et pendant que tu y es...

Il lance un regard à Justin.

— ... j'ai besoin qu'un jeune vampire soit enregistré et
que celle qui l'a engendré soit abattue pour transformation
illégale. Je t'envoie l'adresse et le code du portail le plus
proche. Des voitures sont garées devant la maison, si besoin.

Puis, il met fin à l'appel.

— Maintenant, à part la sorcière inconsciente et ton
armurerie de tueuse, as-tu des vêtements de rechange dans
ta boîte magique ?

Prise au dépourvu, j'opine.

Chapitre Trente-Sept

J'en suis à ma deuxième tasse de thé. Je bâille si fort que ma mâchoire craque et mes yeux s'embuent. Putain, je suis claquée. Il s'est passé tellement de choses qu'il m'est impossible de dormir. Ma tête est un nid d'abeilles en furie bourdonnant de pensées.

Et en plus, je dois appeler mon grand-père licorne pour lui rendre son dû. Rien que d'y penser, j'en suis malade. Ça ne va pas être de la tarte de retirer sa corne. Je redoute ce moment.

Mes lèvres se tordent en une grimace. Je suis égoïste, non ?

Je tripote le collier d'os. Il est tiède sous mes doigts, sa magie vibre contre ma peau. Je ne veux pas être égoïste... mais j'ai besoin d'un moment pour me préparer mentalement à ce coup de fil. Et puis, il est cinq heures du matin. Le réveiller aux aubettes serait malpoli. Je devrais attendre le lever du soleil.

Je mordille ma lèvre et baisse les yeux vers le collier. En le voyant, mon cœur se serre. Oh, il est joli, ce n'est pas la question. Les reflets arc-en-ciel lui donnent l'apparence d'un bijou fantaisie. À première vue, impossible de deviner qu'il est en os. J'étais tellement focalisée sur le fait de le récupérer que je n'ai pas eu le temps de réfléchir. Et ensuite, quand je l'ai eu dans ma main, j'ai ressenti une joie immense. Mais maintenant que j'ai le temps d'y penser, ça me broie le cœur.

J'ai de la peine, car je sais à quoi ma corne devrait ressembler, ayant vu celle de mon grand-père dans toute sa splendeur. Quand je compare les deux... c'est *monstrueux*. Une partie de moi a été mutilée, transformée en vulgaire bijou enchanté. J'ai envie de gerber.

C'est pire que si quelqu'un m'avait coupé un doigt pour le porter en pendentif. Parce que la corne, ce n'est pas simplement un os magique. C'est tout mon pouvoir, des morceaux de mon âme.

J'avale mon thé, le ventre noué par l'inquiétude. Et si je ne pouvais pas la réparer ? Si je n'arrivais pas à lui restituer sa forme originelle ? *Si la sorcière l'avait bousillée à jamais* ? Pourrai-je encore me transformer ? Mes doigts reviennent inconsciemment sur le collier. Je sens sa puissante vibration ; la magie ne semble pas brisée. Mais quand je rendrai sa corne à Denby Jones, si je peux encore me transformer, serai-je une licorne sans corne ?

Je n'aime pas l'idée d'avoir une partie de mon âme autour du cou, facile à enlever, facile à voler. Alors même si j'ai récupéré ma corne, je n'ai pas envie de laisser partir la sienne. Une larme solitaire glisse sur mon nez. Je l'essuie vite fait.

Quelle nuit terrible.

Soyons honnêtes, je ne pourrai pas dormir tant que je n'aurai pas passé cet appel. Et même après, la tempête dans mon crâne ne me laissera pas fermer l'œil.

Ce soir, j'ai découvert que je suis prête à tuer pour sauver des inconnus et pour me sauver moi-même.

Je repose d'une main tremblante ma tasse sur la table basse. À pas traînants, je vais m'allonger au centre de l'orangerie, à côté de Justin. Quand ma tête touche le sol, le collier claque doucement contre le carrelage chauffé. Je fixe la verrière au-dessus de nos têtes et rejoins Justin dans son observation silencieuse de la voûte céleste.

Xander, qui apparemment dirige désormais un hôtel pour marginaux, a insisté pour que Justin vienne avec nous. Mon ange a pris le jeune vampire sous son aile après l'avoir enregistré auprès d'Atticus. Justin, terrorisé par les autres vampires, se retrouvait sans abri. Et quand Story a fait ses yeux de chiot suppliant, Xander a cédé. Je souris. Ce mec a tellement de facettes. *Plus je le découvre, plus je craque pour lui.* Cette pensée me fait gigoter, et le sol dur s'enfonce dans mon dos.

Le lever du soleil est encore loin, et grâce à mon œil aiguisé de métamorphe, je distingue bien les étoiles malgré les lumières de la ville.

Un homme sage a dit : *quand la vie te met à terre, allonge-toi sur le dos et regarde les étoiles.* Observer le ciel nocturne me rappelle à quel point je suis insignifiante dans l'immensité de l'univers.

Le jeune vampire est silencieux à côté de moi. Cela fait

plus d'une heure qu'il contemple la nuit, bras croisés derrière la tête. Je le laisse à ses pensées.

Je sais que certains considèrent les vampires comme des créatures mortes et que les vampires de naissance voient les vampires transformés suite à une morsure comme de la chair à canon. Mais... Je tourne la tête et le regarde discrètement. Quand je parle à Justin, tout ce que je vois, c'est une personne. Un garçon qui essaie simplement de trouver sa place dans le monde. Alors ce serait hypocrite de ma part de considérer les vampires qui sont morts aujourd'hui comme autre chose que des personnes. Des personnes que j'ai tuées.

Le problème, ce n'est pas la culpabilité. Je laisse échapper un petit rire sans joie. Non, le problème, c'est que je ne culpabilise pas. Je ne ressens rien.

Maintenant que l'adrénaline est retombée, je réalise avec horreur que ça ne me fait ni chaud ni froid de les avoir tués. C'est ça qui me fout les jetons.

Ça m'oblige à interroger ma psyché.

Qu'est-ce qui cloche chez moi ? Je sais que je ne suis pas humaine, et je ne peux plus faire semblant de l'être. Mais si je devais recommencer ? Si je devais les tuer encore pour protéger les habitants de la rue, protéger Justin ? Je le ferais sans hésiter. Mon seul regret, c'est que Lord Luther Gilbert s'en soit tiré sans une égratignure.

La sorcière vit toujours ; c'est la moindre des choses que Justin décide de son sort, après les tourments qu'elle lui a fait subir. Pendant qu'on avait l'attention d'Atticus et de ses vampires d'élite, de la guilde des chasseurs et de la police humaine, Xander a sorti ma prisonnière endormie de la boîte à outils. Karen Miller est en vie, mais son existence ne sera pas une partie de plaisir. Privée de ma magie de licorne, elle ne vaut plus grand-chose, et ils ont décidé de sceller définitivement ses pouvoirs naturels. Ils vont l'envoyer hors-monde dans une planète-prison. On ne la reverra jamais.

Le cliquetis de griffes sur le carrelage me tire de mes pensées. Un Dexter de taille normale trottine vers moi. Il a repris sa forme habituelle une fois que j'étais hors de danger. Et heureusement, parce qu'en mode bête géante, il n'aurait jamais pu franchir le portail.

Un *ouf* m'échappe quand il bondit sur mon ventre, m'écrasant de tout son poids. Ses griffes s'enfoncent dans mon pull alors qu'il pétrit ma poitrine, s'assurant qu'elle est assez confortable pour son royal postérieur. Satisfait, il s'allonge de tout son long sur moi.

— Merci de m'avoir sauvée aujourd'hui, mon petit chat, je murmure, rompant le silence pesant de la pièce.

Je lui caresse le dos et il s'étire avant de rouler sur le côté. D'un coup de pattes, il m'attrape la main et l'attire contre son ventre roux et blanc.

— Si tu ne m'avais pas suivie, je serais morte. Alors merci Dexter. Tu es le meilleur matou monstrueux du monde.

Je caresse doucement son ventre, lui arrachant un ronronnement comblé.

QUAND L'AUBE POINTE, je pousse doucement Dexter qui dort encore et me lève du sol.

— Viens, Justin. Tu as une chambre avec un lit. Je crois même que Xander t'a installé un mini-frigo rempli de bouteilles de sang. Il y a aussi une tablette et un téléphone au cas où tu voudrais contacter quelqu'un.

Je l'aide à se relever, faisant mine d'ignorer son tressaillement au contact de ma main. Je garde mes distances pour ne pas accroître sa nervosité.

Nous quittons l'orangerie et nous dirigeons vers les chambres. Tout en marchant, je roule des épaules et balance les hanches pour dénouer la raideur de mes muscles. Passer plusieurs heures allongée sur le sol n'était pas une super idée. Je laisse Justin devant sa porte.

Puis je sors mon téléphone et compose le numéro de Denby Jones. Ça sonne... sonne... Il ne décroche pas. Je vais lui laisser encore une heure, il est à peine sept heures du matin.

Dans la cuisine, j'étale distraitement de la confiture sur ma tartine en bâillant. Merde, j'espère qu'il ne lui est rien arrivé. J'ai mis un sacré bordel en provoquant la chute du conseil des métamorphes et la cavale de tous ses membres. C'est quand même étrange de ne pas réussir à le joindre. À sa place, si j'avais prêté à une quasi-inconnue la source de mon pouvoir, une partie de mon âme... mon téléphone serait littéralement greffé à ma main dans l'attente de son appel.

À dix heures, n'ayant toujours aucun signe de mes grands-parents biologiques, je vais voir Xander.

— Tu sais où ils habitent ? Tu peux m'y emmener ?

Je doute que Denby vive encore chez Ann, vu qu'elle l'a mis dehors, mais elle pourra peut-être m'indiquer où le trouver. Il faut que je lui rende cette corne au plus vite. Je n'ai aucune envie de la garder plus longtemps que nécessaire. Et puis, j'ai des questions sur ma mère vampire et sur Ryan, son fils, mon père, alias le voleur de corne.

Sans code de portail, impossible d'utiliser les passages magiques. Ça fait une demi-heure qu'on roule. Je fais mine de regarder défiler le paysage, mais en réalité, j'observe Xander dans le reflet de la vitre. Sa beauté me coupe le souffle. Il tient le bas du volant d'une main, le bras posé sur sa jambe. Et comme tout ce qu'il fait, il conduit avec application. Ça me fait sourire. Xander conduit comme une petite mamie qui se rend à l'église.

Puis mon sourire s'efface et mon cœur chavire. D'un doigt, je trace les contours de son visage sur la vitre. *T'es chelou, Tru.* Je serre le poing, mes ongles s'enfoncent dans ma paume. C'est pour ça que, dès que j'en aurai fini avec cette histoire de corne, la bande de marginaux et moi, on dégagera de chez lui. Je frotte mes phalanges contre la vitre. On a notre appart ; je dois me détacher de l'ange.

L'amour à sens unique, c'est une vraie saloperie. Ça fait mal. Mon cœur me fait mal et vivre avec lui, c'est malsain.

Putain, j'espère qu'on ne va pas encore tomber sur un nouveau problème. Je ne suis pas sûre que ma tête puisse encaisser une nouvelle galère. J'aimerais bien quelques mois de répit. Même mon côté vampire en a ras le bol du sang. *Pourtant, je ne ressens toujours pas de culpabilité.*

Je me lèche la lèvre inférieure et pousse un soupir.

— Je ne ressens rien, dis-je, les yeux toujours rivés sur la fenêtre.

J'évite de regarder son reflet pour ne pas voir son visage et sa déception.

— Tu ne ressens rien à quel sujet ?

Je remonte la fermeture éclair de ma veste jusqu'au menton et mordille l'embout en plastique.

— Je ne ressens rien pour les vampires que j'ai tués, marmonné-je.

Comme il ne dit rien, je me force à tourner la tête vers lui. Nos regards se croisent. Ses magnifiques yeux couleur miel sont pleins de douceur et de compassion, avant qu'il ne reporte son attention sur la route pour négocier un rond-point.

— Si tu n'étais pas préoccupée par ton absence de remords, là, je m'inquiéterais. C'est quand on arrête de réfléchir à la valeur d'une vie que ça devient dangereux.

— Ou quand on commence à aimer tuer... Et si je...

— Tu n'es pas une psychopathe. Ces types t'auraient tuée sans la moindre hésitation.

Il tend la main et la referme sur la mienne. Je baisse les yeux vers nos doigts innocemment entrelacés, geste qui me renverse le cœur.

— Tru, dans la vie, tu ne peux pas contrôler ce qui t'arrive. Mais tu peux contrôler la façon dont ces événements t'affectent. Ne laisse pas les épreuves briser la personne que tu es. Te cabosser, te modeler, te façonner, oui. Mais jamais te briser. Tu comprends ? C'est toi seule qui décides ce que chaque expérience signifie pour toi.

Xander lâche ma main et me caresse doucement la tempe.

— Toi seule peux décider de ce qui se passe là-dedans.

Je m'enfonce dans mon siège.

Il a raison. Je m'en fiche d'être un peu cabossée. On est tous cabossés, certains plus que d'autres. Les ténèbres dans mes yeux font partie de moi. Et c'est à moi seule de décider si je les laisse m'engloutir.

— Merci, murmuré-je.

Et voilà, maintenant, je me sens toute chaude et... ramollie. Pourquoi me fait-il toujours cet effet ? Putain, ça va être douloureux de m'éloigner de lui.

Certains écrivent, composent de la musique, dansent — moi, je fais du mal aux méchants. Peut-être que c'est ma vocation. Autant mettre ce talent à profit. Je peux être une sauveuse, moi aussi.

Xander change de vitesse, et la voiture ralentit en tournant dans une rue bordée d'immenses pavillons. Quand on s'arrête devant leur maison, un mauvais pressentiment me noue l'estomac.

— C'est ici ?

L'immense portail en bois est grand ouvert.

— Oui.

Les doigts de Xander se crispent sur le volant et le gravier doré crisse sous les pneus alors qu'on avance lentement dans l'allée.

Je triture la fermeture éclair de ma veste tout en regardant de tous les côtés. La propriété a l'air déserte.

— Où sont les gardes ? m'étonné-je.

Je me penche en avant, détache ma ceinture. Le bip d'alerte retentit sur le tableau de bord. Je soulève mes fesses et m'agrippe à l'appuie-tête pour stopper l'alarme.

— Ça ne devrait pas être désert. Pas avec le bordel ambiant, soufflé-je.

— Non, tu as raison, gronde Xander. Je ferais mieux de te ramener à la maison et de revenir seul. J'ai un mauvais pressentiment.

Moi aussi. Mes instincts me hurlent de fuir. Mais Ann est ma grand-mère. Une grand-mère que je viens de rencontrer, certes, mais ce n'est pas une excuse pour décamper. Je dois vérifier si elle va bien.

— On n'a pas le temps.

Dès que la voiture s'arrête, je saute hors du véhicule, brandissant mes lames d'argent. Je traverse la cour d'un pas rapide.

La maison est immense. C'est une vieille demeure majestueuse avec des colonnes à l'entrée. Le genre de maison qu'on voit dans les films d'époque. Il ne manque qu'un fiacre et des chevaux.

Xander coupe le moteur et le silence tombe d'un coup.

— Tru, me gronde Xander. Attends-moi, s'il te plaît.

Il claque sa portière. Je m'arrête une seconde, puis dès que je sens sa présence à mes côtés, je reprends ma course.

Je grimpe les marches du perron d'un bond.

À la périphérie de ma vision, une fumée blanche flotte, striée de reflets dorés. La magie de Xander. Il a activé le mode guerrier. En deux grandes foulées, il me dépasse et, d'un mouvement ferme, me repousse derrière lui. Son pouvoir jaillit de ses mains. Et soudain, il brandit une épée gigantesque. Elle est plus grande qu'une épée longue, à double tranchant, avec une lame droite et massive ; je ne reconnais pas sa forme. C'est la même arme qu'il avait l'autre jour, dans le jardin. Il saisit la poignée de la porte d'entrée et la tourne. Elle s'ouvre sans bruit, et il me bloque le passage avec son épée, m'empêchant de le doubler. Nous jetons un coup d'œil à l'intérieur sans franchir le seuil... évitant peut-être ainsi un piège magique.

— Hello ? Ann ? C'est Tru... Il y a quelqu'un ? hélé-je. Grand-mère ?

L'appeler ainsi sonne étrangement. Au début, j'ai appelé Denby « grand-père » par pur sarcasme, avant que le respect s'impose.

Seul le silence nous répond.

Je jette un coup d'œil à Xander. Il arque un sourcil sombre et épais.

— Tu sens de la magie dans l'air ? demandé-je à voix basse.

— Non. Aucune barrière, pas la moindre once de magie. Rien.

Il parle normalement, contrairement à moi. Mais chuchoter ne sert à rien, vu que j'ai déjà annoncé notre présence. Un frisson me parcourt la nuque. Je la frotte du manche de mon couteau.

— C'est bien ce que je pensais...

Oh merde, c'est pas bon du tout.

Chapitre Trente-Huit

Xander franchit le seuil. Et comme la voie semble libre, il me fait signe d'entrer, puis referme la porte derrière nous. Mes bottes crissent sur le sol en marbre quand Xander me cloue à la porte.

— Reste ici, je vais vérifier que la maison est vide.

Je le regarde, médusée, avant de repousser sa main avec indignation.

— Euh, non. On y va ensemble, ça ira plus vite.

J'avance d'un pas décidé. À nouveau, mon dos se retrouve épinglé au bois quand Xander me repousse en arrière, faisant trembler la porte.

— Tu restes ici, Tru, ordonne-t-il d'une voix sourde.

Parfois, il ressemble davantage à un métamorphe qu'à un ange... avec son air autoritaire de merde. Je me retiens de répliquer, étant donné la fermeté de son ordre, optant plutôt pour un double majeur en l'air.

Il s'éloigne à grands pas. En attendant, je râle dans mon coin, contre la porte. Mes mains moites sont agrippées à mes lames en argent. On sait tous les deux que son comportement est ridicule.

Ce qui ressemble au hall d'entrée est immense et, contrairement aux apparences, plus moderne que l'extérieur de la maison. Les trois quarts des murs sont lambrissés tandis que le sol est en marbre blanc. Un bel escalier en bois monte en colimaçon devant moi.

Xander inspecte la première pièce à gauche qui semble être un bureau. Vide. Puis il passe à la porte suivante sur la droite. Un séjour, vide aussi. La troisième porte débouche sur une salle de bains.

Ça va prendre des plombes, rouspété-je intérieurement en donnant un coup de cul à la porte.

— À me faire attendre comme une damoiselle en détresse..., bougonné-je.

Pendant les cinq minutes suivantes, je serre tellement les dents qu'il va falloir songer à en changer l'émail. Xander me fait signe. Je le rejoins d'un pas pressé et lui emboîte le pas dans le salon.

Dans un fauteuil tourné vers la baie vitrée, qui donne sur l'impressionnant jardin arrière, se trouve Ann. Assise en silence.

— Je vais renforcer la sécurité ici, grommelle Xander derrière moi.

En tournant la tête, je remarque que son épée a disparu. Je l'imite en rangeant mes couteaux dans leurs étuis respectifs.

— Ce serait bien, merci, dis-je.

Il sort son téléphone de sa poche et s'éloigne pour passer un appel. Mon attention retourne vers la femme mutique qui n'a pas bougé d'un pouce.

— Ann ? hasardé-je à voix basse.

Comme elle ne me répond pas, je me précipite vers elle, et lui touche prudemment le bras pour qu'elle remarque ma présence. Elle cligne des yeux et me sourit. Elle pince la bouche pour interrompre le tremblement de sa lèvre inférieure.

— Tru ? Je suis désolée. Je ne t'ai pas entendue entrer.

Elle n'a pas l'air blessée, ce qui est un soulagement. Cependant, ses yeux sont cernés de rouge, comme si elle avait pleuré.

— Tu vas bien ? Comme aucun de vous ne me répondait, je me suis inquiétée. Alors, je suis venue... Pourquoi tu es seule ? Où sont les gardes ?

— Oh, je leur ai donné leur journée.

Son regard se perd dans le jardin.

Quels branquignoles, ils n'auraient pas dû la laisser seule, pensé-je avec contrariété.

— Je suis navrée, Tru. Je ne suis pas d'une bonne compagnie aujourd'hui.

Elle inspire profondément, prenant son courage à deux mains pour parler.

— Tu es venue parce que tu as appris la nouvelle ?

— La nouvelle ?

Mon pouls s'accélère.

— Oh non, qu'est-ce qui s'est passé encore ?

Les pupilles d'Ann sont emplies d'inquiétude.

— Oh ma chérie, je suis vraiment désolée. Tu n'es pas au courant ? Ton grand-père, Denby, s'est finalement éteint.

À nouveau, ses iris arc-en-ciel fuient vers le jardin.

— Quoi ? Comment ça, *finalement éteint* ?

Mes jambes menacent de me lâcher.

— Mais c'est impossible..., bafouillé-je. J'ai sa corne. Je suis revenue la lui rendre.

Ma main se porte sur mon front.

Il est mort ?

Voilà pourquoi il ne répondait pas à mes appels.

Soudain, mon corps croule sous un poids invisible. Je m'effondre dans le fauteuil à côté d'Ann.

C'est à cause de moi ?

Je cale mes mains parcourues d'un tremblement sous mes genoux, attendant dans un silence étrange qu'elle dise quelque chose. N'importe quoi. Mais le silence s'étire et mes nerfs commencent à céder comme un élastique qu'on aurait trop tiré. Je me racle la gorge.

Il va falloir que je lui donne un coup de pouce.

Si je ne lui pose pas la question pour obtenir une réponse vite, je vais me sentir encore plus mal.

C'est de ma faute ?

— Ann, qu'est-ce qui est arrivé à Denby ?

Poser cette question me fait mal, car je vois sa souffrance. Bien qu'elle l'ait rejeté au café, la douleur du deuil imprime son visage, témoignant du profond amour qu'elle éprouvait pour son compagnon.

C'est parce qu'il m'a donné sa corne... ?

— Celui-là alors... Évidemment il ne t'a rien dit, dit-elle sous cape.

Elle observe mes yeux confus et mon visage pâle.

— Il a toujours aimé les coups de théâtre. J'aurais dû savoir qu'il ne t'avait rien dit. Mais j'imagine que s'il l'avait fait, tu aurais refusé. Que t'a-t-il dit en te donnant sa corne ?

— Très peu de choses... d'aller chasser la sorcière et d'incruster la corne sur mon front, je réponds en grimaçant.

Elle laisse échapper un rire amer.

— Que sais-tu des licornes, Tru ?

— Pas grand-chose.

En fait, rien du tout.

Ah, si ! Je croyais que ces créatures étaient l'équivalent des êtres de lumière. Mais j'ai revu mon jugement en rencontrant Denby. Il n'y a aucune lumière chez les licornes. Un frisson me parcourt. La façon dont mon corps se mouvait pendant que je combattais les vampires...

Mes jambes s'agitent nerveusement, et je dois appuyer dessus pour qu'elles cessent de tressauter.

— Les cornes peuvent être des *dons*, au sens littéral. C'est pour ça que personne ne s'est dressé contre cette sorcière.

Lançant un regard douloureux à mon collier, elle déglutit et se tord les mains.

— Notre magie n'a rien de commun avec celle des autres créatures. On nous étiquette comme des métamorphes, mais nous ne rentrons pas vraiment dans cette catégorie. Nous avons le pouvoir de transmettre notre magie aux autres membres de la horde ; elle est héréditaire.

Ann ajuste son cardigan bleu clair et retire des peluches imaginaires de son pantalon gris.

— Quand on donne une corne, le porteur originel meurt.

— Oh non, m'étranglé-je, abasourdie.

— La magie héréditaire ne devrait être utilisée qu'à l'article de la mort. Historiquement, cette pratique n'avait lieu que sur le champ de bataille. Quand ton grand-père t'a fait don de sa corne, ce n'était plus qu'une question de temps...

Sa voix se brise.

— ... avant qu'il trépasse.

Oh mon Dieu.

Une grande main chaude m'enveloppe la nuque. Le fourmillement provoqué par l'énergie de l'ange me garde droite dans mon fauteuil.

Je ferme les paupières une seconde, puis j'attrape sans réfléchir son poignet. J'ai besoin d'être en contact physique avec lui. La présence de Xander me réconforte.

— C'est un cauchemar, soufflé-je. Pourquoi il a fait ça ?

On ne se connaissait pas. Putain, je ne l'aimais pas, il était horrible... Mais est-ce la première fois qu'un homme se sacrifie pour moi ?

Pourquoi il a fait une chose pareille ?

Était-ce par culpabilité ? Une douleur irradie dans ma poitrine. À nouveau, un silence sinistre s'empare du salon tandis que nous sommes toutes les deux aux prises avec nos émotions. Sans la main de Xander pour m'ancrer dans le présent, je ne serais qu'une rivière de larmes.

— Honnêtement, j'ignore comment tu as survécu sans ta corne. C'est pour ça qu'apprendre que tu étais une licorne nous a choqués. Peut-être que ta nature de vampire t'a maintenue en vie tout ce temps, ou est-ce parce que tu n'étais qu'une enfant quand ta corne a été...

Ann se lève et se dirige vers la fenêtre. Elle appuie le front contre la vitre.

C'est un guerrier faë qui m'a sauvée.

— Denby ne te l'a pas dit, mais sa corne possède le pouvoir de son père, de son grand-père, de son arrière-grand-père et de son trisaïeul.

Elle m'adresse un sourire faible.

— C'est de là que provient la puissance que tu ressens, sans oublier ta propre force qui ne fera que s'accroître avec le temps.

— Je ne comprends pas...

Je la fixe, complètement perdue.

Magie héréditaire ? C'est qu'une corne.

Ann se tourne vers moi et revient au centre de la pièce.

— Trois générations de magie héréditaire concentrée dans une seule corne...

Elle pose une main délicate sur mon collier. Son sourire est triste et ses yeux brillent des larmes qu'ils contiennent pendant que ses doigts touchent les os.

— ... et maintenant quatre, dit-elle en abandonnant le collier. Tu n'as peut-être pas conscience de l'atrocité que représente ce collier.

— Si, soufflé-je, la gorge nouée.

Elle pose sa paume contre ma joue.

— Oui, je le vois dans tes yeux.

— Regarder ma corne me rend malade. Est-ce que R-R-Ryan...

Putain, le nom de mon père se coince dans ma gorge. J'ai toutes les peines du monde à le prononcer.

— ... a pris ma corne pour absorber son pouvoir ?

— Je l'ignore. La sensibilité de la magie a ses limites. Les deux personnes doivent être consentantes, animées de la même volonté. Quand...

Elle marque une pause, défigurée par la douleur. Elle se voûte et se frotte la poitrine.

— ... Ryan t'a volé ta corne. Quand il te l'a prise de force, aucun sortilège au monde ne lui aurait permis d'absorber ton pouvoir. La sorcière a trouvé un moyen de...

Elle lance un regard noir au collier.

— ... de dénaturer la magie de ta corne. Mais le collier n'utilise qu'une infime partie de ta magie. Je suis désolée, Tru. Il est insupportable de songer à ce que tu as enduré. Tu n'es plus obligée de porter cet horrible collier autour du cou. Je connais la magie pour associer celle de ta corne au pouvoir de celle que ton grand-père t'a léguée.

— Mais tu ne veux pas que je te la restitue... ?

— Oh, mon enfant... Désormais c'est impossible. Si nous te la retirons, tu mourras. Elle te revient de droit, c'est un legs précieux. C'est l'héritage de ta horde. Jamais je ne t'en priverai.

— Et... Ryan ? Il n'aurait pas dû en hériter ? Est-il encore en vie ?

— Non, répond-elle fermement.

La haine qui traverse sa pupille est si violente que je tressaille.

— Il est mort. Il a tué une sang-pur, avant d'être traqué et exécuté pour son crime. Les vampires sont sournois lorsqu'il s'agit de protéger leurs précieux sangs-purs. Il était impossible de le protéger de son sort. Je présume qu'il s'agissait de ta mère ; il faut comparer les résultats de vos ADN. Denby s'est procuré une copie du dossier de la guilde pour toi, et rien ne mentionne l'existence d'une enfant.

— Oh, je vois...

La messe est dite.

Dans un coin reculé de mon esprit, j'ai toujours eu la conviction que l'homme qui hantait mes rêves l'avait tuée. Un angle sombre de ma conscience où résident mes cauchemars. Des bribes de souvenirs tachés de sang et de chevelure brune. Au fond de moi, quelque chose s'insurge et gémit de douleur.

À nouveau, mes jambes s'agitent. Alors comme ça, mon père est mort et, apparemment, il a assassiné ma mère. Je suis contente de ne pas avoir à le pourchasser. C'est officiel : je suis orpheline. Je repousse mes pensées écumant de rage dans un coin de ma tête ; j'y penserai plus tard. Xander se rapproche de moi, m'offrant son soutien sans même dire un mot.

— Je suis désolée, dis-je à voix basse. Ma présence est déplacée, je peux revenir plus tard.

— Non, mon enfant. C'est le moment parfait. Tu es ma horde. Je ferai n'importe quoi pour assurer ta sécurité. Il faut te retirer cette chose autour du cou.

Horde, articulé-je. Ann a utilisé ce terme à plusieurs reprises. C'est l'équivalent licornesque pour « famille ». J'ai encore beaucoup à apprendre.

— Si t'es sûre..., dis-je en gigotant dans mon fauteuil.

Xander lâche ma nuque. Je lui serre le poignet pour le remercier en silence avant de laisser retomber ma main sur mes genoux.

— Alors, tu penses que tu peux... réparer ma corne ? Associer la magie ? demandé-je en me recentrant sur l'essentiel.

Plus vite je sortirai d'ici, mieux ce sera.

Elle hoche la tête. Sans réfléchir, je m'empare du collier et le retire.

— S'il te plaît, répare-la, l'imploré-je avec une note de désespoir dans la voix.

Le collier tremble dans ma paume moite tendue vers elle.

Elle marche vers moi. Soudain, une pensée de dernière minute s'insurge et je referme la main.

— Ça ne va pas te blesser au moins ?

Je veux être sûre avant de convenir à quoi que ce soit. Deux hommes sont déjà morts à cause de moi. Je refuse que quelqu'un d'autre se sacrifie pour moi.

— Non, Tru. Ça ne me fera aucun mal.

Je plonge dans ses magnifiques pupilles irisées, cherchant la vérité. Impossible à dire.

— Xander ?

Sans formuler clairement ma question, je lui demande de recourir à son détecteur de mensonges céleste.

— Elle est sincère, confirme-t-il.

J'opine du chef et rouvre ma main. Les yeux d'Ann s'agrandissent. Je me mords la lèvre pour empêcher tout mot d'excuse de sortir de ma bouche.

Car je n'ai pas à m'excuser.

— D'accord, dis-je simplement.

— Je te préviens, c'est un grand pouvoir. Tu vas porter la magie de quatre générations. Quand tu as rencontré ton grand-père, qu'as-tu ressenti ?

Je penche la tête de côté, pensive. Je me souviens de cette sensation... J'inspire un grand coup, misant sur l'honnêteté.

— Le pouvoir. Mais aussi les ténèbres ; j'en ai eu la chair de poule.

Elle hoche la tête. Ma réponse ne semble pas l'offenser.

— Pouvoir et ténèbres. Souviens-toi de ça, car chaque personne que tu rencontreras risque de ressentir ça une fois que j'aurai associé ta magie à la corne.

— Ah, génial. Un pouvoir qui fout les jetons… Pile ce qu'il me fallait.

Une vague d'embarras me submerge. Je ne veux pas me montrer ingrate.

— Pardon, balbutié-je.

— Les créatures ont un sixième sens, continue-t-elle, ignorant mon dérapage, alors je ne vais pas tourner autour du pot, Tru. Après ça, les gens auront peur de toi.

Elle hausse ses menues épaules.

Super, je m'imagine déjà au café en train de bosser. *Une dose de malveillance dans votre cappuccino ?* Les clients vont ADORER.

Fais chier, Tru, tu te montres encore ingrate.

— Même si c'est subjectif, ton pouvoir peut diffuser une énergie différente. À ma connaissance, aucune femelle n'a jamais porté de corne ; seule la lignée des mâles en héritait. C'était peut-être le problème.

Pourtant, on en a donné une à une sorcière…

La magie aurait peut-être dû mourir avec la licorne… Sans doute ne devrait-elle pas être transmise. Mais qu'est-ce que j'en sais ? Je ne suis qu'une gamine, qui s'est fait scier le front avant de savoir se moucher toute seule. L'envie de me débarrasser de ce collier et de retrouver ma magie se fait plus pressante.

Ann secoue la tête.

— La quantité de pouvoir à laquelle tu auras accès nécessite un grand contrôle et implique beaucoup de responsabilités.

— À grand pouvoir, grandes responsabilités, marmonné-je en citant Peter Parker, alias Spider-Man de Marvel Comics.

Je sonde mon âme. Suis-je à la hauteur ? Et surtout, ai-je le choix ? La corne est déjà plantée dans mon front, et je ne peux pas passer mon temps à m'inquiéter du collier. Story, Dexter, Justin et mon ange gardien m'aideront à ne pas sombrer du côté obscur de la force.

Le destin m'a amenée ici, à ce moment précis. Et j'ai le sentiment que c'est le cours naturel des choses.

— S'il te plaît, Ann, fais-le.

Elle accepte.

Chapitre Trente-Neuf

Ma corne dans une main et l'autre autour de mon poignet, Ann ferme les yeux et murmure une incantation. Le collier d'os dans sa paume se met à luire et émet un bourdonnement étrange. Je jette un coup d'œil à Xander pour être rassurée. Son attention est fixée sur Ann et sur la magie qu'elle n'est pas censée pouvoir invoquer.

Plus le collier brille, plus j'ai la tête qui tourne. J'ai eu affaire à la magie des anges ces derniers mois, et j'ai aussi tâté de la sorcellerie. J'ai ressenti la magie de licorne quand Denby m'a collé sa corne sur le crâne et, depuis quelques jours, je sens son pouvoir irriguer mes veines. Mais là, c'est différent. La magie de licorne de Denby était pure. Celle-ci... ne l'est pas.

Ça... C'est autre chose.

Un vent de panique me transperce, suivi d'une montée d'adrénaline et d'une DOULEUR atroce. *Bravo, Tru ; t'aurais peut-être dû demander si ça allait faire mal.* Aïe.

Putain, c'est une expérience hyper désagréable. Pire que de se faire poignarder la jambe par un vampire — et je sais de quoi je parle.

Ma corne se *transforme* en poussière rose… Non, pas de la poussière, des molécules. Les mêmes particules qu'on aperçoit une fraction de seconde quand un métamorphe change de forme. La brume rose tourbillonne, suspendue dans l'air, puis Ann change d'incantation et les molécules filent droit sur moi. Mes yeux s'écarquillent.

Oh, bordel de merde.

Elles s'écrasent sur mon front. Le choc est si violent que l'arrière de mon crâne cogne contre la chaise. Mais la douleur continue, elle palpite, se tord, me transperce. Mon cœur tambourine ; mon corps brûle, oscillant entre la glace et le feu. Mes nerfs s'enflamment, mon sang se change en lave.

La magie rose s'infiltre en moi et s'enroule autour de mes os. Une vague de bile me monte à la gorge, impossible à retenir. Je tourne la tête et vomis sur le côté. Puis, d'un coup, mon corps m'échappe complètement. Je m'écroule sur le sol, incapable de rester debout.

Mais Xander est là, il me rattrape avant que ma tête ne heurte le sol. *Oh, non, Xander. Ne me touche pas. Fais gaffe à cette foutue magie de licorne.* Je hurle ces mots dans ma tête, alors que je tremble violemment. Merde, je convulse. Et Ann, toujours en train de marmonner, me serre le poignet, ses ongles s'enfonçant dans ma peau.

— Respire, Tru, tu vas bien, assure Xander en me tournant sur le côté et en glissant sa veste sous ma tête. Tu aurais pu la prévenir, grogne-t-il en direction d'Ann.

La pièce disparaît alors que la puissance de la magie m'engloutit, et ma vie défile devant mes yeux comme les pages d'un livre qu'on feuillette. Des bribes de souvenirs. Dans le passé, je vois ma mère et son amour inconditionnel pour moi. Dans le présent, les pitreries de Story et Dexter, la force et la compassion de Xander. Et le futur... des épreuves, de la douleur, de la joie... et de l'amour.

L'amour.

L'avenir qui se dessine devant moi me fend le cœur autant qu'il l'enflamme, à la fois terrifiant et merveilleux. Dans ces visions fugaces, je parviens à m'accrocher et...

Des draps de soie, des doigts qui effleurent ma chair nue alors que des lèvres de velours embrassent mon épaule et descendent dans le creux de mon cou.

« Ma magnifique ombre », me murmure-t-il à l'oreille. Sa voix grave et rocailleuse me donne des frissons, mes poils se hérissent. Je soupire et souris dans l'oreiller.

Puis tout bascule. Je suis arrachée à lui, violemment ramenée à la réalité. Mon âme hurle, refuse de le quitter, mais ce n'est pas encore notre moment.

Je sais ce que je dois faire ; je sais quel chemin suivre.

La magie se dissipe et la douleur s'éloigne. C'est fini. Mes muscles frémissent, un gémissement m'échappe. J'inspire à fond et lève une main tremblante vers mon visage. Ma paume retombe mollement, me giflant le nez au passage, mais mission accomplie. Je peux m'essuyer la bouche. Putain, il faut que je me brosse les dents.

— Désolée pour le vomi… Je vais nettoyer.

Ma voix est rauque, méconnaissable. C'est là que je réalise que Xander est sur le sol avec moi. Il passe sa main dans mes cheveux trempés de sueur. Beurk.

— Je m'en occupe. Reste là et reprends ton souffle.

Il fusille Ann du regard en sortant une potion de sa poche, puis se redresse. Il penche la tête vers la porte, attentif.

— Je crois que les renforts sont arrivés. Je reviens dans une minute.

Ann semble déçue. Elle est étrangement pâle. Sans doute pas autant que moi, mais franchement, on s'en fout.

— Ça va ? demandé-je. Tout s'est bien passé ?

— Tout va bien, crache-t-elle.

Ouh là, d'accord. Elle secoue la tête, comme pour chasser sa colère, puis elle esquisse un sourire forcé. Son masque de tristesse se remet en place.

— Ce transfert était plus compliqué que d'habitude. Ta magie, emprisonnée dans ce collier, était difficile à maîtriser.

Ça me fait drôle d'être allongée sur le sol, alors je bascule à quatre pattes. Rien de catastrophique ne se produit. Je m'agrippe à la chaise et me redresse sur mes jambes vacillantes. Je ramasse la veste froissée de Xander et la secoue.

— Donc, ça a fonctionné ? questionné-je prudemment.

Ann hoche la tête. Un soupir de soulagement m'échappe.

— Merci.

Je prends congé et file aux toilettes, puis je me lave le visage et me rince la bouche. J'ai besoin d'une douche, et je crois que je pourrais dormir une semaine. Là, tout de suite, avec mes genoux qui s'entrechoquent et mon crâne qui pulse, je ne ressens pas le pouvoir de quatre licornes. Non. Je me sens mal. Quand je ressors, Xander parle à des types que je ne connais pas. Sûrement les nouveaux gardes d'Ann.

— Tiens.

Ann m'attend devant la salle de bains. Elle me colle un datapad entre les mains.

— Prends tout. Ça contient tous les documents de ton grand-père. Les infos sur ta mère, sur ta lignée vampirique. Il y a aussi un ordre d'émancipation signé. Je sais que l'ange tient à toi. Mais tu as ta horde pour te protéger maintenant. Tu n'as plus besoin de lui comme gardien.

Émancipation ? Quelque chose... Mon instinct tire une sonnette d'alarme.

Donner à une jeune femme le pouvoir de quatre licornes, puis lui enlever son gardien. Waouh, c'est très malin. Surtout qu'elle a attendu que Xander soit occupé pour me refiler les documents.

— Bienvenue dans la horde.

Bienvenue mon cul, ouais. Pourquoi fait-elle en sorte que je me plante ? Et après ? Elle viendra *récupérer* la corne quand je serai jugée incapable de gérer son pouvoir ? Ou suis-je juste complètement parano ?

Je fronce les sourcils, serre les poings, mais je me tais. Je lui souris, poliment, affichant un air reconnaissant.

— Merci, dis-je d'un ton dégoulinant de gratitude.

Ann n'a pas le monopole des masques.

— Denby t'a aussi ouvert un compte bancaire, acheté une maison, une voiture.

Elle me tend une enveloppe.

— Oh, comme c'est généreux. Merci beaucoup.

Je coince l'enveloppe épaisse entre mes genoux et me connecte au datapad. En quelques clics, avec un code encrypté, je transfère tout le contenu sur mon serveur personnel.

Ann pince les lèvres quand je lui rends l'appareil. Mais une fois encore, son sourire morose masque son irritation.

— C'est bon, je n'ai plus besoin du datapad, j'ai tout copié.

J'ai surtout pas envie que tu traques tous mes faits et gestes.

— Merci d'avoir pensé à moi et de t'être occupée de tout. Quand a lieu l'enterrement de Denby ?

Ann renifle.

— Il a déjà été incinéré. Avec les troubles actuels...

Et pourtant, tu as quand même renvoyé tes gardes chez eux ?

— Eh bien, merci infiniment, Grand-mère. Ton aide m'a été très précieuse.

Ann tique. Oups. Elle n'aime pas qu'on l'appelle comme ça. C'est bon à savoir. Je décide illico que Grand-mère sera désormais son nom officiel. Je baisse la tête pour masquer mon sourire.

Tic-tac, Tru. Je dois apprendre à maîtriser ce pouvoir qui gronde en moi. Vite. Parce que sans l'ange pour me protéger officiellement, je suis seule.

— Oh non, qu'est-ce que t'as fait ? À l'évidence, t'as pas rendu la corne. Ton pouvoir est intense... encore plus intense. Oh, et merci Mère Nature, au moins t'as dégagé cet affreux collier morbide.

— C'est si terrible ? demandé-je en m'asseyant sur mon lit.

— Terrible ? s'étrangle Story. Tu portais ta corne autour du cou. Franchement, il y a pas pire. À moins de porter tes oreilles en pendentif...

Story lève les yeux au ciel et lance un regard désabusé à Justin, du genre *tu la crois, celle-là ?*

Je grogne et me frotte le visage.

— Non, pas le collier, mon pouvoir. Est-ce qu'il dégage quelque chose de terrible ?

Xander n'a rien dit dans la voiture. Et moi, j'étais trop épuisée par le transfert pour lui poser la question. Il s'est juste agrippé au volant comme si sa vie en dépendait, en soufflant entre ses dents comme un vieil homme édenté. Évidemment, mon côté vampire a aussitôt capté les pulsations de sa jugulaire, stressée à mort.

— Non, pas si terrible... Tu dégages...

Story virevolte autour de moi, à une telle vitesse qu'elle crée un courant d'air. J'ai appris à mes dépens qu'il vaut mieux éviter de suivre son vol du regard. La dernière fois, j'ai failli gerber. Elle s'arrête net et flotte devant mon visage.

— Ton pouvoir est incroyable, comme le printemps, les fleurs fraîches ou un gâteau moelleux tout juste sorti du four.

Elle se laisse brusquement tomber en arrière, mais avant que je tende la main pour la rattraper, elle se redresse et revient virevolter devant mon visage.

Au moins, je ne dégage pas d'ondes maléfiques. Super nouvelle, non ?

— Comme une fontaine de sang inépuisable dans laquelle je pourrais plonger, fantasme Justin en se léchant les lèvres.

Je fronce les sourcils, fixant l'éclat de soif dans ses yeux.

Oh non.

— Tu es la licorne ultime. Une déesse, ajoute-t-il avec un soupir.

— Une déesse ? glapis-je.

Ma bouche s'ouvre et se ferme, mon regard allant de Story à Justin.

— Tu sais, les rumeurs sur les licornes, qu'on avait balayées après avoir rencontré Denby Jones ? Toutes ces histoires de bonté, de créatures de lumière et tout le toutim ? dit Story. Eh bien... toi, tu les rends crédibles. Franchement, je pourrais me prosterner et te baiser les pieds.

— Mais tu détestes mes pieds, m'écrié-je en les cachant sous la couverture.

J'ai l'impression d'halluciner. Ils se foutent de moi ou quoi ?

— Oui, je sais, gémit Story. Mais ton pouvoir est tellement agréable !

Elle bat des cils d'un bleu saphir en me regardant.

— Ouais, maugrée Justin. Putain... j'aime même pas les filles.

— Oh non, où sont les ondes maléfiques qu'elle m'avait promises ? gémis-je. C'est un film d'horreur, putain.

La porte s'ouvre brusquement et Xander surgit comme un preux chevalier. Il fond sur moi, me saisit la main et glisse un bracelet en or autour de mon poignet.

Story, Justin et lui lâchent un soupir de soulagement collectif.

Je regarde le bracelet en clignant des yeux.

— Il va masquer ton pouvoir et se transformer avec toi.

— Oh, merci Xander. Dis-moi si je te dois de l'argent.

C'est moi ou il transpire ?

— Petite ombre, tu peux me remercier en ne l'enlevant jamais tant que tu ne maîtrises pas ton pouvoir.

Il pointe du doigt le bracelet magique, les yeux agrandis.

— Ouais, surtout pas, ajoute Story en jetant un regard horrifié vers mes pieds toujours cachés.

Je pouffe en voyant son expression.

— Oh, mes petits petons n'ont pas droit à un bisou ?

Je dégage mes pieds de sous la couette et remue les orteils. Puis je tends la main vers le bracelet et ils hurlent tous en même temps. Je lève les mains en l'air, éclatant de rire.

— C'est bon, pas de panique. Je ne retire pas le bracelet.

En apparence, je dois avoir l'air détendue, mais à l'intérieur, je m'éponge mentalement le front en mode grosse panique.

Ça aurait pu être tellement pire sans l'intervention de Xander — il suffit de voir comment mes propres amis ont réagi en captant mon pouvoir. Eux, ils me connaissent. Mais si un groupe de créatures inconnues avait ressenti ça... Merde, elles m'auraient mise en pièces.

— Tu pourras contrôler ton pouvoir avec de l'entraînement, dit Xander.

Il a capté l'horreur dans mes yeux.

Pfiou, c'est une bonne nouvelle.

Xander a un contrôle de dingue. Je me demande ce qu'il a ressenti dans la voiture.

— Dis-moi, quel effet a eu mon pouvoir sur toi ?

— Il ne s'est vraiment manifesté qu'à mi-chemin. Je suppose que tu étais encore en train de récupérer du transfert. Dr Ross est en route pour t'examiner.

Je grogne. Encore des piqûres, des prélèvements, des analyses.

— Disons que ton pouvoir n'avait pas l'effet « printemps fleuri » sur moi, lâche Xander en déglutissant. Je pense que tu peux attirer et repousser selon tes émotions.

Attirer et repousser, hein. Pratique.

— Je vous laisse. Tru, rejoins le docteur Ross dans l'orangerie dans dix minutes.

Je gémis une nouvelle fois pendant qu'il quitte la pièce. Sans perdre une seconde, je renverse le contenu de l'enveloppe d'Ann sur le lit et l'examine. Des documents bancaires, une carte de crédit, l'adresse d'une nouvelle maison et plusieurs clés. Je me penche pour attraper le datapad sur la table de nuit. J'ouvre mon serveur et parcours la paperasse numérique.

— J'ai besoin d'un avocat, pesté-je.

— Alors, qu'est-ce qui s'est passé ? demande Justin en tripotant les objets sur le lit.

Je lui raconte rapidement la mort de Denby, la puissance générationnelle de la corne et le comportement étrange d'Ann. Mais je ne mentionne pas ce que j'ai vu du futur. Comment pourrais-je amener ça sans passer pour une folle ? Peut-être que c'était juste mon cerveau qui surchauffait sous l'excès de magie. Mais j'en doute.

Dans les documents d'Ann sur le datapad, mon regard

tombe sur un cliché de moi, enfant. Je ne connais rien aux enfants, mais j'ai l'air d'avoir quatre ans. Je me cache derrière la jambe d'une femme.

Comment ils ont eu cette photo ?

La femme brune sur l'image a, bien sûr, la beauté surnaturelle des vampires — cette plastique parfaite des sangs-purs. Sauf ses yeux. Ses yeux pétillent de joie et de bonheur. Elle me regarde, une main posée sur ma tête.

Derrière nous se tient un homme. En le voyant, mon cœur chavire. Des larmes me piquent les yeux alors que je reconnais son beau visage.

Chez nous, on n'avait pas de photos.

La peau sombre, des yeux d'un brun profond plus grands que ceux d'un humain, de longs cheveux tressés à la manière des faës, ses oreilles pointues dépassant légèrement.

Punaise, j'ignorais qu'il était là depuis le début... Il était notre garde. Il a dû faire une promesse à ma mère et il a continué à veiller sur moi après sa mort. *Tous ces secrets.*

— C'est ta mère ? demande Story.

— Waouh, c'est une sang-pur, commente Justin en se rapprochant du lit.

— Oui.

— Oh, tu étais trop mignonne. Tu as la même forme de visage.

Story saute de mon bras et trace du doigt le contour du visage de ma mère.

— Ici, au niveau de la mâchoire. Oh, et la couleur des yeux, aussi.

Je hoche la tête. Maintenant, je le vois.

— Et le garde ?

— C'est lui... mon grand-père, murmuré-je avec un sourire ému. Il m'a gardée en vie et il m'a protégée.

— Pourquoi tu l'appelais Grand-père ? C'est un faë, non ? s'étonne Justin en s'appuyant contre moi.

Je hausse les épaules.

— J'en sais rien. J'imagine que la mini-moi l'a appelé comme ça, et c'est resté.

— Tu sais ce qui est arrivé à ta mère ? demande Story.

— Oui, il y a un rapport de la guilde quelque part dans ces dossiers. D'après Ann, il ne mentionne pas mon existence, mais il dit que Ryan, mon père licorne, l'a tuée.

Mon regard retourne à la belle femme insouciante sur la photo. Dexter saute sur le lit et me balance sa queue en pleine figure. Je fourre mon nez dans sa fourrure soyeuse.

— À mon avis, quand il m'a arraché ma corne, ma mère a voulu l'en empêcher.

Je cligne des yeux, refusant de pleurer.

— Merde, je gèrerai tout ça plus tard... Quand mon cerveau sera en état de marche et que je serai moins claquée. Bon, écoutez-moi, dis-je en claquant des mains. Les choses ont changé. On déménage.

— Dans cette nouvelle maison ? demande Justin en brandissant l'adresse. Je connais ce quartier. C'est chic, sécurisé, protégé par des barrières magiques...

Sa voix s'éteint, il pâlit.

Je lui donne un coup d'épaule et lui presse la main.

— Non, on emménage dans notre appart, celui qu'on a payé avec l'argent gagné en travaillant. Il était temps.

— Pas de maison luxueuse ? Pas de voiture de rêve ? demande Story, tapotant les clés du bout du pied.

Je secoue la tête.

— Non, on va vivre à notre façon. Alors, faites vos bagages.

— Cool, chantonne Story.

— Ça me va, approuve Justin en se levant du lit.

— Miaou, confirme Dexter en me donnant un coup de tête sous le menton.

Je jette un œil à l'horloge. Merde, le toubib doit m'attendre.

Chapitre Quarante

J'entre dans le bureau de Xander et ferme les yeux une seconde en inspirant son odeur. *OK, Tru, focus. Sois courageuse.*

— J'ai un bilan de santé nickel. Dr Ross m'a même fait boire du sang, et zéro effet secondaire. Je suis guérie.

Je m'avance vers son bureau, traçant du doigt la surface lisse du bois verni. Xander lève les yeux et pose les papiers sur lesquels il travaillait. Je penche la tête, un bon de commande pour Night-*Shift*. Super chiant.

— Donc on dirait que le sang d'ange est rayé du menu.

Je tapote le bureau. *C'est difficile.*

— Je t'ai, euh... envoyé un document par mail, cadeau des licornes. Je suis officiellement émancipée. Youpi. T'es enfin débarrassé de moi.

J'essaie de sourire, mais mes lèvres tremblotent.

Merde, c'est encore plus dur que je le pensais.

— Tu pars ? demande Xander en reculant son siège.

— Oui, murmuré-je, la gorge serrée. Je sais que je l'ai déjà dit, mais je ne le dirai jamais assez. Merci, Xander. Merci de m'avoir sauvé la vie.

— Tu vas me manquer.

Il passe une main sur son visage et ajoute :

— Par contre, ton bordel, lui, ne va pas me manquer.

Je ris, mais ça fait mal.

— Que veux-tu, je suis maudite.

Il s'éloigne du bureau.

— On pourrait déjeuner ensemble de temps en temps ? proposé-je.

Il grimace.

— Ou pas, soupiré-je.

— Petite ombre, tu sais très bien que ça n'arrivera jamais.

Une boule se forme dans ma gorge. Xander dégage mes cheveux de mon épaule et les fait glisser entre ses doigts, presque distraitement.

— Je t'ai vue affronter la tête haute des situations terri-fiantes qui auraient brisé la plupart des adultes, et je ne pourrais pas être plus fier de toi.

Il se penche, presse son front contre le mien. Son souffle chaud effleure mes lèvres. Je les entrebâille, inspirant son odeur, son essence.

— Tu me surprends et m'émerveilles. Tu me rends fou aussi, par moments.

Il plonge ses yeux dans les miens, caresse ma joue et ma mâchoire du pouce.

— Mais... tu es si jeune.

Ah, voilà qu'il recommence à jouer les moralisateurs.

— On ne peut pas être ensemble comme tu le voudrais, petite ombre.

Je baisse la tête pour cacher mon roulement d'yeux exaspéré. Quel abruti par moments. Il a raison sur un point : je suis folle amoureuse de lui. Mais faut qu'il arrête, cet archange de mes deux, de raconter des conneries.

Je ne peux rien faire de cochon avec toi, Tru — je le paraphrase. *Je t'aime, Tru, mais je ne devrais pas, car tu es une enfant innocente, alors que je suis un puissant ange millénaire... blablabla.*

— Je te protégerai toujours, ajoute-t-il d'une voix rauque, en s'éloignant de moi.

Mon cœur chavire quand je croise son regard. Ses magnifiques yeux couleur miel, parsemés de poussière d'or, me scrutent comme s'il lisait mon âme.

Il y a de la douleur dans son regard.

— Pareil, mon pote. Pareil, dis-je en tapotant amicalement son avant-bras.

Il plisse les yeux, affiche une incompréhension totale.

— Désolée, la poule mouillée. Je suis censée être anéantie là ?

Franchement, ce mec est trooop lent. Je suis sûre qu'il a des plumes à la place du cerveau.

Je tourne les talons et m'éloigne en tortillant du cul. J'ouvre la porte.

— Je n'aurai pas dix-sept ans éternellement, glissé-je par-dessus mon épaule avec un clin d'œil. Et en ce moment, je n'ai pas le temps pour les histoires d'amour et toutes ces conneries.

Je continue mon chemin, remonte le couloir et le salut d'un geste évasif de la main.

— J'ai un empire à bâtir, des vampires à emmerder, et une réputation de cheffe rebelle à entretenir.

Un sourire secret étire mes lèvres.

J'ai vu un bout de notre avenir et il est *splendide*. Xander n'a pas la moindre chance...

Chers lecteurs, chères lectrices,

Tout d'abord, je tiens à vous *remercier* d'avoir donné une chance à mon roman. C'est déjà mon troisième livre ! Waouh, j'ai encore réussi. J'espère qu'il vous a plu. Si c'est le cas et que vous avez deux minutes, je vous serais *très* reconnaissante de laisser un avis.

Chaque avis compte *énormément* pour un auteur — surtout pour moi, qui débute encore — et le vôtre pourrait inciter d'autres lecteurs à découvrir mon livre. Cela me toucherait énormément et m'encouragerait à continuer d'écrire.

Merci mille fois !

Ah, et il est possible que je choisisse votre avis pour ma campagne de promotion. Vous imaginez ? Trop classe !

Avec toute mon affection,

Brogan x

Brogan vit en Irlande avec son mari et leurs onze enfants poilus : cinq greffiers touffus des ténèbres (alias ses chats), quatre chiens de l'enfer et deux licornes traditionnelles (des Irish cobs robustes à la crinière fournie).

En 2019, elle a décidé de laisser libre cours à ses délires en écrivant sur les personnages imaginaires qui peuplent son esprit. Son premier amour, et son chouchou parmi ses animaux, est Bob, son cob adoré, suivi de sa passion pour la lecture. Hors temps de lecture et d'écriture, on peut la trouver enfoncée jusqu'aux genoux dans du crottin de cheval et de la fourrure, ignorant royalement toutes ses responsabilités d'adulte.

WWW.BROGANTHOMAS.COM